EL TITÁN DE WALL STREET

UNA NOVELA DE LA ZONA ALFA

ANNA ZAIRES

♠ MOZAIKA PUBLICATIONS ♠

Copyright © 2020 Anna Zaires

www.annazaires.com

Todos los derechos reservados.

Publicado por Mozaika Publications, una marca de Mozaika LLC.

www.mozaikallc.com

Traducción de Isabel Peralta

Portada de Najla Qamber Designs

www.najlaqamberdesigns.com

Fotografía por Wander Aguiar

www.wanderbookclub.com

ISBN-13: 978-1-63142-543-1

Print ISBN-13: 978-1-63142-544-8

mma

—... Y ENTONCES EL VETERINARIO DIJO QUE EL SR. Bufidos no está listo para eso, y yo...

—Basta ya. —Kendall deja su té helado con tal fuerza sobre la mesa que la infusión de seis dólares se desborda del vaso. Agarrando su servilleta, recoge el líquido derramado y me clava los ojos desde el otro lado de sus crepes de trigo sarraceno a medio comer.

—¿Qué pasa? —Miro a mi mejor amiga, pestañeando.

—¿Eres consciente de que llevas la última media hora hablando del Señor Bufidos, Bola de algodón y la Reina Isabel? —Kendall se inclina hacia mí, entornando sus ojos color avellana—. Ha sido todo "gato por aquí, gato por allá, el veterinario esto..."

—Oh. —Sonrojándome, miro el reloj de la pared del local de brunches al que Kendall me ha arrastrado. Efectivamente, han pasado casi treinta minutos desde que llegamos aquí... y me he pasado todo ese tiempo sin cerrar la boca. Avergonzada, vuelvo a mirar a Kendall —. Perdona. No pretendía aburrirte.

—No, Emma. —Kendall me habla con un tono de exagerada paciencia, mientras se reclina en la silla echándose la melena lisa y oscura sobre el hombro—. No me has aburrido. Pero me has hecho darme cuenta de algo.

—¿Qué?

—Tu, mi amor, eres oficialmente una de esas locas de los gatos.

La miro boquiabierta.

—¿Qué?

—Pues sí. La auténtica y genuina loca de los gatos.

—¡No lo soy!

—¿No? —Ella arquea una ceja perfectamente delineada—. Repasemos los hechos, entonces. ¿Cuándo fue la última vez que alguien te arregló el pelo profesionalmente?

—Pues... —Tímidamente, doy unos tironcitos a la explosión de rizos rojos de mi cabeza—. ¿Tal vez hace un año más o menos?— Fue, de hecho, para la fiesta del veinticinco cumpleaños de Kendall, lo cual significa que han pasado al menos dieciocho meses desde que otra cosa que no haya sido un peine haya tocado mi encrespado desastre.

—Vale. —Kendall corta su crepe con la delicadeza

de la Reina Isabel (mi gata, no la monarca británica). Después de masticar el siguiente bocado, dice:

—Y tu última cita fue… ¿cuándo?

Eso tengo que pararme a pensarlo de verdad.

—Hace dos meses —digo triunfante cuando por fin me viene el recuerdo a la mente. Corto un trozo de mi propia crepe, lo pincho con el tenedor y me lo meto en la boca, mientras murmuro—: Tampoco hace tanto tiempo.

—No —admite Kendall—. Pero estoy hablando de una cita de verdad, no de un café que te tomaste por lástima con tu vecino de sesenta años.

—Roger no tiene sesenta años. Como mucho, tiene cuarenta y nueve…

—Y tú tienes veintiséis. Fin de la historia. Ahora, no evites la pregunta. ¿Cuándo fue la última vez que tuviste una auténtica cita?

Levanto mi vaso de agua y me lo bebo de un trago mientras trato de recordar. Tengo que admitir que Kendall me ha pillado con esta.

—¿Puede que haga un año? —Aventuro, aunque estoy bastante segura de la fecha en cuestión… una ocasión menos que memorable, claramente, anterior a la fiesta de cumpleaños de Kendall.

—¿Un año? —Kendall tamborilea en la mesa con sus uñas pintadas de color gris topo—. ¿En serio, Emma? ¿Un año?

—¿Qué? —Tratando de ignorar el rubor que me sube por el cuello, me concentro en terminarme el resto de mi crepe de veintidós dólares—. Estoy ocupada.

—Con tus gatos —dice ella, mordaz—. Con los tres. Acéptalo: eres la loca de los gatos.

Levanto la vista del plato y pongo los ojos en blanco.

—Vale, si insistes, pues sí: soy la loca de los gatos.

—¿Y eso te parece bien? —Me lanza una mirada incrédula.

—¿Qué, debería estar desesperada y tirarme del puente de Brooklyn? —Me meto el último bocado de mi crepe en la boca. Todavía tengo hambre, pero no voy a pedir nada más de ese menú tan caro—. No es ningún crimen que me gusten los gatos.

—No, pero pasar todo tu tiempo libre limpiando cajas de arena mientras vives en la ciudad de Nueva York sí lo es. —Kendall aparta su propio plato vacío—. Estás en la mejor edad para atrapar a un hombre y no sales en absoluto.

Suelto un bufido de exasperación.

—Eso es porque sencillamente no tengo tiempo, y además, ¿quién dice que quiero atrapar a alguien? Estoy perfectamente bien sola.

—Dijo ella, repitiendo lo que se dicen a sí mismas todas las locas de los gatos. Honestamente, Emma, ¿cuándo fue la última vez que tuviste sexo con algo que no fuese tu vibrador?

Kendall no se molesta en bajar la voz mientras dice esto, y noto como mi cara se pone roja de nuevo cuando una pareja gay en la mesa de al lado nos mira y se ríe.

Afortunadamente, antes de que pueda responder, el bolso de Prada de Kendall se pone a vibrar.

—Oh. —Ella frunce el ceño mientras saca su teléfono y lee lo que dice su pantalla. Levantando la vista, le hace un gesto al camarero—. Me tengo que ir —dice disculpándose—. Mi jefe acaba de hacer un gran progreso con el diseño del vestido con el que ha tenido tantas dificultades, y necesita que le entregue algunos modelos, ya mismo.

—No te preocupes. —Estoy acostumbrada al trabajo impredecible de Kendall en la industria de la moda. Dejando caer mi tarjeta de débito, digo—: Nos pondremos al día pronto. —Y saco mi teléfono para ver el saldo de mi cuenta corriente.

La temperatura exterior está justo por encima del cero, y la estación de metro a la que he de ir, a unas diez manzanas de distancia del local del brunch. Aun así, camino porque a) a mis caderas les viene bien el ejercicio y b) no puedo permitirme hacer otra cosa. Esta salida ha agotado mi presupuesto del fin de semana hasta tal punto que tendré que dejar mi viaje al súper para el lunes. Ya le he dicho a Kendall que dejase de llevarme a sitios caros, pero tendría que haber sabido que para ella un brunch de veinticinco dólares no supone algo caro.

En la ciudad de Nueva York, eso es prácticamente gratis.

Para ser justos, Kendall no es consciente de lo ajustada que está mi economía. Mis préstamos estudiantiles no son algo de lo que me guste hablar. En lo que a ella respecta, vivo en un estudio en un sótano de Brooklyn y recorto cupones porque me gusta ahorrar dinero. Ella misma no está ganando millones: ser asistente de un diseñador de moda prometedor no está mucho mejor remunerado que mi trabajo en la librería y mis ediciones ocasionales, pero sus padres cubren la mayoría de sus facturas, por lo que se gasta todo su salario en ropa y lujos varios.

Si no fuera tan buena amiga, la odiaría.

Al entrar en la estación de metro, casi me tropiezo con un sin techo que hay tumbado en las escaleras.

—Lo siento —murmuro, a punto de salir corriendo, pero él me ofrece una sonrisa sin dientes y extiende una bolsa marrón hacia mí.

—Está bien, señorita —dice arrastrando las palabras—. ¿Quiere un sorbito? Me da la impresión de que le iría bien un trago.

Sorprendida, doy un paso atrás.

—No, gracias. Estoy bien.

¿Qué pinta tan terrible debo de tener si los vagabundos me ofrecen alcohol? Tal vez *sí* haya algo de verdad en el diagnóstico de Kendal sobre ser la loca de los gatos.

Encogiéndose de hombros, el hombre bebe un trago de la bolsa marrón, y yo bajo las escaleras antes de que él se ofrezca a compartir algo más conmigo, como las monedas del sombrero que hay a su lado.

Voy justa de dinero, pero no estoy *tan* desesperada.

Un largo viaje en metro más tarde, salgo en la estación de Bay Ridge, mi barrio de Brooklyn. En el preciso instante en que pongo el pie fuera, una ráfaga de viento me golpea la cara.

Una ráfaga de viento y algo húmedo.

Aguanieve.

Genial. Sencillamente genial. Apretando los dientes, agarro las solapas de mi viejo abrigo de lana, intentando evitar que se abra por el cuello, y me echo a andar. No vivo tan lejos del metro, solo a cinco manzanas, pero son unas manzanas muy largas, y maldigo cada una de ellas a medida que la lluvia helada se intensifica.

—Mira por dónde vas —grazna una mujer corpulenta cuando choco contra ella, y automáticamente murmuro una disculpa. No es del todo culpa mía, se necesitan dos personas para chocar entre sí, pero no es mi naturaleza ser grosera.

Mis abuelos me educaron mejor que eso.

Cuando finalmente llego al edificio de piedra rojiza en cuyo sótano tengo mi estudio alquilado, siento como si hubiera escalado el Monte Everest. Tengo la cara húmeda y helada, y a pesar de todos mis esfuerzos para mantener el abrigo cerrado, la aguanieve se me ha colado por dentro, congelándome. Soy una de esas personas que tiene que calentar la mitad superior de su cuerpo. Puedo tolerar los pies helados, que también lo están, ya que mis zapatillas no son impermeables, pero no puedo soportar que me caiga agua fría por el cuello.

Si ya había estado muy enfadada con el Sr. Bufidos por destrozarme la única bufanda decente que tenía, eso no era nada en comparación con lo que siento ahora mismo. Ese gato se la va a cargar.

—¡Bufidos! —rujo, abriendo la puerta y entrando en mi apartamento de una habitación—. ¡Ven aquí, criatura malvada!

El gato no se ve por ninguna parte. En cambio, la Reina Isabel me obsequia con una mirada plácida desde mi cama, se lame la pata, luego comienza a arreglarse, poniendo cada cabello blanco y sedoso en su sitio. Bola de nieve está a su lado, durmiendo en mi almohada. Los dos felinos parecen calentitos, felices y totalmente despreocupados, y no por vez primera, siento una punzada de envidia irracional hacia mis mascotas.

Me encantaría dormir todo el día y que alguien me alimentase.

Temblando, me quito el abrigo mojado, lo cuelgo en el gancho junto a la puerta y me quito de dos patadas las zapatillas. Luego voy en busca del Sr. Bufidos.

Lo encuentro en su nuevo lugar favorito: el estante superior de mi armario. Es allí donde guardo los sombreros, guantes, bufandas y bolsos; y no es que tenga muchos de cada, por eso es una tragedia de proporciones épicas cuando ese gato malvado decide destrozar uno de ellos para hacer sitio a su cuerpo peludo.

—Bufi, ven aquí. —No soy exactamente alta, así que tengo que estirarme de puntillas para agarrarlo. Gruñendo por el esfuerzo, lo saco del estante. El gato pesa seguro más de seis kilos y cuando patalea en el aire, se vuelve el doble de pesado—. Te tengo dicho que no tienes permiso para sentarte allí.

Lo pongo en el suelo, y su mirada aviesa me dice que solo es cuestión de tiempo antes de que se cargue el resto de mis accesorios. Al igual que sus hermanos, el Sr. Bufidos es blanco y sedoso, la encarnación perfecta de su raza persa, pero ahí es donde se acaba todo el parecido. No hay nada tranquilo y apacible en él. No estoy segura de que ese gato duerma. Jamás de los jamases. Es posible que sea un vampiro que se transforma en un gran gato persa durante el día.

Ciertamente es lo suficientemente malvado como para eso.

Justo cuando estoy a punto de gritarle otra vez por haberme roto la bufanda, frota su cabeza contra mis vaqueros mojados y emite un fuerte ronroneo. Luego me mira, con sus grandes ojos verdes rezumando inocencia.

Me derrito. O tal vez son las gotas heladas pegadas a mi ropa las que se están derritiendo, pero de cualquier manera, ahora tengo una sensación cálida y difusa en el pecho.

—De acuerdo, ven aquí, apestosillo —murmuro, arrodillándome para acariciar al gato. Él ronronea más fuerte, frotando su cabeza contra mi mano como si fuera su persona favorita en el mundo. Estoy casi segura de que me está manipulando a propósito… es un gato tan listo que asusta, pero no puedo evitar enamorarme de él.

Cuando se trata de mis gatos, soy totalmente manipulable.

Las caricias continúan hasta que el Sr. Bufidos se ha asegurado de que no voy a gritarle. Luego se acerca a mi cama y se une a los otros gatos allí, acurrucándose en mi almohada al lado de Bola de nieve.

Suspiro y me voy al baño para darme una ducha caliente. Por mucho que odie admitirlo, Kendall tiene razón.

En algún punto del camino, me he convertido en una auténtica loca de los gatos.

Mientras me ducho, intento convencerme a mí misma de que no es para tanto. Vale, así que mi ropa está vieja y un poco raída, y no hago nada con mi pelo excepto lavarlo y ponerle algo de gomina de vez en cuando. Y sí, tengo tres gatos. ¿Y qué? A montones de gente les encantan los animales. Es un rasgo positivo de la personalidad. Nunca he confiado en nadie a quien no le gustasen las mascotas. Es antinatural, como odiar el chocolate o el helado. Puedo entender que se puedan tener preferencias en lo que se refiere al tipo de animal; algunas personas tristemente desencaminadas prefieren los perros a los gatos, por ejemplo, pero: ¿que no te gusten las mascotas en absoluto? Eso es casi como ser un asesino en serie.

Sin embargo, algo acerca de esa etiqueta, "la loca de los gatos", duele un poquito. Quizás es porque solo tengo veintiséis años. Como dijo Kendall, se supone que debo estar en mi mejor momento. Si ahora mismo doy la impresión de ser un puto desastre, ¿qué va a pasar cuando tenga cincuenta o sesenta? Puede que mis períodos sin citas ya no sean de un año o más sino de una década, y que yo vague por las calles riéndome sola mientras tejo sombreritos de pelo de gato.

No, eso es ridículo. Además, no me hace falta ningún hombre. De verdad que no. Bueno, vale, tal vez alguno para lo del sexo, soy una mujer sana y normal, pero no necesito a nadie que gobierne mi vida y absorba mi tiempo. Eso fue lo que pasó con Janie, mi otra mejor amiga de la universidad. Se echó novio en serio, y ahora no la veo nunca. E incluso Kendall, que se enorgullece de su independencia, desaparece durante semanas cada vez que sale con alguien. Tuve mi último novio de verdad en mi último año de universidad, y casi suspendo una asignatura por toda la atención que él necesitaba... y eso fue antes de tener los gatos. Ahora que la Reina Isabel, el Sr. Bufidos y Bola de nieve están en mi vida, no puedo imaginarme cómo me las arreglaría para encajar a un hombre también.

Aun así, cuando salgo de la ducha y cojo el teléfono, un demonio en mi hombro, uno pequeño y elegante que se parece sospechosamente a Kendall, me hace abrir una aplicación de citas a la que Janie me hizo apuntarme hace meses. Es la misma en la que ella conoció a su novio actual, el que la ha hecho desaparecer de mi vida. Antes de dicha desaparición, ella de alguna manera me forzó a abrir un perfil allí. Jugué un par de días con la aplicación con la vaga idea de encontrar un tipo agradable y tranquilo al que le gustasen los gatos y los largos paseos por el parque, pero después de una docena de fotos de pollas, me di por vencida y dejé de entrar.

—No lo has intentado de verdad —dijo Janie, frustrada, cuando le conté lo de las fotos—. Sí, hay unos cuantos imbéciles por ahí, pero también hay algunos buenos tíos, como mi Landon.

—De acuerdo —dije, asintiendo cortésmente. Kendall y yo somos de la opinión de que Landon, el del desdén perpetuo y los chismes mezquinos, es uno de esos imbéciles, pero no quería decirle nada a Janie. En retrospectiva, sin embargo, tal vez debería haber dicho algo, porque poco después de que Janie me hiciese crear ese perfil, se vio absorbida por el agujero negro de su relación, y ni Kendall ni yo la hemos vuelto a ver desde entonces.

Dejo el teléfono en la cama y organizo mis cojines para que me proporcionen un respaldo... un movimiento que implica espantar a Bola de nieve y al Señor Bufidos de una de ellas y mover a la Reina Isabel a un lado. Bola de nieve y la Reina Isabel se lo toman bastante bien, la Reina Isabel incluso se baja de la cama, pero el Sr. Bufidos me lanza una mirada malévola y agita la cola amenazadoramente de lado a lado antes de enroscarse junto a mis pies. Sé que va a recordar esta ofensa y buscará represalias más tarde, pero por ahora, tengo un lugar cómodo para ver todas las fotos de pollas que sin duda me esperan en la aplicación.

Dejándome caer entre las almohadas, inicio sesión en mi perfil y reviso la bandeja de entrada. Efectivamente, hay alrededor de trescientos mensajes, con al menos un centenar de ellos que contienen archivos adjuntos de naturaleza genital. Solo por diversión, hago clic en unos cuantos: algunos tienen ciertamente un tamaño y forma decentes; pero luego me aburro y empiezo a borrarlos sistemáticamente. No sé cómo a los hombres se les ocurrió la idea de que las fotos de su polla son excitantes, porque sinceramente no lo son. No tengo nada en contra de los penes, pero no me excitan a menos que estén unidos a un chico que me gusta. Puntos de bonificación si el tipo viene con tableta de chocolates en los abdominales y unos pectorales agradables, pero la personalidad es lo que más me importa.

Prefiero salir con un calvito de ciento treinta kilos que sea amable con los animales y las ancianitas que con un gilipollas perfecto con una polla gigante.

Me lleva cerca de una hora leer la mayoría de los mensajes. Es cuando estoy en la recta final, y firmemente convencida de que nunca más volveré a usar una aplicación de citas, cuando lo veo.

Un correo electrónico simple y sin archivos

adjuntos, con un avatar de dibujos animados de un hombre de cara redonda con una sonrisa tímida.

Intrigada, hago clic en el mensaje, enviado hace solo tres días.

Hola Emma, dice. Estoy seguro de que te lo dicen mucho, pero creo que eres realmente bonita, y me encantan los gatos de tu foto. Yo tengo dos persas. Están gordos y horriblemente malcriados, pero los adoro, y estoy convencido de que a pesar de arañar todos mis muebles, ellos también a mí. Aparte de pasar tiempo con ellos, mis hobbies incluyen descubrir peculiares cafeterías en Brooklyn, leer (principalmente, novela histórica), y patinar en el parque. Ah, y trabajo en una librería mientras estudio para ser veterinario. ¿Crees que te gustaría tomar un café o cenar conmigo uno de estos días? Conozco un lindo y pequeño lugar en Park Slope. Dime si te interesaría hacer algo así.

¡Gracias!

Mark

Con el pulso acelerado por la emoción, vuelvo a leer la carta y luego me voy a su perfil. Hay dos imágenes reales de Mark allí, cada una mostrando a un tío que parece ser exactamente mi tipo. Aunque las imágenes son borrosas, se parecen bastante a su avatar de dibujos animados. Su rostro redondeado parece amable, su sonrisa torcida es a la vez tímida y autocrítica, y en una de las imágenes, lleva unas gafas que le dan un aire agradablemente intelectual. Según el perfil, tiene veintisiete años, cabello castaño y ojos azules, y vive en Carroll Gardens, Brooklyn.

Es tan perfecto que podría haber salido directamente de mi lista secreta de deseos.

Sonriendo, respondo que me encantaría encontrarme con él, luego salto de la cama y me doy un bailecito para celebrar haber pescado a alguien. El pelo me cae por toda la cara en rizos rojos y encrespados, y mis gatos me miran como si estuviese chiflada, pero me da igual.

Kendall se puede meter su etiqueta de loca de los gatos por su pequeño y flaco trasero.

Tengo una cita de verdad.

 arcus

—Sí, ASÍ ES —DIGO CON IMPACIENCIA—. QUIERO QUE esté elegante y bien arreglada en todo momento. Tiene que tener sentido del estilo; es muy importante. Una morena sería lo mejor, pero una rubia también funcionaría, siempre y cuando su peinado sea conservador. No puede parecer recién salida de la revista *Playboy*, ¿entendido?

—Sí, por supuesto, señor Carelli. —La elegante morena frente a mí cruza sus largas piernas y sonríe educada. Victoria Longwood-Thierry, casamentera de la élite de Wall Street, es exactamente lo que tengo en mente para ser mi futura esposa, excepto porque tiene más de cincuenta años, está casada y tiene tres hijos—. ¿Y qué hay de sus hobbies e intereses? —pregunta con su voz cuidadosamente modulada—. ¿En qué le gustaría que estuviera interesada?

—Algo intelectual —digo—. Quiero poder hablar con ella más allá del dormitorio.

—No hay problema. —Victoria escribe un apunte en su bloc de notas—. ¿Qué hay de su profesión?

—Eso carece de importancia para mí. Puede ser abogada o doctora o dedicar todo su tiempo a obras de caridad para huérfanos en Haití; en lo que a mí respecta, todo es lo mismo. Una vez que nos casemos, ella puede quedarse en casa con los niños o continuar con su carrera. Me siento cómodo con cualquiera de las dos opciones.

—Eso demuestra una mentalidad muy abierta por su parte. —La expresión de Victoria no ha cambiado, pero tengo la sensación de que secretamente se está riendo de mí—. ¿Qué opina de las mascotas? ¿Prefiere a los perros o a los gatos?

—A ninguno de los dos. No me gusta tener animales dentro de casa.

Victoria toma otra nota antes de preguntar:

—¿Qué hay de su altura? ¿Tiene usted alguna preferencia?

—Alta —le digo de inmediato—. O al menos por encima de la media. —Mido uno noventa, y las mujeres bajitas me parecen como niñas pequeñas.

—Bien, estupendo. —Victoria lo anota—. ¿Y qué hay de la complexión? ¿Atlética o delgada, supongo?

Asiento levemente.

—Sí. Me gusta hacer fitness, y quiero que ella esté

en forma para que pueda seguirme el ritmo. —Frunciendo el ceño, miro mi reloj Patek Philippe y veo que solo tengo media hora antes de que abran los mercados. Volviendo mi atención a Victoria, digo—: Básicamente, quiero una mujer inteligente, elegante y con estilo, que se cuide.

—Entendido. No le decepcionará, lo prometo.

Soy escéptico, pero mantengo mi cara de póquer cuando ella se levanta y educadamente me acompaña fuera de su oficina. Promete contactar conmigo en un par de días, me estrecha la mano y vuelve a entrar, dejando tras de sí una nube de perfume caro. No es demasiado fuerte, Victoria Longwood-Thierry nunca sería tan ordinaria como para usar un perfume fuerte, pero aun así estornudo mientras me dirijo al ascensor.

Tendré que agregar esto a la lista: la candidata a esposa no puede usar perfume, punto.

Para cuando llego a mi edificio de Park Avenue desde la oficina de Victoria en el West Village, mis programadores y traders están pegados a sus pantallas. Solo unos pocos se dan cuenta de que paso por allí en dirección a mi oficina del rincón. Normalmente me acerco a sus escritorios para preguntarles sobre su fin de semana y obtener una actualización de nuestras posiciones, pero el mercado ya está abierto y ahora no puedo distraerlos.

Con noventa y dos mil millones del dinero de mis inversores en juego, no hay margen de error.

Mi oficina es enorme y tiene espléndidas vistas de los rascacielos de Park Avenue, pero no me paro a apreciarlas. Tiempo atrás, esta oficina me parecía la consagración del triunfo para un chaval desharrapado de Staten Island, pero ahora tengo hambre de más. El éxito es mi droga, y con cada victoria, necesito una dosis mayor para conseguir un subidón. Ya no se trata del dinero; además de mi parte personal en el fondo, tengo un par de miles de millones escondidos en bienes raíces y otras inversiones pasivas; se trata de saber que puedo hacerlo, que puedo tener éxito donde otros han fallado. La reciente volatilidad del mercado ha resultado en pérdidas récord tanto para los fondos de cobertura como para los fondos mutuos, pero Carelli Capital Management ha crecido por encima del diez por ciento, superando al mercado en más del cuarenta por ciento. Fundaciones, fondos de pensiones, millonarios... todos se están amontonando y pisoteándose por la prisa de invertir conmigo, y yo todavía quiero más.

Lo quiero todo, incluyendo una esposa que se ajuste a la vida que he trabajado tan duro para construir.

Aparentemente, debería ser fácil. A los treinta y cinco, tengo dinero suficiente para surtir a toda la población femenina de Manhattan de bolsos de Louis Vuitton y zapatos Louboutin durante el resto de sus vidas, no soy mal parecido y hago ejercicio todos los días para mantenerme en forma. Esto último lo hago más por una cuestión de salud que por vanidad, pero las mujeres parecen apreciar el resultado. Puedo ligar con cualquier mujer en un club en cuestión de minutos, pero ninguna de ellas es lo que yo deseo.

Deseo mucha clase. Deseo elegancia.

Deseo una mujer que sea totalmente opuesta a la que me crio... y es por eso que recurro a Victoria Longwood-Thierry y sus conexiones con antiguas familias de riqueza heredada.

Fue mi amigo Ashton quien apuntó en su dirección.

—Sabes que el tipo de mujer que buscas no va a estar pasando el rato en un bar, ¿verdad? —me dijo cuándo, después de un par de cervezas, le detallé mis requisitos para una esposa—. Tú estás hablando de la aristocracia estadounidense, el Mayflower y todas esas mierdas. Si hablas en serio en cuanto a pillar un coño de alta gama, tienes que hablar con la amiga de mi tía. Es una casamentera profesional que trabaja con políticos y peces gordos de Wall Street como tú. Te encontrará exactamente lo que necesitas.

Me eché a reír y cambié de tema, pero el germen de esa idea había sido sembrado, y cuanto más investigaba a la amiga de la tía de Ashton, más intrigado estaba. Resulta que Victoria había emparejado al menos a dos administradores de fondos de cobertura a quienes conozco, uno con una gimnasta olímpica y el otro con una bióloga de Princeton que había trabajado a la par como modelo. Después de escarbar más, me enteré de que ambos matrimonios estaban funcionando bien de momento, y eso, por encima de todo lo demás, me convenció de darle una oportunidad a la casamentera.

Tengo la intención de alcanzar tanto éxito en mi vida personal como lo he hecho en los negocios, y tener el tipo adecuado de esposa es una parte fundamental en eso.

Al sentarme en mi reluciente escritorio de madera de ébano, enciendo mi monitor con los datos de Bloomberg y recojo una pila de informes de investigación. Tengo a Victoria trabajando en ello, así que aparto el tema de la búsqueda de esposa de mi mente y me centro en lo que realmente importa: mi trabajo y hacer que mis clientes ganen dinero.

YA SON LAS OCHO DE LA TARDE CUANDO MI TELÉFONO vibra con un mensaje entrante. Frotándome los ojos, aparto la vista de la pantalla del ordenador y veo que es un mensaje de texto de Victoria.

Tengo la candidata perfecta para usted, dice el mensaje. *Puede verse con usted en el café Sweet Rush de Park Slope, mañana a las 6 de la tarde. Si eso le cuadra, le mandaré un e-mail con más detalles. Emmeline vive en Boston y solo estará en la ciudad un par de días.*

Frunzo el ceño mirando a mi teléfono. ¿A las seis? Casi nunca salgo de la oficina tan temprano los martes. ¿Y Boston? ¿Cómo se supone que debo conocer a esta Emmeline si no vive en Nueva York?

Empiezo a escribirle a Victoria diciendo que no puedo, pero me detengo en el último instante. Esto es lo que yo quería: que Victoria me presentara a una mujer a la que nunca sería capaz de conocer por mí mismo. Dado el historial de la casamentera, puedo permitirme darle una noche para ver si hay algo que valga la pena estudiar allí.

Antes de que pueda cambiar de opinión, envío un mensaje de texto rápido a Victoria para aceptar la cita, y vuelvo a dirigir mi atención a la pantalla.

Si mañana tengo que salir de la oficina más temprano, esta noche tendré que trabajar algunas horas más.

Emma

ESTOY CASI DANDO SALTITOS POR LA EMOCIÓN MIENTRAS me acerco al café Sweet Rush, donde se supone que he de encontrarme con Mark para cenar. Esta es la cosa más loca que he hecho en mucho tiempo. Entre mi turno nocturno en la librería y su horario de clases, no hemos tenido la oportunidad de hacer más que intercambiar algunos mensajes de texto, así que todo lo que tengo son esas dos imágenes borrosas. Aun así, tengo un buen presentimiento.

Siento que Mark y yo realmente podríamos conectar.

Llego unos minutos antes, así que me paro junto a la puerta y me tomo un instante para quitarme el pelo de gato de mi abrigo de lana. El abrigo es beige, lo cual es mejor que negro, pero el pelo blanco es visible en todo lo que no sea blanco puro. Supongo que a Mark no le importará demasiado, sabe cuánto pelo sueltan los persas, pero aun así quiero estar presentable para nuestra primera cita. Me costó alrededor de una hora, pero conseguí que mis rizos más o menos se comportaran, e incluso llevo un poco de maquillaje, algo que sucede con la frecuencia de un tsunami en un lago.

Respirando profundamente, entro en el café y miro a mi alrededor para ver si Mark podría estar ya por allí.

El sitio es pequeño y acogedor, con asientos estilo reservado dispuestos en semicírculo alrededor de una barra. El olor a granos de café tostados y productos de panadería es delicioso, y hace que mi estómago retumbe de hambre. Planeaba tomarme solo un café, pero también decido comprar un cruasán; mi presupuesto debería llegarme para eso.

Solo hay ocupados unos cuantos reservados, probablemente porque es martes. Los escaneo, buscando a cualquiera que pueda ser Mark, y me fijo en un hombre sentado solo en la mesa más alejada. Está de espaldas a mí, así que todo lo que puedo ver es la parte posterior de su cabeza, pero su cabello es corto y de color marrón oscuro.

Podría ser él.

Haciendo acopio de todo mi coraje, me acerco al reservado.

—Disculpa —digo—. ¿Eres Mark?

El hombre se da vuelta para mirarme y mi pulso se dispara hacia la estratosfera.

La persona frente a mí no se parece en nada a las imágenes de la aplicación. Su cabello es castaño y sus ojos son azules, pero esa es la única similitud. No hay nada redondeado o tímido en los marcados rasgos del hombre. Desde la mandíbula de acero hasta la nariz aguileña, su rostro es audazmente masculino, estampado con una seguridad en sí mismo que raya en la arrogancia. Un toque de barba sin afeitar ensombrece sus delgadas mejillas, haciendo que sus pómulos altos se marquen aún más, y sus cejas son gruesas barras oscuras sobre unos ojos penetrantes y pálidos. Incluso sentado detrás de la mesa, se ve alto y poderoso. Sus hombros parecen kilométricos enfundados en su traje hecho a medida, y sus manos son dos veces más grandes que las mías.

De ningún modo puede ser este el Mark de la aplicación, a menos que se haya pasado un montón de tiempo en el gimnasio desde que se hicieron esas fotos. ¿Es posible? ¿Podría una persona cambiar tanto? No indicó su altura en el perfil, pero supuse que la omisión significaba que era "verticalmente poco agraciado", igual que yo.

El hombre al que estoy mirando no es poco agraciado en ningún sentido, y ciertamente, no lleva gafas.

—Soy... soy Emma —tartamudeo, mientras el hombre continúa mirándome, con rostro serio e inescrutable. Estoy casi segura de que me he equivocado de persona, pero aun así me obligo a preguntar—: ¿Tú no serás Mark, por casualidad?

—Prefiero que me llamen Marcus —me responde, dejándome anonadada. Su voz tiene un sonido profundamente masculino que despierta algo femenino y atávico dentro de mí. El corazón me late todavía más deprisa, y las palmas de mis manos empiezan a sudarme cuando él se pone en pie y me suelta sin rodeos: —No eres lo que me esperaba.

—¿Yo? —¿*Qué demonios?* Una oleada de furia desplaza de un empujón a todas las otras emociones mientras miro boquiabierta al gigante maleducado que tengo delante de mí. El gilipollas es tan alto que tengo que estirar el cuello para mirarlo—. ¿Y tú? ¡No te pareces en nada a tus fotos!

—Creo que los dos hemos sido engañados —dice él, apretando la mandíbula. Antes de que pueda responder, hace un gesto hacia el reservado—. De todos modos, puedes sentarte igualmente y comer conmigo, Emmeline. No he venido hasta aquí para nada.

—Es *Emma* —corrijo, echando chispas—. Y no, gracias. Me voy a ir yendo.

Sus fosas nasales se ensanchan, y da un paso a la derecha para bloquearme el camino.

—Siéntate, *Emma*. —Hace que mi nombre parezca un insulto—. Tendré una charla con Victoria, pero por ahora, no veo por qué no podemos compartir una comida como dos adultos civilizados.

Las puntas de mis orejas arden de furia, pero me deslizo en el reservado en lugar de montar una escena. Mi abuela me inculcó la cortesía desde una edad temprana, e incluso siendo una adulta que vive por su cuenta, me resulta difícil ir en contra de sus enseñanzas.

Ella no aprobaría que pateara a este idiota en las pelotas y le dijera que se fuese a la mierda.

—Gracias —dice, deslizándose en el asiento frente al mío. Sus ojos brillan con un azul gélido mientras coge el menú—. No ha sido tan difícil, ¿verdad?

—No lo sé, *Marcus* —digo, haciendo especial hincapié en su nombre formal—. Solo llevo cerca de ti dos minutos y ya tengo ganas de asesinar a alguien. —Suelto el insulto con una sonrisa propia de una dama, que mi abuela aprobaría, y arrojando el bolso a la esquina del reservado, cojo el menú sin molestarme en quitarme el abrigo.

Cuanto antes comamos, antes podré salir de aquí.

Una risita profunda me sobresalta, y levanto la vista. Para mi sorpresa, el imbécil se está riendo, con sus dientes lanzando blancos destellos desde su rostro ligeramente bronceado. Noto, con envidia, que no tiene ninguna peca; su piel tiene un tono uniforme, sin un lunar de más siquiera en la mejilla. No es guapo al estilo clásico, sus rasgos son demasiado marcados para poder describirlo de ese modo, pero es asombrosamente atractivo de una forma potente y puramente masculina.

Para mi disgusto, una pequeña punzada de calor me

lame las entrañas, haciendo que mis músculos internos se tensen.

No, de ninguna manera. Este gilipollas *no* me está poniendo caliente. Apenas puedo soportar sentarme en la mesa frente a él.

Apretando los dientes, miro mi menú, notando con alivio que los precios en este lugar son realmente razonables. Siempre insisto en pagar mi propia comida en mis citas, y ahora que he conocido a Mark, perdón, a *Marcus*, no estaría fuera de lugar pensar que sería propio de él que me arrastrara a algún sitio lujoso donde un vaso de agua del grifo costase más que un chupito de tequila Patrón. ¿Cómo es posible que me haya equivocado tanto con este tío? Claramente, había mentido sobre lo de trabajar en una librería y ser estudiante. Con qué fin, no lo sé, pero todo lo relacionado con el hombre frente a mí grita riqueza y poder. Su traje a rayas se amolda a su figura de hombros anchos como si estuviera hecho a medida para él, su camisa azul está almidonada y estoy bastante segura de que su corbata de sutiles cuadros es de un diseñador que hace que Chanel parezca una de las firmas de Walmart.

Mientras noto todos esos detalles, una nueva sospecha brota en mi mente. ¿Pudiera ser que alguien me esté gastando una broma? ¿Kendall, tal vez? ¿O Janie? Las dos conocen mis gustos en cuanto a chicos. Tal vez una de ellas decidió atraerme a una cita de esta manera, aunque el por qué me han organizado una cita con *él*, y él ha accedido, es un gran misterio.

Frunciendo el ceño, levanto la vista del menú y estudio al hombre frente a mí. Ha dejado de sonreír y está examinando el menú, con la frente fruncida en un ceño que lo hace parecer mayor que los veintisiete años que figuran en su perfil.

Esa parte también debe de haber sido una mentira.

Mi ira se intensifica.

—Entonces, *Marcus*, ¿por qué me has escrito? —Dejando caer el menú sobre la mesa, lo fulmino con la mirada—. ¿Tienes gatos siquiera?

Él levanta la vista, y su ceño se hace más profundo.

—¿Gatos?... No, por supuesto que no.

Su tono burlón me hace querer olvidarme del todo de lo que mi abuela desaprobaría y darle una bofetada en su cara delgada y angulosa.

—¿Es esto algún tipo de broma pesada para ti? ¿Quién te ha convencido para esto?

—¿Perdona? —Sus pobladas cejas se elevan en un arco arrogante.

—Oh, deja de hacerte el inocente. Me mentiste en tu mensaje y tienes el descaro de decir que *yo* no soy lo que esperabas. —Prácticamente puedo sentir como el humo se escapa de mis oídos—. *Tú* me enviaste un mensaje a *mí*, y yo fui completamente sincera en mi perfil. ¿Cuántos años tienes? ¿Treinta y dos? ¿Treinta y tres?

—Tengo treinta y cinco años —dice lentamente, volviendo a mostrarme su ceño—. Emma, ¿de qué estás hablando?...

—Ya está bien. —Agarrando mi bolso por la correa,

me deslizo fuera del reservado y me pongo de pie. Enseñanzas de la abuela o no, no voy a comer con un imbécil que admite haberme engañado. No tengo idea de qué haría que un tipo así quisiera jugar conmigo, pero no voy a ser el blanco de alguna broma—. Disfruta de tu comida —gruño, dándome la vuelta, y me voy andando a grandes zancadas hacia la salida antes de que pueda cerrarme el paso otra vez.

Tengo tanta prisa por irme que casi derribo a una morena alta y delgada que se acerca al café y al chico bajo y regordete que llega detrás de ella.

arcus

AGARRANDO EL BORDE DE LA MESA, VEO A LA PEQUEÑA pelirroja salir volando del restaurante, con su culo curvilíneo bamboleándose. Incluso con ese abrigo de lana sin forma, su figura pequeña y exuberante es inconfundiblemente femenina... y extrañamente sexy. Nunca me han gustado especialmente las mujeres con curvas, pero en el momento en que Emma se me acercó, mis hormonas se dispararon y mi polla se endureció.

Si no hubiera llevado traje, la situación habría sido francamente vergonzosa.

En realidad, todas mis habilidades sociales me abandonaron en cuanto puse mis ojos en ella. Con sus rizos rojos salvajes y su sentido del estilo sacado de las tiendas de segunda mano del Ejército de Salvación, Emma era tan diferente de las imágenes que me había formado en mi mente, y aun así tan extrañamente atractiva, que le dije directamente que no era lo que me esperaba. En cuanto esas palabras salieron de mi boca, quise retirarlas, pero ya era demasiado tarde. Sus ojos gris claro se entornaron, su boca como un capullito de rosa se apretó, y su pelo brillante como las llamas del fuego pareció expandirse, con todos sus rizos vibrando de indignación. Entonces ella replicó que *yo* era diferente de como aparecía en mis fotos, y las cosas se volvieron exponencialmente más tensas desde ese punto. No recuerdo la última vez que había sido menos cortés con una mujer, pero con Emma, fue como si me hubiera convertido en un hombre de las cavernas.

Casi le ordeno que se uniera a mí, yendo tan lejos como para usar mi tamaño para intimidarla y hacer que me obedeciera.

¿Por qué me la habría enviado Victoria?... si es que lo había hecho, claro está. Ahora que toda mi sangre ya no está concentrada en correr por mis ingles, el comportamiento de la pelirroja me parece extremadamente extraño. Sus acusaciones y divagaciones sobre gatos no tienen ningún sentido... a menos que haya habido algún tipo de malentendido.

Mierda.

Me deslizo fuera del reservado para seguir a la mujer, pero antes de que pueda dar dos pasos, una morena alta y sofisticada se interpone en mi camino.

—Hola, Marcus —dice con una sonrisa fría y elegante—. Soy Emmeline Sommers. Siento mucho llegar tarde.

Incluso antes de que ella diga su nombre, sé quién es ella y sé que la he cagado a lo grande.

Esta es la mujer de la que Victoria me había hablado, cuyo archivo no tuve la oportunidad de descargar antes de que me llamaran a una reunión de emergencia con mis gestores de carteras. Victoria me ha enviado las fotos y la biografía de Emmeline esta tarde, y entre la reunión y coger el metro para evitar el tráfico de la hora punta, me había presentado en el café sin estar preparado en absoluto, algo que normalmente nunca haría. Me imaginé que no tendría importancia, simplemente le confesaría mi falta de preparación a Emmeline y pasaríamos un buen rato conociéndonos... pero no conté con una mujer de nombre similar que, por alguna extraña coincidencia, también debe haber venido al café para una cita a ciegas con un chico que comparte mi nombre. ¿Cuáles eran las jodidas probabilidades de *eso*?

Mirando a la morena frente a mí, no me puedo creer que haya confundido a Emma con ella. Sería imposible encontrar dos mujeres que fuesen más diferentes. Emmelíne es la princesa Diana, Jackie Kennedy y Gisele, todas juntas en un paquete impresionante. Puedo imaginarla fácilmente en las actividades sociales y eventos políticos que forman cada vez más parte de mi vida. Ella sabría qué tenedor usar y cómo tener charlas triviales con senadores y camareros por igual, mientras que Emma... Bueno, puedo verla rebotando en mi polla, y eso es todo.

Apartando las imágenes pornográficas de mi mente, le sonrío a la morena alta.

—Ningún problema —digo, estirando la mano para estrechársela—. Yo solo llevo aquí unos minutos. Es un placer conocerte.

Los dedos de Emmeline son largos y delgados, su piel fresca y seca al tacto.

—Lo mismo digo —me contesta, apretando mi mano con la cantidad justa de fuerza antes de bajar con gracia su brazo—. Gracias por venir hasta aquí para reunirte conmigo. Mi hermana estudia en el Conservatorio de Música de Brooklyn, así que me quedaré por aquí hasta mi vuelo de mañana por la mañana.

—No hay de qué. Gracias a ti por sacar tiempo para quedar conmigo —digo mientras nos sentamos a la mesa.

Durante los siguientes minutos, hablamos un poco y empezamos a conocernos. No le cuento nada sobre la confusión con Emma: no hay necesidad de que Emmeline piense que soy un completo idiota; pero sí le cuento que no he tenido ocasión de revisar el archivo que me ha enviado Victoria. Como esperaba, Emmeline le quita importancia a mis disculpas, diciendo que es mejor que podamos llegar a conocernos sin nociones preconcebidas. Sin embargo, es obvio que ella sí ha revisado su archivo sobre mí. Ella lo sabe todo sobre mí, desde mi Máster en Administración de empresas por Wharton hasta mi cargo actual como jefe de uno de los fondos de cobertura más importantes de la ciudad de Nueva York.

Después de hacerle nuestro pedido al camarero, averiguo que Emmeline tiene treinta y un años y está graduada en derecho por Harvard. Durante los últimos tres años, ha dirigido una fundación sin ánimo de lucro que brinda servicios legales a mujeres y niños maltratados. Le apasiona su trabajo y pasa más de ochenta horas a la semana en la fundación; no es solo un pasatiempo para ella, aunque su familia es lo suficientemente rica como para que ella hubiera podido hacer absolutamente cualquier cosa en términos laborales... o nada.

—Mi tatarabuelo hizo una fortuna en los ferrocarriles mucho tiempo atrás —dice sonriendo—. Y mi familia de alguna manera ha logrado conservarla y hacerla crecer durante el último siglo y medio. Así que sí, soy uno de esas niñas bien que viven de las rentas de fondos fiduciarios. —Su sonrisa posee un encanto cargado de modestia que suaviza los rasgos aristocráticos de su rostro, y siento que realmente me gusta.

Emmeline es de verdad, la mujer que había estado esperando conocer desde que había decidido poner mis miras en obtener otro indicador más de éxito: la esposa trofeo definitiva.

Mientras el camarero nos trae la comida, hablamos

de todo un poco, desde las noticias que pasan en el mundo hasta la reciente volatilidad de los mercados, y veo que Emmeline tiene opiniones estrechamente cercanas a las mías. Está bien informada y es reflexiva en sus opiniones; su formación legal se hace evidente en su enfoque bien razonado sobre la mayoría de las cuestiones. Disfruto escuchándola, y ella también parece interesada en lo que tengo que decir.

Tampoco viene mal que sea hermosa a la vista, de una manera elegante y de crianza, al estilo pura sangre. Su vestido-suéter de manga larga es elegante sin ser la última tendencia, sus accesorios son caros pero discretos, y su cabello liso y oscuro está cortado en capas favorecedoras alrededor de su rostro perfectamente ovalado.

Es una mujer sorprendentemente atractiva, pero cuando observo la forma elegante en que sostiene su tenedor, de repente se me ocurre que no me siento atraído por ella. Me gusta su aspecto, pero es el mismo tipo de apreciación que podría sentir hacia una obra de arte o una escultura estéticamente agradable: un placer puramente intelectual que es todo lo contrario de mi reacción visceral frente a la pelirroja.

No. Detente. Antes de que mi mente pueda alejarse más allá por esos derroteros, me obligo a librarme de todo pensamiento relacionado con Emma. Emmeline es la mujer que siempre he deseado tener, y no puedo joderla ahora siguiendo los impulsos de mi polla repentinamente rebelde.

Durante un rato, logro centrarme únicamente en

Emmeline. Ella es buena conversadora, y mientras comemos, intercambiamos anécdotas divertidas sobre la universidad y el trabajo. Le hablo del trader de mi fondo que usa zapatillas naranjas como amuletos de buena suerte, y ella me explica la predilección de su hermana por salir con chicos hípster de pelo largo. En mitad de la comida, tengo que excusarme un momento para coger una llamada importante del trabajo, y ella no mueve una pestaña ante eso. Tampoco parece nada desanimada cuando tengo que enviar rápidamente unos cuantos emails urgentes al regresar a la mesa. Es obvio que ella comprende las exigencias de un trabajo con tanta presión como el mío. Aun así, me disculpo, y ella se ríe, explicando que su padre, un poderoso abogado corporativo, no había conseguido pasar ni sola cena durante su infancia sin tener algún tipo de emergencia laboral. Charlamos sobre su familia un rato —todos son tan exitosos como ella— y luego volvemos a temas más serios, como el clima político y lo que significa para la economía global. Es cuando estamos en medio de la conversación sobre el nuevo alcalde, a quien Emmeline conoce personalmente, cuando ella mira hacia la esquina de del reservado y dice:

—Oh, mira. Alguien se ha dejado un teléfono aquí.

Se me acelera el pulso con una emoción inexplicable.

—¿Un teléfono?

Emmeline asiente y me muestra un Smartphone con una maltrecha carcasa rosa.

—Lo he encontrado en la esquina del asiento. Bien,

déjame dárselo a nuestro camarero... —Se desliza para salir de su asiento, pero antes de que pueda levantarse, estiro el brazo y le quito el móvil de la mano.

—No será necesario. —Lucho por mantener mi voz serena mientras me guardo el dispositivo—. Sé de quién es. Había una mujer sentada aquí antes que nosotros; se le debe haber caído del bolso. Me aseguraré de que lo recupere.

—¿Lo harás tú mismo? —La lisa frente de Emmeline queda surcada por un ceño. Se siente confundida ante mi comportamiento, y no es la única.

—Haré que mi asistente se encargue de ello —miento—. Se le dan bien este tipo de cosas. —Esa última parte es cierta, Lynette tiene muchos recursos, pero no pienso meterla en esto de ningún modo.

Quiero devolver este teléfono personalmente. No, *necesito* devolverlo. El impulso es prácticamente una compulsión. Tengo que volver a ver a la pelirroja, aunque solo sea para confirmar que mi loca atracción hacia ella ha sido algo fortuito, y que no es tan atractiva como recuerda mi polla.

—OK, si insistes... —Emmeline todavía me está mirando como si yo hubiera perdido la cabeza, así que le ofrezco mi sonrisa más atractiva y derivo la conversación de nuevo hacia el alcalde. Mi pulso se ha lanzado al galope con expectación ante la idea de localizar a Emma, pero no pienso joder las cosas con Emmeline.

Una vez que devuelva este teléfono, Emma

desaparecerá de mi mente, y podré concentrarme en lo que realmente quiero: una esposa que será un logro tan grande como los miles de millones de mi cuenta bancaria.

5

*E*mma

Mentiroso. Capullo. Gilipollas depravado. Echando humo por las orejas, camino a grandes zancadas calle abajo, apenas consciente de los viandantes que se apartan de mi camino. No recuerdo la última vez que estuve tan enfadada. Poco me falta para que me hierva la sangre en las venas.

¿Cómo se ha atrevido a escribirme con un perfil falso y luego actuar como si *yo* le hubiese decepcionado? Vale que tal vez puse en la aplicación de citas las fotos donde salía más favorecida, pero, ¿qué mujer no lo haría así? No es lo mismo que usar las imágenes de otra o fotos especialmente antiguas. Las dos que subí se hicieron hace menos de un año, cuando de hecho pesaba unos kilos más que ahora mismo. Así que, en cualquier caso, estoy mejor ahora, o al menos, más delgada. De todos modos, no veo cómo mí físico podría haberle decepcionado... yo hasta había puesto mi altura y peso en el perfil. ¿Y lo de los gatos? ¿De qué diablos iba todo eso? ¿Por qué iba a afirmar que le encantaban los gatos y actuar después como si yo hubiese mencionado que tenía la peste?

En general, ¿por qué iba un hombre así, guapo y obviamente triunfador, a querer liarse con una chica cualquiera salida de una aplicación de citas?

Estoy tan cabreada que llego hasta el metro y me subo al vagón en piloto automático. Hasta que no estoy a un par de paradas de mi estación, mi estallido de malhumor no se enfría lo suficiente como para permitirme rumiar sobre lo sucedido sin atragantarme de furia.

Respiro hondo para calmarme, y repaso los hechos. Punto clave número uno: el hombre del café insistió en que le llamara Marcus en vez de Mark, aunque me había escrito firmando como Mark. Punto clave número dos: resultó tener treinta y cinco años, no tener gatos y no parecerse en nada a las imágenes borrosas de su perfil. Cuando lo pongo todo junto y lo analizo sin que la proximidad del gilipollas ese me aturda el cerebro, se me ocurre una bochornosa posibilidad.

¿Puede ser que me haya acercado al hombre equivocado?

Emmeline, me había llamado él. ¿Es posible? ¿Podría ser que él tuviera que encontrarse con alguien que se llamase así y que me haya confundido con ella? Las probabilidades de que hubiera un Mark y un Marcus, y una Emma y una Emmeline que hubiesen quedado para una cita a ciegas en el mismo sitio, cuando menos, son remotas, pero cosas más extrañas han sucedido. Cuando la abuela conoció al abuelo, él la confundió con una de sus primas y decidió gastarle una broma y la empujó un estanque... donde el caimán que un vecino criaba allí en secreto se enganchó rápidamente de su pie. Ella todavía tiene cicatrices por ese incidente, y él parece sentirse culpable cada vez que la abuela cuenta esa historia, lo cual pasa a menudo.

Así que sí, a veces ocurren cosas rarísimas, y solo porque algo parezca poco probable no quiere decir que sea imposible. Siguiendo esa lógica, es completamente plausible que Marcus no sea un imbécil total.

Que simplemente, él no sea Mark.

Gimiendo mentalmente, meto la mano en mi bolso y revuelvo buscando mi teléfono. Si estoy en lo cierto, probablemente tenga un correo electrónico o un mensaje de texto del verdadero Mark, preguntándome dónde estoy y por qué lo he dejado plantado.

Me lleva un minuto entero de rebuscar el darme cuenta de que no encuentro el móvil.

Se me acelera el corazón, y una sensación de náusea me revuelve el estómago. *No. No puede ser.*

Las manos me están temblando cuando vuelco el contenido del bolso en un asiento vacío a mi lado y lo examino aterrorizada.

En el asiento de plástico naranja junto a mí hay una

cartera de cuero gastada, unos pañuelos de papel, una goma de pelo verde, un frasco de antiácido, las llaves de mi apartamento, un puntero láser y un viejísimo paquete de chicles, pero ningún móvil con una funda rosa brillante.

Ni rastro de ningún teléfono.

Debo de haberlo perdido en alguna parte.

Se me llenan los ojos de lágrimas, nublándome la vista, mientras vuelvo a meterlo todo torpemente en el bolso. Sé que dentro del orden general de las cosas, perder un móvil no es para tanto. Si el abuelo me viese tan disgustada por una *cosa* material, me daría una charla severa para recordarme lo que realmente importa: la familia, la salud y hacer lo que amas. Y aunque sé que todo eso es cierto, simplemente justo ahora no puedo permitirme un hachazo de este calibre a mi cuenta bancaria. Un par de mis clientes habituales de edición han tenido algunas dificultades con sus últimas novelas, por lo que no he recibido ningún encargo grande de edición desde el verano, lo que me ha dejado tan solo con el sueldo de cajera de la librería para vivir. Normalmente, eso sería suficiente, sé cómo estirar cada centavo, pero entre el aumento de la tasa de interés de mis préstamos estudiantiles y la factura del veterinario de hace dos semanas por la nariz herida de Bola de nieve, mi cuenta está a solo unos pocos dólares de que me cobren por un descubierto.

Literalmente, estoy viviendo de nómina en nómina, y un teléfono nuevo no es algo que pueda permitirme.

Deja de lloriquear, Emma, y piensa. ¿Dónde podrías haber perdido el teléfono?

Prácticamente puedo escuchar al abuelo decirme eso, así que aspiro profundamente y dejo a un lado mi pánico. Tiendo a ser excesivamente emocional; es mi sangre irlandesa, como dice la abuela, y necesito controlarme. Desquiciarme no va solucionar nada.

Ignorando las miradas de los demás pasajeros del metro, me pongo a cuatro patas y miro debajo de mi asiento por si el teléfono se me hubiese caído en algún punto del trayecto.

Nada... o al menos, nada parecido a mi teléfono. Hay envoltorios de chicle y extrañas manchas de aspecto pegajoso, pero no es eso lo que estoy buscando.

Vuelvo a mi asiento y me froto las manos para intentar limpiarme los microbios del suelo. El pánico intenta aflorar de nuevo, pero lo aparto y me concentro en volver mentalmente sobre mis pasos.

¿Llevaba el teléfono de camino a la cafetería? Sí. Recuerdo haber jugado a los *Angry Birds* en el metro.

¿Lo tenía cuando salí del metro? Sí. Usé Google Maps para guiarme desde el metro hasta la cafetería.

¿Lo miré en el restaurante? No. Estaba demasiado entretenida con el gilipollas.

¿Lo revisé cuando salí del restaurante? No. Estaba demasiado ocupada echando humo por culpa del gilipollas, y además me acordé de dónde estaba el metro sin necesidad de mirar el mapa.

Las preguntas y respuestas mentales me tranquilizan un poco, al igual que darme cuenta de que debo haber perdido el teléfono en algún momento desde que entré a la cafetería y ahora mismo. Tal vez si tengo mucha suerte, todavía está en el café, y si regreso, podré encontrarlo.

Una vez decidido eso, me bajo del tren en la siguiente parada y cruzo al andén contrario para coger el que va en dirección opuesta. Pasan seguro veinte minutos antes de que llegue (*estúpida compañía de transportes, con estos interminables retrasos*), pero al final me encuentro en el tren de vuelta hacia la cafetería. Todavía no he cenado, así que me siento cansada y hambrienta, pero estoy decidida.

Si mi teléfono está en esa cafetería, voy a recuperarlo.

No puedo dejar que esta cita infernal se convierta en un completo desastre.

SÉ QUE NO ES LO MEJOR PARA MI FUTURA RELACIÓN CON Emmeline, pero en cuanto terminamos de comer, pido un Uber en lugar de invitarla a tomar algo. Utilizo su vuelo matutino a Boston para justificar el hacer que nuestra cita acabe temprano, pero en realidad, estoy ansioso por comenzar mi búsqueda de la pelirroja.

Por ridículo que sea, *necesito* devolverle el teléfono.

El viaje en Uber hasta el hotel de Emmeline dura aproximadamente media hora con todo este tráfico. Salgo del coche para abrirle la puerta y acompañarla hasta la entrada del hotel, donde le planto un caballeroso beso en la mejilla y prometo llamarla. Es una promesa que del todo tengo la intención de cumplir: Emmeline es lo que deseo, después de todo. Pero, esta noche, necesito alejarme de ella.

Tengo que localizar a Emma y librarme de esta incipiente obsesión.

En el preciso instante en que Emmeline desaparece por la puerta giratoria del hotel, me pongo a un lado y saco el teléfono rosa. Es un modelo antiguo de Android, y por suerte, no se requiere contraseña para desbloquear la pantalla.

Empiezo comprobando las fotos para asegurarme de que este es, de hecho, el móvil de Emma. Al principio, solo me encuentro imágenes de gatos blancos y peludos: *¿cuántos tiene?*. Pero enseguida, me topo con un selfie de una pelirroja sonriente con una camiseta sin mangas y unos pantalones anchos de pijama.

Sí, es Emma.

Mi corazón se acelera, y los pantalones de mi traje de repente se vuelven apretados. No hay nada en esa foto que pretenda ser seductor. Ella está sentada abrazando las rodillas contra su pecho, así que ni siquiera se aprecia la forma de sus senos, pero algo en las pálidas curvas de sus hombros, en las pecas esparcidas por su nariz, en los hoyuelos de sus mejillas, me hacen ponerme más duro que una barra de acero.

Joder. ¿Qué estoy haciendo?

Bajo el teléfono, me apoyo contra la pared exterior del hotel y cierro los ojos con fuerza. Algo realmente malo me está pasando hoy. Yo nunca actúo de manera impulsiva o irracional; sin embargo, acabo de interrumpir una cita con la mujer de mis sueños y la he dejado irse a su hotel sin hacer ni siquiera un amago de intentar besarla... todo para poder ir detrás de otra chica que es totalmente lo opuesto a lo que necesito.

Tal vez *debería* hacer que mi asistente le devolviera el teléfono a Emma. Si he tenido una reacción tan fuerte a su foto, probablemente no sea una buena idea que vuelva a verla en persona.

Abriendo los ojos, miro de nuevo el teléfono rosa. El rostro suavemente redondeado de Emma, enmarcado por un halo de rebeldes rizos pelirrojos, me observa con sus ojos grises imbuidos por un aire absolutamente travieso.

Travieso, y también inundados de algo tan cálido y seductor que no puedo evitar reaccionar ante ello.

Algo que no puedo evitar desear.

Mirando fijamente la foto, entiendo por vez primera lo poderoso que puede ser el atractivo de la tentación. El tabaco, las drogas, la comida basura, la pereza... esos nunca han sido mis vicios. Mi autodisciplina es legendaria entre mis amigos y colegas. Una vez me propongo algo, lo llevo a cabo, y no dejo que nada se interponga en mi camino. Ya sea correr un maratón en dos horas y media o graduarme en la universidad en dos años y medio, soy capaz de establecer objetivos y alcanzarlos, y nunca he entendido a las personas que dicen que quieren conseguir algo pero que carecen de la fuerza de voluntad para hacerlo realidad.

Sin embargo, aquí estoy, mirando un selfie de una mujer que sé que sería mala para mí. Ella equivale a chocolate y días de retozar en el sofá, atracones de Netflix y un paquete de cigarrillos. Ella es el conjunto de lo que no puedo tener y no debería querer: una tentación malsana capaz de arruinarlo todo. Lo más inteligente sería irme a casa y entregarle este teléfono a Lynette a primera hora de la mañana. De esa forma, puedo dormir bien y llamar a Emmeline mañana para acordar una nueva cita y que nos volvamos a ver; tal vez, incluso organizar un viaje a su ciudad natal de Boston.

Eso es lo inteligente, pero no lo que yo hago. En vez de eso, mi mano parece moverse por sí misma y mis dedos se deslizan por la pantalla para llegar al icono de contactos. Mi corazón late a un ritmo pesado y expectante mientras me desplazo por la lista de nombres hasta llegar a la C, donde encuentro la entrada llamada "Casa".

Efectivamente, hay una dirección allí. Cuando saco mi propio teléfono y la escribo en Google Maps, veo que está en Bay Ridge, un barrio de Brooklyn que no queda muy lejos de aquí.

Si me doy prisa, llegaré antes de que sea lo bastante tarde para que mi visita sea perturbadora.

Cediendo a la tentación por primera vez en mi vida adulta, pido otro Uber que me lleve a la dirección de Emma en Bay Ridge. No es tan malo, me digo a mí mismo cuando me subo al coche. Una vez que me libre de este móvil, me olvidaré de la pequeña pelirroja de una vez por todas.

No permitiré que esta extraña nueva debilidad mía arruine todo lo que he trabajado tanto por construir.

Emma

—¿No han encontrado nada? Tiene una funda rosa... —No puedo ocultar la decepción en mi voz, y el camarero me lanza una mirada comprensiva.

—No, lo siento —dice—. Ojalá pudiera ayudarle. La pareja que estaba sentada allí acaba de marcharse y no han dicho nada sobre un teléfono.

—¿Le importa si echo un vistazo por la mesa? —le pregunto, mirando hacia el reservado donde había conocido a Marcus, que puede que fuese o no un gilipollas, dependiendo de su verdadera identidad.

—Claro, adelante —responde el camarero.

Me acerco al cubículo, tratando de no pensar en el hombre que había estado sentado allí, pero no lo consigo del todo. Por alguna razón, siento la piel incómodamente cálida y mi respiración se acelera cuando imagino sus fríos ojos azules y sus grandes manos. Y si sus manos son de ese tamaño, ¿cómo de grande debe de ser su...?

No, basta. Céntrate en el teléfono.

Con esfuerzo, alejo las imágenes gráficas que inundan mi mente y me agacho para mirar debajo de la mesa.

Nada.

Luego rebusco por todos los asientos.

Nada.

La decepción me cae como una pesa en la cabeza, y hace que se me revuelva el estómago por la ansiedad. No he visto el móvil por la calle cuando he vuelto sobre mis pasos, y si no está en el restaurante, entonces lo he perdido de verdad. Tal vez incluso me lo hayan robado... en cuyo caso, la aplicación de rastreo de mi ordenador, que estaba planeando utilizar a continuación, tampoco me serviría.

Agotada y desanimada, camino penosamente de vuelta al metro. En este punto, estoy casi mareada por el hambre, así que le compro un plátano a un vendedor ambulante, (todavía puedo permitirme pagar *eso*), y lo muerdo mientras bajo las escaleras hacia el tren.

Lo único que quiero es llegar a casa, darme una ducha caliente y acurrucarme con mis gatos.

Este día es oficialmente un desastre.

Nunca, nunca más volveré a usar una aplicación de citas.

8

Marcus

¿*DÓNDE DEMONIOS ESTARÁ*?

De pie junto a la entrada lateral de un feo edificio de piedra rojiza, toco el timbre por segunda vez, con la misma falta de resultados.

Emma Walsh no está en casa.

Sé su apellido gracias a su perfil de Facebook, al que accedí pulsando el icono de Facebook de su teléfono. Según ese mismo perfil, es soltera (cosa que ya sospechaba), tiene veintiséis años y se graduó en el Brooklyn College. Le encantan los libros y se dedica a la edición independiente cuando no está trabajando en una pequeña librería familiar. Ah, y definitivamente posee gatos, tres de ellos, a juzgar por sus frecuentes publicaciones sobre ellos en Facebook.

Saber todo esto sobre una mujer que he conocido por accidente me hace sentir como un acosador, un sentimiento que solo se ve exacerbado por mi inexplicable deseo de averiguar más. He jugueteado un poco con su teléfono de camino hacia aquí, para asegurarme de que tenía la dirección correcta, me he dicho, y al hacerlo, lo he curioseado todo, desde sus fotos hasta su correo electrónico. No he leído ninguno de los mensajes porque eso habría estado *realmente* mal, pero sí he mirado por encima los asuntos de los correos. Parece que la mayor parte de su bandeja de entrada está ocupada por mensajes relacionados con sus trabajos de edición, aunque también hay un montón recibidos de alguien llamado Kendall. Lo mismo ocurre con los mensajes de texto, aunque la mayoría son de —la Abu— y —el Abu —que supongo que son sus abuelos.

Joder, *sí* estoy siendo un acosador.

Asqueado conmigo mismo, me doy la vuelta para irme, darle el teléfono a mi asistente por la mañana y olvidarme de esta locura, pero en ese momento, una pequeña figura con bonito cuerpo, y cabello rizado viene por la calle... y se queda clavada en el sitio, levantando las manos en un gesto súbito para agarrarse a la correa de su bolso barato.

Al instante, me doy cuenta de lo que debo de parecerle a Emma, con mis rasgos ensombrecidos por la pequeña luz que cuelga sobre la puerta. Si yo fuera una joven que se encuentra a un desconocido de metro noventa en la penumbra de la puerta de su casa, probablemente ahora mismo me estaría cagando en los pantalones.

—Soy yo, Marcus —digo rápidamente, intentando tranquilizarla. Puede que me haya comportado como un acosador, pero no quiero hacerle ningún daño—. El del café, ¿me recuerdas?

Ella da un paso atrás, todavía sujetando la correa de su bolso.

—¿Qué… qué estás haciendo aquí? —Habla como si le faltase el aliento: he debido de asustarla de verdad—. ¿Cómo me has encontrado?

—Tu teléfono —explico, sacándome el Smartphone rosa del bolsillo—. Lo encontré en el reservado después de que te fueras y quería devolvértelo.

—Oh. —Ella se acerca titubeante. Cuando la luz de la puerta ilumina su pálido rostro, veo que su expresión es una mezcla de alivio y confusión. Deteniéndose a un par de metros de distancia, dice con voz un poco más tranquila—: Gracias. Estaba buscando ese teléfono. Casi había llegado a casa cuando me di cuenta de que no lo tenía, así que volví a la cafetería y el camarero me dijo que no habían encontrado nada. —Y, haciendo una pausa, respira hondo y dice— : Estoy muy contenta de que lo hayas encontrado, pero no tenías que haber venido hasta aquí. Podría haber ido a por él a algún sitio mañana o...

—Esto me pillaba de camino —le digo. Es mentira, pero no pienso admitir el alcance de mi chifladura—. He pensado que podrías estar preocupada, así que te lo he traído.

Ella levanta la vista y me clava sus ojos grises, oscurecidos por el crepúsculo.

—Oh. Vale, bueno, muchas gracias. Es muy amable por tu parte.

Extiende la mano, y le doy su móvil. Ella se asegura de cogerlo de modo que nuestros dedos no se rocen... algo que me molesta de forma irracional. Peor aún, en el momento en que ya no tengo el teléfono en mis manos, lamento habérselo dado tan rápido. Ese teléfono era lo único que nos unía, y ahora no tengo ninguna razón para estar aquí, excepto mi inexplicable deseo de conocerla.

—Emma, escucha —digo mientras se guarda el teléfono con evidente alivio—. Creo que he cometido un error antes, en el café.

—¿Se suponía que ibas a conocer a alguien llamada Emmeline? —Sus labios dibujan una pequeña sonrisa, y me doy cuenta de que ella también ha caído en la cuenta.

—Eso es. —Le sonrío—. Déjame adivinar. ¿Se suponía que tú ibas a conocer a Mark?

—Sí. —Su sonrisa se hace más grande, mostrando unos pequeños dientes blancos y los mismos lindos hoyuelos que he visto en su *selfie*—. ¿Qué probabilidades hay, verdad?

—Puedo pedirle a uno de mis analistas que lo investigue si quieres —digo, solo medio bromeando. Investigar la respuesta a su pregunta retórica me daría una excusa para mantenerme en contacto, algo que realmente deseo. Con esa sonrisa con hoyuelos, la pequeña pelirroja se ve tan jodidamente adorable que quiero lamerla como un cono de helado—. Estoy seguro de que podemos resolverlo si aplicamos algunas estadísticas sobre las tendencias de nombres en la población —agrego.

Emma parpadea, y su sonrisa se atenúa.

—¿Uno de tus analistas? ¿Diriges un laboratorio de ideas o algo así?

—Un fondo de cobertura —respondo—. Utilizamos multitud de estrategias para mantenernos a la vanguardia del mercado, desde los tradicionales análisis de capitales hasta las estrategias cuantitativas de comercio.

Sus hoyuelos se esfuman por completo.

—Ah, ya veo. —Se la ve decepcionada, una reacción que es completamente opuesta a la que tengo cuando las mujeres se dan cuenta de que debo de tener una considerable cantidad de pasta. Forzando una nueva sonrisa, menos sincera, dice—: Gracias de nuevo por devolverme el teléfono, Marcus. Aprecio muchísimo que hayas venido hasta aquí. Si me disculpas... —Me mira expectante, y me doy cuenta de que sigo allí de pie, bloqueando la puerta.

Debería apartarme... eso sería lo más educado y caballeroso, pero no lo hago. En cambio, le pregunto sin rodeos:

—¿Odias Wall Street o algo así?

Sé que estoy rayando el acoso, pero no puedo dejarla marchar así. Una vez haya entrado en su apartamento, un agujero de mierda, a juzgar por el estado deteriorado de la puerta, todo habrá terminado. Ella seguirá con su vida, y yo volveré a la mía, y no estoy listo para que eso suceda.

—Ejem, no. No tengo nada en contra de tu profesión. Es decir, nada serio. —Ella me mira con cautela—. Solo es que… —Y toma aire—. Mira, Marcus, realmente aprecio el gesto y todo eso, pero tengo hambre, estoy exhausta, y todavía necesito debo dar de comer a mis gatos y responder algunos correos electrónicos. Podemos debatir sobre la ética de Wall Street en algún otro momento.

¿En algún otro momento? Algo tenso dentro de mí se relaja. Aunque indudablemente intentaba que sus palabras fueran una forma educada de librarse de mí, me las tomaré al pie de la letra.

Volveré a ver a Emma otra vez y descubriré qué es lo que me atrae hacia ella.

Haciéndome a un lado, digo:

—Suena bien. Buenas noches, Emma. Ha sido un placer conocerte.

—Lo mismo digo. Adiós, Marcus, y gracias de nuevo —dice ella, sacando las llaves de su bolso mientras me sortea para entrar.

La veo abrir la puerta, me aseguro de que entre sana y salva, y cuando la puerta se cierra detrás de ella, pido otro Uber y anoto en mi teléfono los siguientes pasos. Mi pulso vibra de emoción, y mis músculos se tensan en previsión del nuevo desafío.

Estoy actuando de forma totalmente impropia de mí, pero ya no me importa. Puede que Emma no sea lo que necesito a largo plazo, pero es lo que deseo por el momento y, por primera vez en mi vida, voy a vivir el presente.

Voy a comerme a la pelirroja exuberante de postre y me preocuparé de las consecuencias más tarde.

9

Emma

ME TIEMBLAN LAS PIERNAS CUANDO LLEGO A MI apartamento y cuelgo el abrigo junto a la puerta. La poca energía que saqué de comerme el plátano se había consumido hacía tiempo, y casi estoy desmayada de hambre. A pesar de eso, tengo la extraña sensación de que estoy flotando en el aire, con el corazón acelerado por los efectos secundarios de la adrenalina y la vertiginosa excitación.

Marcus, el alto y arrogante Marcus, con su impecable traje hecho a medida, y un abrigo que cuesta más que mi alquiler trimestral, ha venido hasta mi apartamento para devolverme mi teléfono.

Parece imposible, surrealista, pero claramente ha sucedido, ya que tengo dicho teléfono en la mano. Me lo ha dado, y ahora, en lugar de preocuparme por el golpe a mi cuenta bancaria, estoy inquieta por una razón completamente diferente. Tengo la respiración entrecortada, como si estuviera al borde de un ataque de nervios, me sudan las manos y me siento tan tensa que podría rebotar en las paredes a pesar de mi agotamiento.

Hostia Puta. Mierda. Marcus ha venido a mi apartamento.

Al verle al principio allí de pie, como una especie de villano de capa y espada enfundado en su abrigo de invierno hasta las rodillas, creí que era un atracador, y casi me da un infarto. Porque, ¿por qué otra razón iba a estar nadie acechando en mi puerta tan tarde? Estaba a punto de gritar y salir corriendo cuando él habló, y luego mis rodillas se debilitaron por una razón diferente.

El hombre que había estado en mi mente durante todo el viaje en metro a casa, el hombre que estaba convencida de que nunca iba a volver a ver, estaba junto a mi puerta, comportándose de manera totalmente opuesta a la que lo haría un gilipollas.

En este momento, estoy demasiado cansada e hiperactiva para entender qué ha significado todo ese encuentro, así que ni siquiera lo intento. En lugar de eso, me concentro en mis gatos, que están todos abalanzándose hacia mí, maullando ruidosamente. El Sr. Bufidos, como es el más grande, aparta a Reina Isabel y a Bola de nieve de su camino, y reclama su propiedad sobre mí zigzagueando con su enorme cuerpo peludo entre mis piernas mientras yo intento abrirme paso hasta la cocina.

—Estate quieto, Bufi —le ordeno, pero él me ignora, frotándose contra mis pantorrillas para marcar su territorio. Sus hermanos lo siguen de manera más tranquila; como de costumbre, y dejan que el Sr. Bufidos sea el más molesto.

—Oh, vamos, solo dadme un segundo —digo exasperada, casi tropezándome con su cola—. Os voy a poner comida, lo prometo.

Bola de nieve deja escapar un fuerte maullido al oír mencionar la comida, y Reina Isabel se une a él con su voz más suave y delicada.

Hasta estando hambrienta, suena como una dama.

Cuando llego por fin a mi pequeña cocina, agarro tres latas de comida para gatos y las abro, poniendo su contenido en tres platos individuales. Mis gatos son muy particulares acerca de su comida, así que tengo cuidado de poner en cada plato el sabor y la marca precisos que prefiere cada uno. A Reina Isabel le gusta el salmón salvaje de *Fancy Feast*, a Bola de nieve le gusta la variedad, por lo que hoy recibirá el pollo *Feast Classic*, y el Sr. Bufidos ha desarrollado el gusto por el aperitivo de marisco de Purina. En cuanto Bufi se acabe su ración, se comerá también parte de las de Reina Isabel y Bola de nieve, pero tiene que empezar siempre por su propio plato.

Sospecho que eso le hace sentir más como el jefe.

En cuanto pongo los platitos en el suelo, los gatos se lanzan a por ellos, y yo soy libre para poder comer.

Afortunadamente, cobré el sueldo de la librería el lunes, así que tengo la nevera llena. Hay frutas, verduras, pan y algunas carnes frías, así que me preparo un sándwich rápido y lo devoro de pie en la misma cocina. Luego, sintiéndome infinitamente más como un ser humano, compruebo si he recibido algún mensaje del auténtico Mark.

Para mi decepción, la respuesta es que no. Ha debido de ofenderse por que le he plantado y habrá decidido romper cualquier contacto conmigo. Aunque estoy agotada, le escribo un breve correo electrónico con una disculpa y una explicación sobre la confusión, y finalmente me dirijo a la ducha.

Tengo que enjuagarme la mugre de la ciudad antes de meterme en la cama.

Pensando en maneras de conseguir nuevos clientes para el negocio de edición, me las arreglo para apartar la mente de Marcus durante mi ducha. Solo cuando estoy bajo las mantas, rodeada de mis gatos, me doy cuenta de que sigo estando demasiado hiperactiva para poder dormir. Es como si una corriente eléctrica zumbara por debajo de mi piel, manteniendo mi ritmo cardíaco elevado y mi cuerpo incómodamente caliente.

Marcus me estaba esperando en mi puerta cuando llegué a casa. Vino hasta aquí para devolverme el teléfono.

Todavía me parece irreal, en parte porque es difícil

de creer que se haya tomado tantas molestias solo por ser amable. Aunque nuestro encuentro en el café fue breve, Marcus no me dio la impresión de ser un buen samaritano. Tampoco su elección de profesión es indicativa de un hombre que sea particularmente altruista. Yo estudié literatura en la universidad, pero conozco a varios estudiantes de finanzas que entraron a trabajar en Wall Street después de graduarse, y todos son muy ambiciosos, movidos por el impulso de maximizar su productividad y monetizar (su terminología, no la mía) cada una de sus horas. Son personalidades extremadamente del tipo A, y si Marcus gestiona su propio fondo de cobertura, debe de serlo también, multiplicado por cien.

No tiene sentido que un hombre así pase su limitado tiempo libre devolviéndole un teléfono a una extraña, a menos que tenga otras intenciones ocultas. Pero no puedo imaginarme que intenciones podrían ser esas. A menos que... ¿Podría haber estado esperando que lo recompensara económicamente?

Mierda. No lo pensé, pero probablemente debería de haberle ofrecido algo de dinero por las molestias.

Durante un instante, me siento fatal, pero luego recuerdo su traje y su abrigo, por no hablar de sus zapatos de cuero italianos, y mi sentimiento de culpa se desvanece. Dudo que Marcus necesite mis veinte dólares; ciertamente, no tanto como para cambiar sus planes para venir a conseguirlos. Entonces, ¿por qué vino? Mi teléfono no requiere una contraseña para desbloquearlo, por lo que podría haberme enviado un correo electrónico desde mi propio buzón, y así yo habría recogido el dispositivo donde Marcus me hubiese dicho.

Demonios, podría haber hecho que uno de sus analistas, por ejemplo ese en el que pensó para investigar las probabilidades de habernos conocido, me devolviese el teléfono en su nombre.

La única otra explicación que se me ocurre es tan ridícula que la descarto de inmediato. No hay forma de que él esté interesado en mí *de esa manera*. No soy particularmente insegura acerca de mi aspecto, ya superé eso en la universidad, pero *sí* soy realista. Sé que ni de lejos estoy en la liga de Marcus. Indudablemente, tendrá montones de mujeres hermosas echándose a sus pies por el solo privilegio de decorar su brazo; no debería tener necesidad alguna de ir tras una pelirroja de pelo corto y rizado con unas caderas demasiado anchas. Además, ¿no había ido a conocer a alguien? ¿Esa Emmeline por la que me confundió? Con un nombre elegante como ese, apuesto a que *sus* caderas están en perfecta proporción con su cuerpo, y su cabello se queda mágicamente en su sitio en todo momento.

De acuerdo, tal vez esa última parte es una conjetura total, pero aun así, estoy casi segura de que no soy el tipo de Marcus.

Entonces, ¿por qué ha venido esta noche? La pregunta me atormenta mientras doy vueltas en la cama, tratando de coger una postura lo bastante buena como para quedarme dormida. Solo cuando el Sr.

Bufidos se tumba encima de mi cabeza, inmovilizándome en el sitio, soy capaz de dormirme por fin.

Esa noche, mis sueños están llenos de altos atracadores de duros rasgos con capa... y de sexo.

Montones y montones de sexo caliente y sucio.

arcus

—¿Que quiere que haga qué? —Lynette me mira boquiabierta, mientras sus gafas redondas de carey resbalan por su larga nariz.

—Quiero que envíes flores y algo de comida para gatos a la dirección que te he mandado por email —repito, frunciendo el ceño a mi asistente—. ¿Hay algún problema?

—No, por supuesto que no. —Lynette se recompone rápidamente, poniendo su expresión más profesional —. ¿Tiene alguna preferencia en lo que se refiere al tipo de flores y la marca de, bueno... comida para gatos?

—Rosas, de color rosa y blanco —digo—. Al menos una docena de cada. No, que sean dos docenas de cada.

En cuanto a la comida para gatos, no lo sé. ¿Qué les gusta a los gatos?

—Depende del gato, creo —dice Lynette, sonando más como su yo eficiente—. Algunos dueños alimentan a sus gatos solo con comida húmeda de lata; otros hacen una mezcla de húmeda y seca. ¿No sabrá usted lo que suele comer el gato en cuestión?

—Gatos, en plural —la corrijo—. Y no, no lo sé. ¿Por qué no haces lo siguiente?: Compra un surtido de marcas de comida para gatos, seca y húmeda, y envíala junto con las flores. Te mandaré por correo electrónico la nota que hay que adjuntar.

—Perfecto, estoy en ello. —Lynette dirige su atención a su monitor, con sus largos dedos volando sobre el teclado. No tengo ninguna duda de que enviará la mejor comida para gatos y las flores más frescas que el dinero pueda comprar. Lynette conoce mi predilección por los productos de alta calidad.

Me gusta lo mejor de lo mejor, y no acepto medias tintas.

Hablando de lo mejor... Miro mi reloj. No, todavía es demasiado temprano para que el vuelo de Emmeline haya aterrizado. Saco mi teléfono, creo un recordatorio para llamarla más tarde esta tarde, y me dirijo a mi oficina.

Tengo cinco reuniones y dos docenas de informes de investigación que terminar antes del almuerzo, pero en lo único en lo que puedo pensar es en Emma.

Joder. Tendré que asegurarme de conseguir mi

postre pelirrojo esta semana, para poder olvidarla y seguir con mi vida.

11

Emma

—Aquí tiene, señor Roberts —digo, entregándole al anciano lleno de arrugas un montón de libros de bolsillo—. Estos le van a gustar mucho, estoy segura.

—Oh, no tengo ninguna duda. —Me sonríe, mostrando el hueco de dos dientes delanteros que le faltan—. Me encanta esta saga. Estoy muy contento de que me hayas recomendado esta autora. Hasta ahora, me han encantado todos sus libros.

Le devuelvo la sonrisa.

—Me alegra mucho oír eso. Es mi escritora de ciencia ficción favorita.

—Ahora, también la mía —dice, y compartimos un hermoso instante, ese momento perfecto de conexión con alguien que aprecia los mismos libros que tú. Son momentos como estos los que me mantienen trabajando en Smithson Books a pesar del sueldo bajo y la falta de perspectivas de medrar. Bueno, momentos como estos y mi amor por los libros en papel. Solo estar en esta pequeña librería, rodeada de estanterías de libros de bolsillo y libros de tapa dura, me levanta el ánimo. También me gustan los libros electrónicos, pero no hay nada equiparable al olor y el tacto del papel impreso.

Cada vez que recibimos un envío, me siento como una niña con un juguete nuevo.

—De acuerdo entonces —dice el señor Roberts, metiendo sus libros en una bolsa de tela—. Cuídate, querida. Saluda a esos gatos de mi parte.

—Lo haré. Gracias. —Hace unos meses, le mostré al Sr. Roberts las fotos de mis gatos en el móvil, y desde entonces, los menciona cada vez que me ve. Ahora que lo pienso, él no es el único. La mayoría de los clientes habituales de la librería saben de mis bebés peludos y preguntan por ellos con frecuencia.

Uf. *Soy* la loca de los gatos.

—Hola, Emma. ¿Cómo va todo? —La voz de Edward Smithson me saca de mi ensimismamiento, y me doy la vuelta para ver a mi jefe aproximándose hacia mí. Con él viene un tipo a quien no había visto antes. Rubio, con pinta de friki y un poco tirando a bajito; lleva gafas sin montura y parece tener más o menos mi edad.

—Todo bien. Sr. Smithson. ¿Y usted? —respondo, sonriendo a mi jefe. Es una de las personas más agradables que conozco, otra razón más por la que no he dejado este trabajo.

—Oh, ya sabes, todavía a dieta. —Le da unas palmaditas a su enorme barriga, y reprimo una carcajada. Por lo que yo sé, su dieta consiste en galletas y donuts, que se come cuando su esposa no está mirando, por supuesto.

Deteniéndose a unos metros de mí, el Sr. Smithson dice:

—Emma, me gustaría presentarte a mi sobrino, Ian. —Se vuelve hacia el joven rubio—. Ian, esta es Emma, la chica de la que te estaba hablando.

—Es un placer conocerte, Ian —digo, sonriéndole al sobrino—. ¿Qué te trae a nuestra librería?

—Acabo de mudarme a la ciudad —dice, con la nuez bailándole en el cuello, que se tiñe de un rojo brillante —. Me gustan los libros, así que tío Ed quería mostrarme su tienda.

—No hay problema. —Le brindo mi sonrisa más cálida. Sé lo que es tener torpeza social, así que siempre intento ser amable con las personas tímidas—. ¿Querrías que te la enseñara?

—Eso sería estupendo —dice el Sr. Smithson, sonando exageradamente entusiasmado, y de repente me doy cuenta de por qué Ian está aquí.

Mi jefe está haciendo de celestino.

Ahora es mi turno de sonrojarme. Para ocultar el color que se extiende por mi cara, me agacho y finjo estar atándome la zapatilla. No sé cómo me siento al respecto, especialmente en lo que concierne a que Ian sea el sobrino del jefe. Las cosas podrían ponerse realmente incómodas si algo sale mal, y a pesar de la paga de mierda, realmente me gusta este trabajo.

Oh, vaya. Voy a tener que hacer todo lo posible para ser amable y *solo* amable.

Cuando estoy segura de no parecerme ya a una remolacha, me levanto y sonrío a Ian. —¿Listo para la visita turística?

La visita, en sí, dura menos de diez minutos. La librería es solo un poco más grande que mi estudio, con la parte posterior amueblada con una hilera de sillones donde a nuestros clientes les gusta descansar, y la delantera llena de estantes repletos con todos los géneros de ficción popular. No tenemos mucho de ficción literaria ni de clásicos... cosas aburridas, como las llama el Sr. Smithson, pero disponemos una inmensa selección de ciencia ficción, fantasía, thrillers, novelas de misterio y novelas románticas. Es nuestra forma de asegurarnos de que nuestros clientes no se sientan tentados a conectarse a internet para comprarse los libros que realmente les gusta leer.

Mientras le muestro todo esto a Ian, hablamos un poco y descubro que es un aspirante a autor de fantasía urbana. Discretamente dejo caer que hago edición independiente, y sus ojos se iluminan cuando le menciono mis muy razonables tarifas.

—¿Vas a optar por la autopublicación o quieres seguir la ruta de la edición tradicional? —le pregunto cuando volvemos al mostrador donde el Sr. Smithson está atendiendo a los clientes por mí.

—Me inclino hacia la autoedición —responde Ian. Parece mucho menos tímido ahora que estamos hablando de lo que le apasiona—. El tío Ed cree que debería consultar a los agentes primero, pero estoy tentado a sencillamente publicarlo y ver cómo funciona.

—Es probable que sea una decisión inteligente —digo sonriendo—. Pero, de nuevo, no soy imparcial. La mayoría de mis clientes de edición en estos días son autores independientes, por lo que obviamente quiero contar con la mayor cantidad posible de vosotros.

Ian se echa a reír y el Sr. Smithson esboza una sonrisa de satisfacción mientras teclea en la registradora la compra de una anciana.

Uy. Espero que mi jefe no piense estamos intimando más allá de ser editora y cliente potencial. Aunque Ian es el tipo de persona que normalmente me va, dulce, empollón y un poco tímido, no me siento en absoluto atraída por él. Mientras me pregunto por qué, unas imágenes de unos gélidos ojos azules y una mandíbula afilada y dura invaden mi mente, junto con detalles gráficos de mis sueños de anoche.

No. No puede ser. Aparto las imágenes antes de que mi cara vuelva a ponerse roja. Me niego a creer que mi falta de atracción por Ian tenga algo que ver con Marcus. Todavía no sé por qué el director de fondos de cobertura me devolvió mi teléfono en persona ayer, pero estoy segura de que ya se ha olvidado de mí y necesito olvidarme del todo de él.

Ian no me atrae, y eso es todo. Es lo mejor, en

realidad. Me gusta el sobrino del Sr. Smithson como persona y espero editar su libro algún día, pero eso es todo lo lejos que la cosa debería llegar jamás.

Para desalentar cualquier intento por parte de mi jefe de hacer de celestino, le digo a Ian que me dé un toque cuando tenga listo su libro, y luego me apresuro a relevar al Sr. Smithson de sus tareas de cajero.

Necesito aceptar mi rol de loca de los gatos, porque todo esto de las citas es demasiado complicado para mí.

***

Vuelve a caer aguanieve cuando salgo del metro, y maldigo mi mala suerte mientras me apresuro a llegar a casa. No recuerdo un noviembre peor que este. Todavía estamos a principios de mes, ya ha nevado una vez, y hemos tenido aguanieve helado al menos otras dos veces, casi como si estuviésemos en enero. Mi teléfono me vibra en el bolsillo al doblar la esquina, y estoy a punto de ignorarlo, porque no quiero exponer mis orejas, actualmente cubiertas por el cuello de mi abrigo, a la lluvia. Sin embargo, un hábito arraigado hace que meta la mano en el bolsillo y saque el teléfono para mirar la pantalla.

Efectivamente, es una llamada que no puedo ignorar.

—Hola abuela —digo, acercándome el teléfono a la oreja. En cuanto no sujeto el cuello, el abrigo cae sobre mis hombros, dejando mi cuello al descubierto frente al aguanieve, y me estremezco cuando el agua helada empieza a gotearme por la espalda. Tendría que haberme puesto mi apolillada y vieja bufanda hoy, pero es tan fea que no he sido capaz, y ahora estoy pagando por ese momento de vanidad.

Realmente necesito comprarme una bufanda nueva y mantenerla alejada del Sr. Bufidos.

—Hola cariño. —La voz de la abu es cálida y gentil y su acento sureño todavía se nota a pesar de las décadas que estuvo viviendo en Brooklyn—. ¿Cómo estás?

—Estoy estupendamente —le digo, haciendo que mi voz suene lo más alegre posible. Con las gotas de lluvia heladas golpeando mi cara y deslizándose por mi cuello, estoy absolutamente desolada, pero la abuela no necesita saber eso—. ¿Cómo estáis tú y el abu?

—Oh, estamos bien. Tu abuelo vuelve a hacer jardinería con todo el calor otra vez. Le tengo dicho que no salga ahí fuera cuando hace más de 30 grados, pero no me hace ni caso.

—Sí, así es el abu —le digo, sintiéndome celosa. Mataría por un clima de 30 grados en lugar de este frío infernal. Mis abuelos se mudaron a Florida cuando me gradué en la universidad, y ahora cada vez que hablo con ellos, tengo que oír lo agradable y cálido que se está allí—. Deberías tentarlo con unas galletas de chocolate para que entrara.

La abuela se echa a reír.

—¿Cómo sabías que estaba haciéndolas justo ahora?

—Solo he acertado por casualidad —digo, estremeciéndome cuando una ráfaga de viento particularmente fuerte me golpea la cara—. ¿Cómo fue tu análisis de sangre de la semana pasada?

—Todo bien. Estoy sana como una manzana. —El tono de la abuela es alegre—. Ahora cuéntame tú. ¿Cómo va la vida en la gran ciudad? ¿Ha habido suerte encontrando nuevos trabajos de edición?

—Todavía no, pero tengo algunos contactos prometedores con potenciales clientes —digo, cruzando la calle hacia mi casa—. Y antes de que me lo preguntes, me va bien. No necesito ayuda. En serio.

—Emma... —La abuela deja escapar un suspiro—. Ojalá nos dejaras encargarnos de esos préstamos tuyos por ti. Te lo dije, podemos pedir una segunda hipoteca y...

—No. De ninguna manera. Mis abuelos escatimaron y ahorraron toda la vida para poder comprarse una casa en Florida, y no tengo intención de permitir que su jubilación se arruine por mi culpa. Sus pensiones y pagos de la seguridad social apenas cubren sus facturas tal como están ahora mismo, y un segundo pago de hipoteca pondría una enorme presión sobre sus finanzas. Ya es bastante malo que hayan trabajado siete años extra para apoyarme durante la secundaria y el bachillerato; no voy a permitir que me cuiden en mi edad adulta también.

Prefiero morir de hambre que abusar de ellos de ese modo.

La abuela suspira de nuevo.

—Emma, cielito... Aceptar una mano amiga de vez

en cuando no te haría igual que tu madre. Lo sabes, ¿verdad?

—Abu, para. Por favor. Me las arreglo estupendamente bien —le digo, rebuscando mis llaves mientras me aproximo a la puerta—. Ahora, si no te importa, acabo de llegar a casa, así que tengo que dar de comer a los gatos. Dile al abu que le quiero, ¿vale?

—Lo haré. Cuídate, cariño, y hablaremos pronto. No puedo esperar hasta el Día de Acción de Gracias —responde la abuela, y cuelgo, dejando caer el teléfono en mi bolsillo.

Agarrando mis llaves, alcanzo la puerta, ansiosa por entrar y librarme del frío.

—¿Señorita Walsh? —La voz masculina detrás de mí me sobresalta tanto que me giro con un chillido y mis llaves caen al suelo mojado.

Frente a mí hay un hombre bajo, de mediana edad, con una chaqueta de invierno acolchada, y con los brazos cargados con un ramo gigante de rosas de color rosa y blanco.

—Disculpe, señorita. No pretendía asustarla —dice rápidamente—. Solo he venido a hacer una entrega.

—¿Una entrega? —Estoy temblando tanto por el frío como por el exceso de adrenalina, y mi corazón late tan rápido que apenas puedo hablar—. ¿Para mí?

—Sí —dice con una sonrisa. Al acercarse a mí, se inclina para recoger mis llaves y me las entrega, junto con el ramo gigante—. Esto es para usted.

—Ah, vale. —Torpemente, cojo las llaves y las flores. Las rosas están cubiertas con un plástico transparente que las protege de los elementos, pero aun así, puedo decir que las flores son hermosísimas. Estoy a punto de preguntar quién me las ha enviado cuando se me ocurre algo más—. Oh, no tengo dinero en efectivo para la propina —digo, sintiéndome como una torpe idiota—. Lo siento mucho. Tenía la intención de pasar por un cajero automático, pero...

—Oh, no, no se preocupe. Ya se han encargado de eso. —Su rostro curtido se ilumina con una amplia sonrisa—. Simplemente disfrútelas, ¿de acuerdo señorita?

Se da vuelta y se aleja, claramente ansioso por escapar de la lluvia, y es solo cuando se va que me doy cuenta de que no he tenido ocasión de preguntarle quién encargó la entrega.

Oh, vaya. Con suerte, habrá una nota. Mis dedos están casi insensibles por el frío, pero logro meter las llaves en la cerradura y entrar. Al instante, mis tres gatos corren hacia mí, maullando como si me hubiera ido una semana en lugar de poco más de ocho horas.

—Sí, sí, ahora os doy de comer —murmuro, intentando no tropezar con el Sr. Bufidos—. Dadme solo un segundo.

El gilipollas peludo ignora mis palabras, y mi camino a la cocina es una odisea, por decirlo de algún modo. Entre el enorme ramo de flores y el gato gigante que se enrosca entre mis piernas, es increíble que no me tropiece y me abra la cabeza.

Por fin llego a la cocina. Dejando las flores sobre la encimera, preparo rápidamente la cena de mis gatos y se la doy. Luego, respirando hondo, me acerco al ramo.

Antes de que pueda quitarle el plástico protector, suena el timbre.

Bola de nieve levanta la vista de su plato y me mira con curiosidad.

—Lo siento, amigo. Tengo tan poca idea como tú —le digo al gato mientras me apresuro a abrir la puerta. La única persona que viene sin avisar es mi casera, y ella no tiene motivos para hacerlo esta noche, ya que he pagado el alquiler a tiempo durante varios meses seguidos.

Cuando miro por la mirilla, veo a un hombre vestido con un uniforme de FedEx alejándose.

¿Otra entrega? ¿Qué demonios?

Como nací y crecí en Brooklyn, espero hasta que el extraño se haya ido antes de abrir la puerta con cautela. Efectivamente, hay una gran caja en mi puerta. Me agacho para levantarla, pero es demasiado pesada. Jurando por lo bajo, la arrastro a empujones hasta dentro y cierro la puerta. Luego, muriéndome de curiosidad, cojo un cuchillo de la cocina y abro la caja.

Atónita, me quedo mirando el contenido.

Comida para gatos. Montones y montones de comida para gatos. Un surtido de las mejores marcas en una variedad de sabores, algunos secos y otros en lata, como prefieren mis gatos.

Hay comida de gatos suficiente para durarme unos cuantos meses.

Estoy tan confusa que casi paso por alto el pequeño

sobre blanco pegado al costado de la caja. Solo lo veo cuando ya estoy arrastrando la pesada caja hasta la cocina. Me detengo, lo agarro y lo abro, rasgando el bonito papel en mis ansias de hacerlo. La nota dice lo siguiente:

Espero que tus gatos lo disfruten, y que a ti te gusten las flores.

Marcus.

Una oleada de calor me atraviesa las entrañas a gran velocidad, ahuyentando el frío que aún persistía por el gélido clima exterior. Las imágenes de los sueños sexuales en los que he estado tratando de no pensar inundan mi mente y mi respiración se acelera.

Las entregas son de *Marcus*.

Casi corro a la cocina, esperando que haya otra nota con una explicación de por qué, pero no hay nada adjunto al ramo. Reina Isabel levanta la vista de su plato y me lanza una mirada que sugiere que piensa que estoy loca, pero la ignoro.

Marcus me ha enviado rosas y *comida para gatos*.

Esto va mucho más allá de cualquier tipo de actuación de buen samaritano. Recuerdo el ridículo pensamiento que se me había ocurrido anoche: que podría estar interesado en mí. Y de repente, ya no me parece tan ridículo. Porque, ¿qué otra explicación hay cuando un hombre envía flores a una mujer?

Bueno, flores y comida para gatos.

—¿Crees que le gusto de esa manera? —le pregunto a Reina Isabel, y el gato me lanza una mirada que sugiere que estoy actuando como si tuviera doce años.

Bien, vale. Tal vez estoy interpretando demasiadas cosas sobre cómo mi gata me mira, pero juro que puede comunicarse conmigo. Inclina la cabeza de un lado a otro cuando le hablo, y a veces incluso maúlla respondiéndome, que es exactamente lo que acaba de hacer ahora.

—¿Crees que le gusto? —le pregunto, irracionalmente emocionada, y Reina Isabel vuelve a maullar antes de volver a dirigir su atención hacia su comida.

—Me lo tomaré como un sí —digo, y voy a buscar un florero lo bastante grande como para meter el enorme ramo. Mientras doy saltos por la cocina, me doy cuenta de que me siento mareada, casi drogada ante la idea de gustarle a Marcus. Él es el polo opuesto a lo que es mi tipo, pero hay algo en él que me atrae... lo que explica esos sueños de la otra noche.

Sus grandes manos por todo mi cuerpo, su tórax musculoso y duro presionando mis pechos mientras se mueve dentro de mí...

Guau. Un sofoco se arrastra a lo largo de mi cabello. A pesar de mi prolongado período de sequía, tengo una libido saludable y disfruto del sexo, pero esto es algo completamente diferente. Mi corazón parece haber estado aprendiendo a tocar solos de batería, y mis bragas se han humedecido por el mero recuerdo de esos sueños.

Esta es una atracción como nunca antes había sentido: básica, primaria y que no tiene nada que ver con la lógica o la conexión intelectual. No sé casi nada sobre Marcus, y lo poco que sé sugiere que no tenemos nada en común; sin embargo, solo pensar en él me excita más que una hora de juegos previos por parte de mi novio de la universidad.

—¿Crees que estoy en celo? —le pregunto a Reina Isabel mientras agarro una olla grande, lo más parecido que tengo a un jarrón del tamaño necesario—. Quiero decir, soy humana y todo eso, pero esto es un poco extremo, ¿no crees?

Reina Isabel levanta la vista y se pasa delicadamente la lengua por el rostro, limpiando cualquier resto de su comida.

—Sí, tienes razón. Estoy siendo ridícula. Las hembras humanas no entran en celo. —Lleno la olla con agua, quito la envoltura de plástico de las rosas, pongo vitaminas para plantas en el agua y meto dentro las rosas. Terminan caídas hacia un lado, pero aún parecen hermosas... y muy caras.

Si mi abuela supiera esto, diría que Marcus me está cortejando.

—¿Crees que me está cortejando? —pregunto a la gata, pero Reina Isabel solo se sienta con elegancia y comienza a lamerse una pata. Claramente ya ha tenido su ración de interacción con un humano, y no la culpo.

Debería llamar a Kendall, y dejar de fastidiar a la gata.

En cuanto se me ocurre la idea, corro hacia mi teléfono y busco con el dedo en la pantalla, ansiosamente. Sin embargo, antes de que pueda seleccionar el número de Kendall, aparece una notificación de mensaje y mi pulso se acelera todavía más.

Es un mensaje de texto de un número desconocido.

Hola Emma, dice. *Soy Marcus. Espero que las flores y el regalo para tus gatos te hayan llegado bien. ¿Estás libre este jueves por la noche? Me encantaría llevarte a cenar. Podemos debatir sobre la ética de Wall Street si quieres.*

Miro el texto, y siento que estoy hiperventilando. No tendría que ser ninguna sorpresa, después de todo, hace unos momentos he pensado que Marcus podría estar cortejándome, pero de alguna manera, todavía me siento fuera de juego.

¿Cenar? ¿El jueves? Eso es *mañana*.

Algo suave golpea mi pantorrilla, y miro hacia abajo para ver a Bola de nieve moviendo su cola de un lado a otro mientras me observa.

—Quiere cenar conmigo mañana —le digo al gato, e incluso para mí misma, sueno conmocionada—. ¿Te lo puedes creer?

A diferencia de Reina Isabel, Bola de nieve no es una hembra de ninguna especie, por lo que no le importan mis problemas de citas. Solo levanta la pata y golpea mi pantorrilla otra vez. Suspirando, suelto el teléfono y lo cojo en brazos, sabiendo que de lo contrario no me va a dejar en paz. Afortunadamente, no es tan pesado como el Sr. Bufidos así que puedo sostenerlo con una mano, lo que me deja la otra libre para coger otra vez el teléfono.

Mordiéndome el labio, leo el texto de nuevo y me pregunto qué hacer. Si se tratara de otro hombre, Mark de la aplicación de citas, por ejemplo, sería fácil. Le agradecería el atento regalo, sugeriría una pizzería al lado de mi apartamento y vería cómo van las cosas. Pero este es Marcus, el de los trajes a medida y las manos que inducen a la fantasía sexual. Me inquieta, y no solo por mi reacción física hacia él.

Por extraño que sea, hay algo casi... peligroso en él, algo no muy civilizado.

Bola de nieve emite un fuerte ronroneo, haciendo que dirija mi atención hacia él, y suelto el teléfono para acariciar su suave y esponjoso pelaje. Es el más mimoso de mis gatos, exige una sesión de caricias completa al menos una vez al día, y normalmente estoy encantada de complacerlo. En este momento, sin embargo, estoy demasiado abrumada para lidiar con un gato exigente.

Marcus me ha invitado a salir, y no tengo idea de qué decirle.

arcus

Frustrado, miro el teléfono, donde una pequeña notificación en la parte inferior me informa de que mi mensaje de texto ha sido recibido y leído hace diez minutos. Sé que mi frustración no tiene nada de racional: diez minutos no es *tanto*, pero no puedo controlar la impaciencia que me consume.

¿Por qué demonios no está respondiendo?

Todavía estoy en mi oficina, y tengo un millón de cosas que hacer antes de salir esta tarde, pero todo en lo que puedo concentrarme es en Emma y la falta de respuesta a mi mensaje de texto. En lugar de trabajar, me he pasado los últimos diez minutos mirando mi teléfono, diez minutos que, a mi actual ritmo de ingresos por hora, equivalen a varios miles de dólares.

Por fin, después de lo que me parece una eternidad, aparecen tres puntitos.

Emma está escribiendo algo.

Me encuentro conteniendo la respiración como un adolescente enamorado, así que me obligo a mirar la pantalla del ordenador en lugar del teléfono. Sin embargo, es inútil. Las hojas de cálculo bailan frente a mis ojos, los números se niegan a tener sentido.

Esto es una puta locura.

Hace unas horas, he llamado a Emmeline para darle las gracias por la cena y preguntarle qué tal fue su vuelo, y no he sentido ni siquiera una fracción de esta extraña emoción. Nuestra charla ha sido tranquila y educada, y cuando cuelgo el teléfono, estoy más convencido que nunca de que Emmeline es exactamente el tipo de mujer que he estado buscando: hermosa, inteligente, estable y educada. Ella no gritaría, maldeciría ni montaría una escena cuando algo no fuera como ella quiere; no llegaría tambaleándose y borracha a casa trayéndose dos gilipollas igualmente borrachos consigo; y ella, ciertamente, no se follaría a esos imbéciles delante de su hijo de cinco años.

Mi estado de ánimo se oscurece ante ese recuerdo de la infancia, y vuelvo a mirar al teléfono, donde los tres puntos todavía persisten. ¿Qué está haciendo Emma durante tanto tiempo? ¿Escribiendo un mensaje de texto como un ensayo de largo?

El mismo hecho de percibir mi impaciencia se suma a mi frustración. Durante la década y media que llevo gestionando mi fondo, he desarrollado nervios de acero. He tenido que hacerlo, porque a medida que los activos administrados por el fondo han crecido, también lo ha hecho la cantidad de capital que arriesgamos con cada operación. Solo en los últimos cinco años, nuestras posiciones más altas han pasado de varios millones de dólares a algo más de mil millones. Si no me hubiera enseñado a mí mismo a tener paciencia, si no hubiera aprendido a dejar de mirar cada tic del mercado y concentrarme en lo que hay que hacer, me habría estresado y me habría provocado un infarto prematuro.

Así que, si puedo quitarme de la cabeza una inversión de mil millones de dólares, ¿por qué no puedo apartar la vista de esos tres malditos puntos?

Vamos, intento influirle a la pantalla. *Solo escúpelo ya.* Si pudiera meter la mano por el teléfono y darle una sacudida a la pequeña pelirroja, lo haría, porque esto es ridículo. ¿Cuánto tiempo lleva escribir un sí o un no? Preferiblemente un sí, pero incluso un rechazo sería mejor que esta espera interminable. No lo aceptaría, por supuesto, pero me daría algo con lo que continuar, un punto de partida para el resto de mi campaña de saciar mi apetito por Emma. Sería capaz de elaborar estrategias y pensar en el siguiente movimiento.

Los tres puntos desaparecen y son reemplazados por un mensaje.

Gracias por las flores y la comida. Mis gatos están muy

contentos :). ¿Qué tal Papa Mario's Pizza a las 7 pm? ¿Para nuestra charla sobre ética?

Mi primera reacción, alivio, se transforma en confusión cuando busco el restaurante sugerido. Una búsqueda rápida revela un sitio web deslucido y reseñas de Yelp que hablan de un "agujero en la pared con la pizza más barata de Brooklyn". Está a unas dos manzanas del apartamento de Emma, pero por lo que puedo ver, eso es lo único que hace destacable el lugar.

¿Por qué coño quiere ir Emma allí?

Tamborileo con los dedos sobre la mesa, pensando, y luego le respondo: *Si te apetece la comida italiana, conozco un estupendo restaurante familiar en Bensonhurst. Tienen la mejor pizza de los cinco barrios, y no está lejos de donde vives. ¿Te recojo a las 6:45?*

Esta vez, los tres puntitos reaparecen casi al instante, seguidos de: ¿Cómo se llama el restaurante?

Frunzo el ceño mirando a mi teléfono. En mi experiencia, cuando propongo salir a una mujer, ella me deja elegir el lugar y no cuestiona mis sugerencias, especialmente cuando esa sugerencia en particular es del mismo tipo de comida para la que parece estar de humor.

O Emma es una fanática del control o *verdaderamente* peculiar en lo que a su pizza respecta.

Con el ceño cada vez más pronunciado, le envío el nombre y espero.

Tres minutos después, recibo la respuesta: *Está bien. Te estaré esperando.*

La oleada de satisfacción es tan intensa como

cuando conseguí mi primer millón. Con una sonrisa salvaje, guardo el teléfono y vuelvo a centrar mi atención en la pantalla de mi ordenador, donde los números finalmente vuelven a tener sentido.

La primera gran batalla de la campaña de Emma se ha ganado, y no puedo esperar al resto de la guerra.

mma

CUANDO LE HABLO A KENDALL DE MI PRÓXIMA CITA, CASI se atraganta con el café.

—¿Que tú qué?

—Tengo una cita para cenar con el director de un fondo de cobertura esta noche —le digo, echando bastante leche en mi propia taza de café Java—. Así que ya ves, ya no soy la loca de los gatos.

—Vale, guau. Retrocede un paso. —Ella se inclina hacia adelante, con sus ojos color avellana resplandeciendo con la intensidad de un tiburón que ha olfateado la sangre—. ¿Cuándo y cómo ha ocurrido esto?

Sonriendo, le cuento toda la historia, comenzando por la confusión en la identidad.

—Así que sí —concluyo—, tengo una cita esta noche.

—Con Marcus, el administrador de fondos de cobertura —dice incrédula—. Que más o menos te acosó y te siguió hasta tu apartamento y te ha enviado comida para gatos. Y ha hecho que tengas sueños húmedos.

—Sí. —Mi sonrisa se hace más amplia—. El mismo que viste y calza.

Kendall y yo rara vez nos vemos entre semana, pero tengo este jueves libre, así que decidí venir a Manhattan para tomar un café con ella.

Tenía que ver su reacción en persona.

No me ha decepcionado.

—¡Emma! —Pronuncia mi nombre, con un agudo chillido—. ¡Joder, estoy tan orgullosa de ti! ¡Has pescado a Míster Fondo de cobertura!

El resto de clientes del café miran en nuestra dirección, pero estoy demasiado emocionada para sentir vergüenza. Desde el mensaje de texto de Marcus, he estado tratando de salir de este extraño subidón, pero no puedo. Estoy tan hiperactiva que apenas dormí anoche, pero no me siento cansada en absoluto.

Tengo *una cita* con Marcus.

—¿Sabes cómo se llama su fondo, o lo grande que es? —me pregunta Kendall, sacándome de una febril fantasía que implica las manos, y otras partes del cuerpo de Marcus—. ¿O cuál es su apellido? En general, ¿lo has buscado en internet? ¿Sabes si está casado, soltero o divorciado?

—No y no —le digo, luchando contra el impulso de sonrojarme ante la inocente mención de Kendall de "grande"—. Se lo preguntaré todo esta noche. Sin embargo, estoy segura de que no está casado. Esa Emmeline sonaba como una cita a ciegas, y no lo estaría haciendo si ya tuviera a alguien.

—Oh, vamos —resopla Kendall en su café—. No seas ingenua. Los hombres hacen toda clase de cosas para calzarse un coño. Además, acabas de conocer al tío. Por lo que sabes, podría ser un adúltero en serie.

—Cierto, pero no lo creo. —Podría ser que estuviera totalmente errada en esto, pero Marcus no me daba la impresión de ser alguien que pudiera engañar... no cuando estaba en una relación de compromiso, al menos. Por un instante, me pregunto qué pasó el otro día con Emmeline, pero luego descarto la idea.

Si hubiera hecho clic con ella, dudo que me hubiera invitado a salir.

—De acuerdo —dice Kendall, moviendo su largo cabello oscuro por encima de su hombro—. Solo recuerda: haz las diligencias oportunas, porque los hombres son unos perros. O si la analogía felina funciona mejor para ti, unos gatos en celo. Siempre has salido con idiotas que no podrían tener dos mujeres aunque lo intentaran, así que no tienes mucha experiencia con esto...

—Caramba, gracias. Estoy encantada de escuchar la opinión tan positiva que tienes de mis encantos.

Kendall al menos intenta parecer avergonzada.

—Mira, no estoy diciendo que no seas atractiva...

solo es que tiendes a sentirte atraída por hombres que no te hacen sentirte amenazada en modo alguno.

—¿Qué? —Esta conversación, definitivamente, ha dado un giro hasta ponerse rara.

Kendall suspira.

—Emma... No te lo tomes a mal, pero tú no eres precisamente una amante del peligro, ¿vale? Te gusta ir a lo seguro, que todo sea cómodo y rutinario. Es por eso por lo que todavía estás en Brooklyn en lugar de en la soleada Florida, por lo que trabajas en esa pequeña librería en vez de buscar algo mejor, y por lo que te escondes detrás de tus gatos, y tu ropa raída y tus libros... y de hombres que son iguales a como tú te percibes a ti misma, en lugar de como eres realmente.

—Espera, ¿qué? —Hay tanta pseudopsicología estrambótica en todo eso que no sé por dónde empezar. No puedo creer que Kendall tenga ese concepto de mí—. Tú misma dijiste que me había convertido en la loca de los gatos, así que, ¿cómo es eso de que tengo una percepción errónea de mí misma? Y me gusta *mucho* el riesgo, soy freelance, ¿recuerdas? —Mi voz se eleva, indigna—. En cuanto a por qué no me he mudado a Florida con mis abuelos, sabes muy bien que el grueso de la industria editorial está aquí, y si quiero forjarme una carrera en ese sector...

—Pero no lo haces. —Kendall me mira fijamente—. Hace tiempo puede que tu meta fuese una carrera dentro del mundo editorial, pero tú misma me has contado que el panorama de la industria está cambiando y las grandes editoriales ya no son lo que eran. Por eso puedes encontrar todos esos trabajos de editora autónoma, lo cual, por cierto, es algo que más o menos has intentado hacer sin mucho entusiasmo a tiempo parcial, en vez de darle una auténtica oportunidad. —Se cruza de brazos—. Acéptalo, Emma: sigues en Brooklyn, trabajando aún en tu primer trabajo porque no te gustan los cambios.

—Eso no es verdad.

—Sí, lo es. —Descruza los brazos y levanta su taza de café—. Es por eso que usas tu ropa hasta que literalmente se cae a trozos, y solo sales con tíos que no tienen ninguna posibilidad con ninguna otra chica tan bonita como tú. En cuanto a lo de ser la loca de los gatos, solo lo dije porque te has estado descuidando y quería que hicieras algo al respecto, lo que claramente has hecho.

Ella sonríe, obviamente esperando volver al tema de Marcus, pero estoy demasiado enfadada para devolverle la sonrisa. La peor parte de la evaluación poco halagadora de Kendall es que tiene razón en una cosa: la carrera que planifiqué puede que nunca llegue a materializarse, pero no he cambiado de rumbo para adaptarme a ello, sino que he decidido esconder la cabeza en la arena. Cuando comencé a trabajar en Smithson Books, era una estudiante de tercer año en la universidad, y consideraba ese puesto como una oportunidad temporal a tiempo parcial, una forma de ganar algo de dinero en unas tareas vagamente conectadas con la industria en la que quería estar. Pero cuando no pude encontrar trabajo en ninguna editorial importante después de graduarme porque todas estaban reduciendo personal y reestructurándose, me quedé en la librería, mientras me decía que solo estaba haciendo tiempo hasta que comenzara mi verdadera carrera.

Las semanas se convirtieron en meses, luego en años, y aquí estoy, todavía esperando mi momento.

La autorepugnancia me ata un grueso nudo en la garganta cuando me enfrento a otro hecho desagradable: Kendall también tiene razón sobre lo de mis trabajos de edición independiente. *He estado* dedicándome a ello a medias, tratándolo más como un hobby que como un negocio. Ni siquiera me he hecho una web, aunque sé la importancia de eso en la comunidad literaria, tan presente online.

No es de extrañar que me esté ahogando en préstamos estudiantiles y ande estresada por llegar a la siguiente comida: estoy viviendo en una de las ciudades más caras del mundo con un salario de cajera, todo para poder aferrarme a una idea de carrera laboral que *sé* que ya no tiene sentido.

—¿Por qué no me habías dicho nada antes? —intento no sonar resentida, aunque no lo consigo. Que te fuercen a afrontar la realidad es un asco—. Si estabas viendo que estaba siendo una idiota, ¿por qué no me habías dicho nada hasta ahora?

La expresión de Kendall se vuelve sombría.

—Porque no pensé que estuvieras preparada para escucharlo... y porque no quería que reaccionaras de la forma en que lo estás haciendo ahora. Sé que tienes tus motivos para desear la comodidad de lo que te es familiar, y no es como si estuvieras haciendo algo peligroso o autodestructivo. Solo te has dejado arrastrar por la rutina, que es algo que sé que podrás arreglar en cuanto te lo propongas. Además, deseo de forma egoísta que sigas aquí, y no en Florida o en cualquier otra parte a donde decidieses mudarte si tuvieras un trabajo de editora independiente a tiempo completo que pudieras hacer desde cualquier parte.

—Kendall... —No sé si quiero abofetearla o abrazarla, así que me conformaré con no hacer ninguna de las dos cosas. En vez de eso, cojo mi taza de café y trato de ordenar mis pensamientos mientras me trago el líquido caliente. Aferrándome a la única inconsistencia en su razonamiento, le pregunto—: Si piensas así, ¿por qué estás tratando de advertirme para que me aleje de Marcus? ¿No es él un paso en la dirección correcta? Algo diferente... ¿algo arriesgado?

—Sí, por supuesto que lo es, y por eso estoy tan orgullosa de ti. —La expresión tensa de Kendall se relaja cuando una sonrisa juguetona se hace cargo de las comisuras de sus labios—. Te estás aventurando a salir de tu zona de confort, y no podría sentirme más contenta por eso. Simplemente no quiero que te lances ciegamente hacia algo y te hagas daño mientras das tus primeros pasitos de bebé. No todos los chicos son tan inofensivos como tus empollones habituales, ya sabes.

Dejo mi taza en la mesa.

—Por supuesto. Eso ya lo sé. —*Inofensivo* no es cómo describiría a Marcus, definitivamente. Forzando una sonrisa en mis labios, digo—: Tendré cuidado, lo prometo. Lo interrogaré sobre todo y me aseguraré de que no haya una esposa al acecho en los arbustos. De hecho, lo interrogaré tan a fondo que ni sabrá de dónde le han venido los tiros.

Kendall me mira con ojos de búho y yo le sostengo la mirada. Un instante después, nos echamos a reír a carcajadas, y la tensión entre nosotras se disuelve sin dejar rastro.

Después de regresar a casa, me ducho, me depilo las piernas y dejo que mi cabello se seque al aire para asegurar que mis rizos no se encrespen demasiado. Después, me paso por lo menos una hora entera probándome y descartando varios modelitos. Al final me decido por un par de vaqueros, mi par de botas de tacón alto más nuevas (solo un par de temporadas y todavía bastante a la moda) y mi blusa más elegante con un cárdigan encima. Hasta me pongo alguna joya y una capa completa de maquillaje, base incluida, que me lavo enseguida porque me hace parecer un payaso. Acabo llevando solo un poco de máscara para oscurecer mis pestañas rojizas, un ligero toque de polvos para hacer menos visibles mis pecas y una simple aplicación de brillo labial: mi look habitual para una primera cita.

De hecho, todo lo que rodea al aspecto que tengo esta noche es lo normal, aunque me haya costado el doble de tiempo arreglarme que cuando lo hice para la cita con Mark. No sé lo que esperaba lograr con todos mis retoques, pero después de terminar, estoy igual que siempre, tal vez un poco más arreglada. No soy una de esas chicas que tiene la habilidad de transformarse con unas cuantas pinceladas de maquillaje; cada vez que lo intento, acabo teniendo pinta de payaso, como me pasó antes. Normalmente, eso no me preocupa, pero esta noche desearía saber cómo aplicar sombras y delineadores, cómo hacer que mis ojos parezcan enormes y mis pómulos más pronunciados.

Esta noche, quiero estar guapa para *él*.

Deja de ser patética, Emma. Corta el rollo.

Aunque me esté diciendo esto, sé que es inútil. El subidón de excitación que no me dejaba dormir anoche no parece estar cerca de remitir, y la mezcla de nerviosismo e inquieta expectación me impide quedarme sentada más de un minuto. Tengo que corregir un relato corto para un cliente, pero cada vez que me siento y trato de concentrarme en él, las palabras bailan en la página, y lo único que veo son sus fríos ojos azules que me devuelven la mirada.

Genial, maldita sea, sencillamente genial. Es por esto que debería haber dicho que no. Tal vez Kendall tenga razón, y tiendo a buscar hombres de bajo riesgo, pero así es como me gusta. Esta sensación de inestabilidad e inseguridad, este deseo desesperado de complacer a un hombre, no es algo que yo disfrute. En la universidad, cuando todas mis amigas se volvían locas por deportistas y chicos malos, yo salía con muchachos agradables y tranquilos, como Jim, mi último novio serio. Con él, nunca tuve que preocuparme por arreglarme; le gustaba tanto en pijama ñoño y zapatillas de casa como con faldas y tacones altos. De hecho, a menudo no podía distinguir la diferencia entre ambas cosas; para él, una chica era una chica, independientemente de lo que llevase puesto. Terminamos rompiendo porque se volvió demasiado pegajoso, exigiendo mi tiempo y energía hasta un límite agotador, pero hasta entonces, salir con él había sido como estar con uno de mis amigos: fácil y cómodo.

Mirándome al espejo, veo un rubor rosado en mis mejillas y un brillo febril en mis ojos grises. Esta cena con Marcus no va a ser fácil ni cómoda, eso lo sé.

Tampoco será barata. El restaurante que eligió Marcus está en el límite superior de mi presupuesto, por lo que tendré que escatimar en mis compras del súper el resto de la semana. Debería de haber insistido en ir a Papa Mario's, pero temía que Marcus lo odiara, así que cedí, algo que no hubiese hecho con Jim o cualquier otro chico con el que haya salido.

Por un instante, me pregunto si es demasiado tarde para echarme atrás, pero luego me regaño a mí misma por ser una cobarde. Puedo sobrevivir a una cena con un hombre que me hace sentir así. Si lo que dice Kendall es cierto, en realidad tendría que ser positivo para mí, sacarme de mi zona de confort y todo eso. Además, no es como si fuera a salir nada a largo plazo de todo esto. Cualesquiera que sean las razones de Marcus para querer salir conmigo, estoy seguro de que se dará cuenta enseguida de que tenemos muy poco en común, y la cosa terminará ahí.

Puedo tener una cita con Míster Fondo de cobertura.

De hecho, lo estoy deseando.

Marcus

ESTOY EN LA PUERTA DE EMMA A LAS 6:45 P.M. EN punto a pesar del tráfico habitual de la hora punta. Mi conductor habitual, Wilson, es excelente en eso. A través de una extraña combinación de aplicaciones de conducción e instinto, siempre se las arregla para llevarme a todas partes a tiempo, algo virtualmente imposible en la ciudad de Nueva York.

Respiro hondo para recobrar mi compostura, y toco el timbre. La impaciencia extiende en mí sus tentáculos cuando escucho un maullido fuerte, seguido de unos pasos ligeros y rápidos.

—Para, Señor Bufidos. —La voz irritada de Emma me llega amortiguada por la puerta—. Vamos, criatura malvada. ¡Fuera!

Un segundo después, la puerta se abre y la veo allí delante, sonrojada y un poco desaliñada. Al instante, el calor surge a través de mí, centrándose en mi entrepierna, mientras las imágenes del aspecto que tendría después de que me la follara se deslizan por mi mente.

Céntrate, Marcus. Respira hondo.

Es obvio que ha intentado domar sus rizos rojizos, pero ya hay uno rebelde escapándose, y su abrigo beige y gastado está puesto torcido y cubierto de pelos blancos de gato, cuya fuente deben ser los tres felinos que hay en el pasillo detrás de ella. Uno se lame la pata con calma, el otro agita la cola y el tercero, uno gigante, me está lanzando lo que solo puedo interpretar como una mirada de desafío. Un instante después, el gato enorme se lanza hacia mí, y Emma se inclina para cogerlo.

—Hola —dice sin aliento, enderezándose, con el gato retorciéndose, pero firmemente sujeto contra su pecho—. Perdón. El Sr. Bufidos se pone celoso cuando viene algún hombre.

—¿En serio? —Mi voz es tensa. Para mi sorpresa, entiendo exactamente cómo se siente la criatura blanca y peluda, porque la idea de que haya hombres que vengan al apartamento de Emma me hace sentir ganas de estrangular a alguien. Tragando saliva para apagar la irracional oleada de celos, me obligo a aligerar mi tono —. Posesivo, ¿verdad?

—Oh, sí. A lo grande. —Ella sopla para apartar de sus ojos otro rizo rebelde—. Espera, deja que coja mi bolso. —Haciendo un esfuerzo para sujetar el gato con un brazo, se estira para alcanzar el bolso marrón que llevaba la otra vez que la vi, y la ayudo cogiéndolo de la percha junto a la puerta.

—Gracias —dice ella, inclinándose de nuevo para bajar el gato al suelo. Él intenta lanzarse contra mí otra vez, pero Emma lo bloquea expertamente con sus piernas, me quita el bolso de la mano y dice—: Vámonos.

Salgo, agradecido de estar fuera del recibidor infestado de gatos. Cuando era niño, solían gustarme los perros y los gatos, pero las mascotas ya no son lo mío. No me gusta la idea de cuidarlos; además, están todo el desorden y los problemas de higiene que conlleva tener animales dentro de casa.

No es tu problema, me recuerdo a mí mismo cuando Emma logra zafarse de los gatos y se da la vuelta para cerrar la puerta. Si realmente estuviera considerando a Emma para una relación, esto sería un obstáculo, pero no es el caso.

Estoy aquí para satisfacer este extraño deseo y sacarla de mi sistema.

Una vez cerrada la puerta, Emma se da vuelta para mirarme y me lanza una sonrisa tímida. —Mis disculpas. Mis gatos pueden ser un poco difíciles.

—No hay problema. —Cortésmente le ofrezco mi brazo, y mi estómago se aprieta cuando su pequeña mano se desliza por el hueco de mi codo. Ella es diminuta a mi lado, su coronilla apenas me llega al hombro, pero no hay nada infantil en el balanceo sensual de sus caderas mientras la llevo hacia el auto.

Puede que Emma Walsh no sea mi tipo, pero la deseo demasiado para que eso me importe.

Emma

Marcus me lleva hasta un lujoso coche negro estacionado en la acera y me abre la puerta. Me subo en el asiento trasero, con la cara ardiendo a pesar del viento frío de noviembre, y él se sienta a mi lado. El auto es grande y espacioso, pero con Marcus allí, me parece sofocante y pequeño. Tampoco es solo su gran cuerpo; lo es todo sobre él. Ocupa el espacio de una manera que va más allá de lo físico, dominando hasta el aire de su alrededor.

Junto a él, me siento como un asteroide atrapado en la órbita de Júpiter, pequeño e impotente sin posibilidad de escapar de la enorme atracción gravitatoria del planeta.

—Wilson, al restaurante, por favor —ordena

Marcus al conductor, y veo por el retrovisor como el hombre asiente, y el coche comienza a moverse. El hecho de que Marcus sepa su nombre me hace preguntarme si Marcus ha alquilado el coche para esa noche, o si Wilson es su chófer personal o el de la compañía. ¿Hay gente que tiene conductores personales hoy en día?

Antes de que pueda preguntar, Marcus traslada su atención hacia mí.

—Entonces, Emma —dice, con su voz profunda tirando de ese algo en mí otra vez—. Háblame de ti.

—¿Qué te gustaría saber? —pregunto, con la esperanza de sonar como una mujer segura de mí misma en vez de como la niña de doce años que parece haber establecido su residencia en mi cuerpo. Tengo la inquietante sensación de estar en una entrevista, una impresión acrecentada por el hecho de que Marcus lleva traje y corbata debajo del abrigo de invierno desabrochado. Sé que probablemente acaba de llegar del trabajo, y que el que él lleve traje no significa que yo esté horriblemente mal vestida, pero me siento así: incómoda, insegura y fuera de lugar.

Basta, Emma. Es solo un tío. Uno sexy e intimidante, pero aun así solo un tío.

—¿Llevas mucho tiempo viviendo en Brooklyn? —me pregunta, con su pálida mirada ensombrecida por el oscuro interior del coche.

—Toda la vida —digo, intentando mostrar un tono despreocupado—. Nacida y criada. ¿Y qué hay de ti?

—Nací en Staten Island —dice—. Así que soy

neoyorkino, igual que tú.

—Oh. ¿Eres de ascendencia italiana, por casualidad? —Eso podría explicar el tono oliváceo de su piel.

—Por parte de madre. —Su tono es cortante, como si hubiera tocado una fibra sensible.

—Yo soy principalmente irlandesa —le digo, intentando suavizar cualquier error que haya cometido.

—Me lo había figurado. —La respuesta de Marcus es irónica, y cuando el coche se detiene junto a una farola, puedo ver un atisbo de sonrisa en su cara.

Me toco instintivamente el pelo.

—Es bastante obvio, ¿eh?

—Ha sido una conjetura afortunada —dice Marcus, y le sonrío, mientras una parte de mi nerviosismo se desvanece.

Continuamos hablando de trivialidades durante el resto del viaje de quince minutos, y averiguo que Marcus vive en Tribeca y que su oficina está en Midtown. No me sorprende, si alguien puede permitirse vivir y trabajar en Manhattan, ese es un administrador de fondos de cobertura. Mis conocimientos del índice salarial de Wall Street no son muy buenos, pero estoy bastante segura de que esos tipos hacen caja.

—¿Cómo se llama tu fondo? —pregunto, recordando la pregunta de Kendall justo cuando el coche se detiene frente a un pequeño y acogedor restaurante. Sin duda, mi amiga me taladrará sobre ese asunto, así que es mejor que recopile todos los datos.

—Carelli Capital Management —responde Marcus, a la vez que abre la puerta, sale, y luego me sostiene la puerta para que salga yo. Cuando salgo yo, me agarra suavemente por el codo, asegurándose de que no tropiece, y el calor inunda de nuevo mis mejillas. Incluso a través de la gruesa lana de mi abrigo de invierno, siento la fuerza contenida en su agarre, el poder que podría ser devastador si se desatara.

Sigue sujetando mi brazo cuando ya estoy fuera del coche, y mi corazón late con fuerza cuando levanto la vista para mirarle. Las farolas iluminan su boca y el duro perfil de su mandíbula, dejando sus ojos en la sombra, y por un breve y fantástico momento, me siento como un pequeño animal que ha caído en la trampa de un cazador. Algo caliente y eléctrico genera arcos entre nosotros, y el momento está cargado de tensión... luego, él me suelta el brazo y se da la vuelta, ofreciéndome el codo.

—¿Entramos? —Su tono es tranquilo, como si lo que sea que acaba de pasar entre nosotros no le hubiese afectado en lo más mínimo, pero veo cómo su mandíbula se tensa y sé que él lo ha sentido también.

Tengo la boca seca, y deslizo la mano por la curva de su codo, intentando no pensar en lo fuerte y sólido que es su brazo al tacto. Es como agarrarse de un tronco curvo de árbol, aunque sea uno cubierto de carísimo cachemir.

—¿Vienes mucho a este restaurante? —le pregunto, intentando no jadear de forma audible mientras nos acercamos a la puerta. Las piernas de Marcus son tan largas que tengo que dar dos pasos por cada uno de los suyos, y el esfuerzo, combinado con el calor que palpita por debajo de mi piel, me hace sentirme como si acabara de subir tres tramos de escaleras.

—He estado unas cuantas veces por aquí —dice, abriéndome la puerta. Entro e inhalo apreciativamente el rico y sabroso aroma de albahaca, ajo asado y masa recién horneada. Huele igual que Papa Mario's, aunque el ambiente es infinitamente mejor. El restaurante es pequeño, pero limpio y acogedor, con una docena de mesas cubiertas con manteles de lino blanco y adornadas con jarrones con flores de verdad. A pesar de que es jueves por la noche, cada mesa está ocupada excepto la que está en la esquina más alejada.

Puede ser que cenar aquí valga la pena aun con la dentellada que supone a mi presupuesto.

Me desabrocho el abrigo y sonrío a Marcus.

—Este parece un lugar muy agradable. Gracias por sugerirlo.

—Ha sido un placer. Ven, déjame que coja tu abrigo. —Estira el brazo, y no tengo otra elección que permitirle ayudarme. Al hacerlo, sus dedos rozan mis hombros, y a pesar de mi chaqueta, un cosquilleo de calor irradia desde el lugar donde me ha tocado.

Dios, si alguna vez pone sus manos sobre mi piel desnuda... Solo de pensarlo se me tensan las entrañas.

Se nos acerca un hombre bajo, de cabello oscuro y edad indeterminada.

—Bienvenido Sr. Carelli. —Tiene un fuerte acento

italiano, y sus ojos oscuros brillan intensamente en su cara delgada—. Síganme por favor.

Nos conduce a la mesa del rincón. Mientras caminamos, Marcus coloca su mano en la parte baja de mi espalda, y respiro profundamente, aturdida por el gesto inesperadamente posesivo. Mi corazón late más deprisa, y un hormigueo de calor se extiende por todo mi cuerpo, centrándose en mis partes más privadas. El contacto de Marcus es ligero, solícito, pero es imposible ignorar la intención puramente masculina que encierra. Está haciendo una proclamación, anunciando a los otros clientes del restaurante que, al menos por esta noche, yo le pertenezco.

Es algo que un hombre podría hacer con una mujer con la que ha tenido relaciones sexuales, o con la que tiene intención de tener relaciones sexuales muy pronto.

Basta, Emma. Solo está siendo un caballero. Incluso mientras me digo eso, mi pulso se acelera aún más, y las imágenes de mi sueño húmedo regresan en toda su gloria gráfica.

—¿Estás bien? —pregunta Marcus, bajando los ojos hacia mí, y me doy cuenta de que mi sonrojado rostro debe de hacer juego con mi pelo.

—Sí, por supuesto —digo, tratando de ignorar la sensación de su gran palma descansando sobre mi espalda—. Tengo un poco de hambre, eso es todo.

—Entonces vamos a darte de comer —dice, quitando la mano mientras el camarero saca una silla para mí. Marcus da la vuelta a la mesa hasta su lado y yo me siento, agradecida por el respiro que eso me da de su devastadora cercanía.

—¿Qué desearían beber? —pregunta el camarero, quedándose junto a nuestra mesa.

—Solo agua para mí, por favor —digo.

—Lo mismo para mí —dice Marcus, sin perder comba.

Sonrío, contenta de que no haya intentado obligarme a tomar una bebida alcohólica. A algunos hombres les gusta hacer eso, como si una mujer que bebe solo agua de alguna manera ofendiese a su masculinidad. El alcohol no me es desconocido, me he emborrachado hasta el punto de vomitar más de una vez cuando iba a la universidad, pero no me gusta lo suficiente el sabor del vino y la cerveza como para incluirlos en todas mis comidas.

Levantando el menú, lo estudio detenidamente. Lo único que parece estar dentro de mi rango de precios es el entrante de pizzas, lo que hace que mi elección sea fácil. Levanto la vista para encontrar a Marcus mirándome con extraña intensidad.

—¿Qué pasa? —pregunto, sintiéndome cohibida.

—Nada. —Una de las comisuras de sus labios se eleva—. Estas realmente linda cuando te concentras.

El calor traicionero vuelve a florecer en mis mejillas.

—Ejem, gracias —suelto, con un torpe murmullo. Aclarándome la garganta, pregunto en un tono más firme—: ¿Qué vas a tomar tú?

—Estoy pensando en los calamares para el aperitivo

y el risotto de tinta de calamar para el plato principal. Puedes compartir uno o ambos conmigo —dice, cerrando el menú—. ¿Y tú? ¿Hay algo en particular que te parezca apetitoso? Si quieres, puedo recomendarte un par de platos, según lo que le apetezca.

—Oh, no hace falta, gracias. Voy a pedir el entrante de pizzas.

Él sonríe.

—Buena elección. Lo hacen muy bien aquí. ¿Y de plato principal?

—No tengo *tanta* hambre, así que me valdrá solo con el aperitivo. No es mentira, porque me he comido un sándwich de mantequilla de cacahuete antes de salir de casa. Es mi forma de asegurarme de no tener nervios causados por el hambre mientras espero que llegue la comanda, y de no gastarme el presupuesto mensual en una sola comida.

—¿Estás segura?

Está frunciendo el ceño ante mi giro de 180º, así que ofrezco mi mejor sonrisa-no hambrienta.

—Sí. El aperitivo de pizza es suficiente para mí.

—Bien, si es eso lo que quieres.

Le hace una seña al camarero para que venga, y pedimos nuestra comida. Luego el camarero se va, y ya estamos solo nosotros dos en la mesa semi-privada del rincón. Nos miramos el uno al otro, y siento otra vez esa tensión eléctrica, creciendo y expandiéndose hasta que nos envuelve en algún extraño tipo de burbuja. Estamos en un restaurante lleno de gente, pero es como si estuviéramos completamente solos. Soy consciente de él en un grado que me asusta; cada movimiento de sus manos, cada respiración que le expande el pecho... lo percibo todo tan claramente como si una cuerda invisible nos uniera. Desesperada por romper el hechizo, digo:

—Así que, Marcus...

—Así que Emma... —comienza a decir él al mismo tiempo, y los dos estallamos en carcajadas, haciendo explotar la burbuja de tensión como si fuese un globo excesivamente hinchado.

—Tú primero —dice Marcus, sonriendo, y casi me derrito y acabo hecha un charco en mi asiento. Su sonrisa es la mejor que he visto, todo dientes blancos y fuertes y arruguitas sexys en sus delgadas mejillas. Suaviza sus rasgos duros y da calidez a sus fríos ojos azules, transformándolo de alguien con un atractivo intimidante a un tipo sexy hasta mojar las bragas. Tampoco es ninguna exageración, porque realmente noto que mi ropa interior se humedece. Si ahora mismo tuviera mi vibrador, me costaría menos de dos minutos correrme. Puede que tres minutos, como mucho.

Dios, Emma, no dejes caer tan bajo a tu imaginación.

Luchando contra un sonrojo que amenaza con volver a colorear mi cara, digo:

—Solo iba a preguntar si al final terminaste encontrándote con Emmeline. Ya sabes, la mujer que se suponía que ibas a conocer la otra tarde.

La sonrisa de Marcus se desvanece.

—Sí, lo hice.

—Oh. —Siento un ligero ahogo en el pecho por algún motivo—. ¿Y qué ocurrió?

Él se encoge de hombros.

—Terminamos cenando juntos. ¿Y qué hay de ti? ¿Llegaste a encontrarte con Mark?

—Pues no —digo, y el ahogo en mi pecho se intensifica al recordar la advertencia de Kendall—. Creo que se debió de enfadar por lo sucedido, porque no respondió a mi correo electrónico de disculpa.

—Ya veo. —Marcus toma un sorbo de agua. Su mirada es inescrutable mientras me estudia por encima del borde del vaso—. ¿Estás decepcionada por eso? ¿Quién era este tipo, Mark, de todos modos?

—Solo alguien de una aplicación de citas —le digo. Marcus claramente está tratando mantener la atención centrada en mí, pero con las palabras de Kendall resonando en mis oídos, no me disuade tan fácilmente—. ¿Qué hay de esa Emmeline tuya? —pregunto, manteniendo un tono distendido—. ¿Quién era ella y qué tal fue tu cena?

—Ella también era de algo así como una aplicación de citas —dice él, recostándose en su silla. Su rostro no denota ninguna expresión, y eso, unido a su falta de respuesta a mi segunda pregunta, me hace sentir todavía más curiosa acerca del tema.

—¿Qué es "algo así como una aplicación de citas?" —pregunto, alcanzando mi propio vaso de agua. Estaba bromeando con Kendall acerca de taladrar a Marcus a preguntas, pero algún instinto me incita a continuar.

—Una casamentera —suelta él, sin rodeos.

Me ahogo con un sorbo de agua. Tosiendo, farfullo:

—¿Una qué?

—Una casamentera —repite él, con mirada gélida otra vez—. No es tan diferente de un sitio o aplicación de citas, solo que es más personalizado y exclusivo.

—Vale. —Engullo un poco más de agua para ocultar mi sorpresa. Realmente no había pensado por qué se suponía que Marcus tenía que encontrarse una mujer que no conocía. Supuse que algún amigo suyo le habría organizado una cita a ciegas, o que tenía un perfil informal en una aplicación de citas, como yo. Mucha gente hace eso estos días; las citas online ya no son solo para perdedores. Una casamentera, sin embargo, es algo totalmente diferente.

Una casamentera implica que está buscando algo serio... y posiblemente bastante fuera de lo habitual.

—Estás, ejem... —Mierda, ¿cómo lo digo sin asustarlo?—. ¿Estás interesado en casarte o algo así?

—Por supuesto. —Su expresión se enfría aún más—. ¿No es esa la definición misma del servicio que proporcionan las casamenteras?

—Bueno, sí... —Sé que sueno como una idiota, pero no puedo evitarlo. Nunca he conocido un ejemplar macho de la especie que busque una relación con vistas al matrimonio. Por lo que he visto, si un tío se declara, es o porque quiere complacer a su novia, o porque conoce a la persona adecuada y se da cuenta de que es el siguiente paso lógico. Estoy seguro de que hay hombres que quieren casarse simplemente por casarse, pero nunca me he encontrado con tal criatura personalmente. Incluso mi súper pegajoso ex de la universidad no tenía eso en mente; solo quería que estuviésemos juntos todo el tiempo. Por supuesto, solo tengo experiencia con chicos en su adolescencia y veinteañeros. Marcus tiene treinta y cinco años, y es un hombre en la flor de su vida, no un niño que todavía intenta encontrarse a sí mismo.

Antes de que se me ocurra algo inteligente que decir, el camarero nos trae los entrantes. Coloca tanto la pizza como los calamares en el centro de la mesa, probablemente suponiendo que los vamos a compartir. El delicioso olor hace que la saliva se acumule en mi boca. Espero con impaciencia hasta que el camarero se va, y luego agarro una rebanada de pizza, casi quemándome las yemas de los dedos al hacerlo.

—¿Entonces *tienes* hambre, al final? —pregunta Marcus, ensartando un aro de calamar con su tenedor.

—¿De pizza? Siempre. Muerdo la porción y cierro los ojos, casi gimiendo en voz alta cuando el sabor del viscoso queso fundido y la salsa de tomate perfectamente sazonada llena mi boca. Tragando el bocado, abro los ojos para lamer una gota de salsa de mis dedos y me paro en seco al ver la mirada hambrienta en el rostro de Marcus.

—¿Quieres un trozo? —le ofrezco, dándome cuenta de que estoy siendo una maleducada, acaparando toda la pizza para mí. Es pequeña, pero eso no significa que no pueda compartir. Marcus me está mirando comer tan intensamente que es como si quisiera devorarme a mí en lugar de a la pizza.

—No, gracias. —Tiene la voz ligeramente ronca, y agarra su vaso de agua—. Sin embargo, estás invitada a los calamares.

—Estoy bien así, gracias. —Vuelvo a morder la pizza. El sabor es tan orgásmico como antes, pero me las arreglo para mantener los ojos abiertos esta vez, y veo la mandíbula de Marcus apretarse mientras me observa masticar y tragar el bocado.

Él no está comiendo; solo me está mirando, y eso me hace sentir realmente incómoda.

—¿Estás seguro de que no quieres un poco? —le pregunto después de tragar mi tercer bocado—. No me importa compartirla, de verdad.

—No, estoy bien. Por favor, disfruta. —Levanta su tenedor y vuelve a ponerse con los calamares. Decido que es justo devolvérsela, así que lo miro abiertamente mientras consume su comida. Es sorprendente, pero de alguna manera hace que incluso el mundano acto de comer parezca algo poderosamente masculino. Los músculos de su mandíbula se flexionan mientras mastica, y su garganta se mueve cada vez que traga, atrayendo mi atención hacia la fuerte columna de su cuello. Nunca había considerado el comer como un acto sexual pero, con Marcus, me encuentro hipnotizada por la forma en que se lleva cada anilla de calamar a la boca y lo desgarra con sus dientes blancos e igualados. Mi respiración se acelera y la humedad en mi ropa interior se intensifica cuando me imagino a su boca ocupándose de otras actividades, mucho más sucias.

Para distraerme de la extraña necesidad de lamer una miga de pan de su labio, me concentro en devorar mi pizza. Cuando solo queda la corteza, levanto la vista.

—No me has contado cómo fue tu cena con Emmeline —digo—. ¿Hizo tu casamentera un buen trabajo?

Marcus deja el tenedor y termina de forma muy deliberada los calamares.

—Pues sí —dice, limpiándose delicadamente los labios con la servilleta.

—¿Y? —le animo a seguir, ya que él no da más detalles.

—Y nada. —Su rostro carece de expresión—. Emmeline se ajusta a ciertos criterios que tengo, eso es todo.

¿Eso es todo? La pizza que tengo en el estómago se convierte en un ladrillo.

—Si ella es tan perfecta, entonces ¿por qué...?

—Aquí está. Risotto de tinta de chipirón —anuncia el camarero, colocando el plato en el centro de la mesa mientras un ayudante se lleva los restos de los aperitivos. Cierro los labios con fuerza, obligándome a guardar silencio mientras el camarero nos pone platos limpios a los dos.

En cuanto se larga, abro la boca para proseguir con mi interrogatorio, pero Marcus me sorprende estirando el brazo por encima de la mesa y cogiendo mi mano. Su palma es seca, cálida y tan grande que la siento engullida por su calor. Se me corta el aliento en la garganta, y los latidos de mi corazón se disparan aún más cuando él se inclina y sus ojos azules se clavan en mi rostro.

—Emma, escúchame —dice en voz baja—. Emmeline no tiene nada que ver con esto. Solo la he visto una vez, y no hay compromisos de ningún tipo entre nosotros. Como habrás adivinado, me siento atraído por ti, *muy* atraído, y si no me equivoco, tampoco yo te soy completamente indiferente. —Su pulgar acaricia mi muñeca, donde el pulso está martilleando salvajemente, corroborando sus palabras. Él también debe sentirlo, porque sus ojos se oscurecen y su voz se hace más profunda, baja y seductora mientras murmura—: ¿Por qué no disfrutar tan solo de esta comida y luego vemos a dónde nos llevan las cosas desde aquí?

Trago con fuerza. No sé qué decir, ni siquiera qué pensar. Una parte de mí está extrañamente dolida porque esa otra mujer cumpla con algunos de sus criterios predeterminados, pero lo que me está diciendo también tiene sentido. Una cena no la convierte en su novia, como tampoco a *mí* me da ningún derecho sobre él. En todo caso, su honestidad es un punto a su favor; podría haberme mentido sobre lo de conocer a Emmeline, y yo no habría tenido forma de saberlo. Al mismo tiempo, soy consciente de que no estoy pensando con claridad, que su contacto me está poniendo caliente de dentro hacia afuera, y haciendo mi mente gelatina.

—Yo, eh... —Apartando la mano, lucho por recobrar

la compostura—. Creo que deberías comerte tu risotto. Probablemente se esté enfriando.

Me mira con ironía y tengo la sensación de que sabe exactamente cómo me está afectando.

—Por supuesto, el risotto. No queremos que se enfríe —dice, y dejo escapar un suspiro de alivio mientras él alcanza el guiso.

Tomando una cucharada de risotto, intenta coger mi plato.

—Oh, no, estoy bien, gracias. —Lo pongo fuera de su alcance—. Es todo tuyo.

—¿No quieres probar ni siquiera un poquito?

—Estoy llena, de verdad, gracias. —Es mentira; mi boca se hace agua al ver el aspecto suculento de los mariscos del risotto, pero no quiero enturbiar las aguas a la hora de pagar la cuenta—. Es todo tuyo.

Después de un momento de vacilación, se sirve el risotto y se pone a comerlo con evidente placer.

—¿No te va mucho el marisco? —pregunta después del primer bocado, y yo le respondo encogiéndome de hombros. Me encanta el marisco, pero si lo admito, mi negativa a probar el plato de Marcus le confundirá aún más.

—Creo que no está mal —le digo cuando arquea las cejas, instándome sin palabras a explicarme un poco más—. Estoy bastante abierta a probar toda clase de comida, de hecho.

—Ah, una omnívora. ¡Me gusta! —Sonríe, mostrando esas arruguitas sexys de las mejillas, y siento el tirón magnético de nuevo. Es injusto que los hombres más guapos sean a menudo los que están fuera de nuestro alcance, ya sea porque son imbéciles o porque son homosexuales. Marcus definitivamente no es lo segundo, pero el jurado aún está decidiendo si es lo primero.

—Así que —digo, recostándome en mi silla para poner un poco de distancia entre nosotros—. ¿Cuáles son tus criterios? ¿Tienes una lista con todas las cualidades que deseas que posea tu futura esposa?

Él arquea las cejas.

—¿No la tiene todo el mundo? ¿No hay algo que tú desearías de tu futuro marido? ¿Algunas cualidades que le gustaría que tuviera?

—Supongo que sí —digo, después de ponderarlo un instante—. Definitivamente quiero que sea amable y bueno con los animales... especialmente los gatos. Me gustaría que le encantasen los gatos.

—¿Y ya está? ¿Simplemente agradable y amante de los animales?

—Bueno, también estaría bien que él compartiera algunos de mis intereses. Cuanto más tengamos en común, mayores serán las probabilidades de que la cosa funcione a largo plazo.

Marcus me mira con una curiosa sonrisa.

—¿No crees en lo de que los opuestos se atraen?

—No, al menos no de forma duradera —digo, mientras él se sirve más risotto—. Creo que dos personas incompatibles pueden sentirse físicamente atraídas entre sí, pero para que se forme una relación duradera, es necesaria una base más sólida. Tiene que haber valores y creencias compartidas, objetivos e intereses... Si eso no existe, la relación será igual que una cerilla: frágil y rápida en quemarse.

Su sonrisa se desvanece y su expresión se vuelve inusitadamente seria...

—Tienes razón. No podría estar más de acuerdo. —Toma un sorbo de agua antes de volver a atacar su comida, y observo con asombro mientras se zampa una porción considerable del risotto en un tiempo récord.

—Al final no me has contado cuáles son tus criterios —digo cuando el plato de Marcus está casi vacío—. ¿Son altura, peso, color de ojos... nivel educativo?

Él suelta el tenedor, con su mirada clavada en mi cara.

—La educación es definitivamente importante para mí. También lo es la inteligencia, la buena crianza y una cierta ambición. Obviamente, quiero sentirme atraído por ella, pero también estoy buscando una mujer que sea un activo al participar en acontecimientos sociales, que se sienta cómoda interactuando con mis inversores actuales y potenciales y no le importe hacerlo. Y, sobre todo, quiero una esposa que entienda que una carrera exitosa requiere sacrificios, que tienes que trabajar duro para llegar a ser algo en la vida.

Lo miro fascinada. Su franqueza es a la vez refrescante y desagradable. Lo que él describe parece más una socia comercial que una pareja. Por alguna razón, me imagino a la esposa de *House of Cards*: la genial y elegante Claire, que es la mitad femenina de la intrigante pareja de poder político en la serie de

Netflix. Marcus no es político, pero sus requisitos parecen similares. No sé a qué tipo de eventos asiste, pero el hecho de que se refiera a ellos como "acontecimientos sociales" implica que no son barbacoas en Brooklyn.

—¿Y qué hay de su personalidad e intereses? —pregunto, dejando a un lado mi consternación. No sé por qué me siento decepcionada por las revelaciones de Marcus; no es que no supiera que éramos completamente diferentes. Cuando me invitó a salir, supe que solo iba tratarse de una única cena, y no debería molestarme saber que él busca una mujer que es mi polo opuesto. Ya no soy tan torpe socialmente como cuando era adolescente, pero soy lo bastante introvertida como para que una reunión informal con amigos pueda cansarme. Solo pensar en un gran evento formal me da urticaria, y no sabría ni cómo empezar a hablar con esos inversores suyos.

Puedo hablar con desconocidos sobre libros, pero eso es todo.

—¿Personalidad e intereses? —Marcus parece pensarlo un poco mientras el camarero limpia los platos y pone un menú de postres frente a cada uno de nosotros—. Sí, obviamente, eso también es importante. Quisiera que fuera sensata y razonable, no una cabeza hueca. También honesta. La honestidad y la lealtad son muy importantes para mí.

—Para mí también —digo, asintiendo—. Creo que la confianza es clave en cualquier relación.

Marcus sonríe.

—Me alegra que estemos de acuerdo en eso.

—¿Y qué hay de sus gustos y aficiones? —pregunto—. ¿Qué te gusta hacer en tu tiempo libre?

—No tengo mucho de eso, pero supongo que me gusta coleccionar cosas, y también me va el fitness. Me gusta desafiarme físicamente, así que hago un par de maratones y triatlones cada año, y me entreno en artes marciales mixtas cuando puedo.

—Oh, guau. —Eso explica su constitución atlética y confirma mi impresión general sobre él. De hecho, Marcus es un tipo A extremo, el tipo de hombre que logra más en una semana que la mayoría de las personas en toda la vida—. Eso es hardcore.

—¿Qué hay de ti? —pregunta mientras miro el menú de postres, más por costumbre que por interés real—. ¿Tienes algún hobby?

—Me gustan los libros —digo tímidamente, mirando hacia arriba para encontrar su mirada. Desearía poder decirle que me gusta mucho algo alucinante y deportivo, como el esquí o la escalada, pero caminar es mi ejercicio preferido. Las únicas ocasiones en las que corro es cuando estoy a punto de perder el tren—. Cuando no estoy editando libros, generalmente los estoy leyendo —explico cuando él continúa mirándome—. También me gustan los programas de televisión y las películas. Ya sabes, cosas bastante normales. Ah, y los gatos. Adoro a mis gatos, obviamente.

—Obviamente —dice él, con la comisura de su boca

elevándose en una sonrisa—. También a mí me gustan los libros, por cierto. De hecho...

—¿Desean algo de postre? —pregunta el camarero, acercándose a nuestra mesa, y niego con la cabeza.

—Yo no, gracias.

—Tampoco para mí, gracias —le dice Marcus al camarero.

—Por favor, la cuenta —le digo antes de que pueda escapar.

El camarero asiente y desaparece, y me giro para encontrar a Marcus mirándome con el ceño fruncido.

—¿Tienes prisa por irte?

—No, pero me he figurado que tú sí —digo con franqueza—. Claramente, no tenemos mucho en común, y eres un hombre ocupado, así que... —Mi voz va apagándose lentamente a la par que el ceño de Marcus se hace más pronunciado.

—Emma, escúchame —comienza, pero antes de que pueda terminar, el camarero regresa y coloca discretamente una pequeña carpeta negra en el centro de la mesa. En un movimiento bien ensayado, tomo la carpeta y la abro, repasando rápidamente las líneas de la nota para confirmar que mi parte es realmente lo que esperaba.

—¿Qué estás haciendo? —pregunta Marcus mientras busco en mi cartera y saco veintiocho dólares, el precio de mi entrante de pizzas, más impuestos y propina.

Miro hacia arriba para encontrarme con sus ojos

azules entrecerrados y su mandíbula apretada en una línea dura.

—Yo siempre pago lo mío —explico, poniendo el dinero en la carpeta—. No creo que sea correcto que mi cita me invite cuando soy perfectamente capaz de comprar mi propia comida. —Empiezo a mover la carpeta de regreso al centro de la mesa, pero Marcus estira el brazo y me agarra la mano.

—Emma... —Sujeta mis dedos con suavidad, pero sus ojos brillan con dureza cuando dice en un tono uniforme—: Te he invitado cenar, y voy a pagar yo. Fin de la historia.

Mi respiración se acelera a su contacto, y hago todo lo que puedo para decir con voz serena:

—Entiendo la convención social, pero no me siento cómoda con ella. Prefiero pagar lo mío.

Un músculo aletea en su mandíbula.

—¿Por qué? Una cena no significa que me debas nada. No tienes que acostarte conmigo solo porque te pague la pizza.

El ansia de entre mis muslos reaparece cuando sus palabras hacen que reviva las imágenes de mi sueño.

—Lo sé. —Las palabras salen medio entrecortadas. Su palma es cálida y fuerte, sujeta mi mano en su sitio sin esfuerzo, y siento que me estoy quemando por el calor desatado dentro de mí—. Es solo mi política de citas, eso es todo.

Me mira, sus ojos se clavan en los míos, y el resto del restaurante se desvanece de nuevo. Es como si estuviésemos completamente solos, con la tensión vibrando entre nosotros como un cable expuesto. Me siento atrapada, completamente impotente para romper su hechizo mientras se inclina hasta que su rostro está a menos de un palmo del mío.

—Esto no va a terminar aquí, gatita —dice suavemente—. Lo sabes, ¿verdad? No importa si pagas tu cena o no, porque aun así, vamos a terminar en el mismo sitio.

Literalmente puedo sentir cómo mis bragas se empapan.

—¿Q-qué sitio?

—Mi cama. —Sus ojos chispean con más oscuridad —. O tu cama, o una cama de hotel si lo prefieres. Demonios, ni siquiera tiene que ser una cama. Te follaría en la mesa o en el suelo, o contra una pared. Solo dime cuándo y dónde, y lo haré realidad.

Mi respiración se queda paralizada en mis pulmones. Nunca me han propuesto algo así tan francamente, y ciertamente jamás en esos términos. La mayoría de los hombres intentan expresar su intención en términos de romance, o evitan hablar de ello en absoluto. Ciertamente, mi ex novio se habría puesto más rojo que mi pelo si esas palabras hubiesen salido de su boca. Probablemente debería sentirme insultada, pero estoy demasiado excitada como para poder sentir una indignación real. Algo sobre su crudeza sin complejos intensifica el calor húmedo de entre mis piernas, volviendo mis entrañas suaves y líquidas. Quiero exactamente lo que me está ofreciendo: él, entrando en mí... en la cama, la mesa, el suelo... Incluso contra la pared, aunque no puedo imaginarme eso dada la diferencia entre nuestras alturas.

Él es totalmente inadecuado para mí, y le deseo. Le deseo más de lo que jamás he deseado nada.

—Yo... yo tengo que irme. —Mi voz suena ahogada cuando suelto mi mano y me levanto, casi tirando la silla al suelo en mis prisas por alejarme. Me doy la vuelta y me apresuro hacia el guardarropa como la cobarde que soy, las escenas que él ha evocado repitiéndose mi mente como una película porno.

Casi tengo mi abrigo cuando una mano pasa por delante de mí, agarrándolo antes de que yo pueda hacerlo. Miro hacia arriba y mi pulso se acelera aún más cuando me encuentro con esa fría mirada azul.

—Déjame llevarte a casa —me dice Marcus en voz baja, y lo miro, impotente para hacer otra cosa mientras me pasa el abrigo por los hombros y sus dedos cálidos me rozan la clavícula. Me duele el cuello de arquearlo hacia atrás para sostener su mirada, pero no puedo apartar la vista de esos ojos magnéticos, no puedo concentrarme en nada más que la oscura y acalorada promesa que encierran... y mi propia respuesta inevitable.

—No te presionaré para que hagas lo que no quieras —promete suavemente, y le creo.

Intentando tragar saliva para que mi corazón vuelva desde la garganta a su sitio habitual del pecho, dejo que abroche mi abrigo y me guíe hasta el coche.

arcus

Emma permanece en silencio durante el breve trayecto hasta su casa, mirando fijamente por la ventana a las calles y con su pequeño trasero voluptuoso tan alejado de mí como lo permite la anchura del auto. La dejo en paz, aunque tengo la tentación de tocarla, para recordarle la abrasadora química que hay entre nosotros, es casi imposible de resistir. Pero me resisto, sí, porque le prometí no presionarla para hacer algo para lo que ella no estuviese preparada.

Ya es lo bastante malo haberme lanzado sobre ella como un troglodita, con todas mis habilidades sociales tan duramente adquiridas diezmadas por una mezcla tóxica de lujuria y confuso enojo.

Le he pedido una cita y ella se ha pagado lo suyo.

Ella ha pagado por su propia pizza de mierda.

Ni siquiera ahora mismo puedo creerme que haya hecho eso... ni que yo se lo haya permitido. Solo ha sido porque me ha cogido por sorpresa, agarrando la cuenta muy rápido y sin apenas vacilar. Normalmente, cuando una mujer ofrece dividir la cuenta o pagar su parte, lo hace más bien como un gesto de cortesía, un guiño a los tiempos modernos y al movimiento de liberación femenino. Es la forma en que una mujer demuestra que *de verdad* no necesita que un hombre pague por ella, aunque, por supuesto, secretamente está bastante complacida si él no acepta su tibia oferta y paga de todos modos.

Al menos así era cuando yo era estudiante y no tenía ni un centavo. En cuanto empecé a ganar dinero de verdad, esas tibias ofertas se fueron desvaneciendo, y para cuando gané mis primeros diez millones, ya me había olvidado de lo que era que mis citas jugaran a ese juego. Ahora mismo, las mujeres simplemente asumen que yo seré el que paga, porque soy un hombre y además, estoy podrido de pasta y no me importa hacerlo. Así deberían ser las cosas: cuando estoy con una mujer, yo cuido de ella.

Pero no con Emma. Ella no ha hecho esa suposición, ni ha parecido que en su caso se tratara de un juego. No se ha ofrecido a pagar: simplemente lo ha hecho, poniendo su dinero sobre la mesa antes de que yo pudiera mirar la cuenta siquiera. También lo ha hecho mortalmente en serio. No era una broma: por alguna razón, era importante para ella.

Respiro hondo para calmarme e intento obligarme a apartar la vista de su delicado perfil. Ella sigue mirando por la ventana, apretando con fuerza sus pequeñas manos sobre su regazo, y con sus rizos rebeldes salvajes enmarcando su cara pecosa. No la entiendo, y no entiendo mi reacción hacia ella. Quiero estirarme y cogerla en mis brazos, ponerla en mi regazo para poder sentir la suave curva de su culo bien formado contra mi ingle. Quiero enredar mis dedos en esa melena salvaje y tirar de su cabeza hacia atrás, para poder besar la carne blanca y pálida de su garganta y saborear el pulso que palpita por debajo de esa piel de aspecto translúcido.

¿Cómo no me había dado cuenta antes de lo sexys que pueden ser las mujeres pequeñas y exuberantemente curvilíneas? Cuando estaba allí de pie, frente al guardarropía, mirándome con esos ojos grises y asustados, apenas pude evitar inclinarme y agarrarla. Simplemente levantarla y llevármela como el pequeño premio delicioso que es. Ninguna otra mujer ha despertado ese impulso en mí, y ciertamente tampoco Emmeline, con su belleza elegante y distinguida.

Vuelvo a coger aire, y por fin consigo despegar reluctantemente los ojos de Emma. No tiene sentido comparar a las dos mujeres, porque lo que deseo de ellas es muy diferente. Emma es un capricho, una anomalía dentro de una vida entera de autodisciplina y rígida planificación, mientras que Emmeline es lo que siempre he querido, aquello por lo que he trabajado desde que era pequeño.

Desde que me prometí a mí mismo que jamás me enamoraría de una mujer igual que mi madre.

No es que Emma sea como ella, al menos por lo que he podido ver en lo poco que hace que nos conocemos. Mi madre era impulsiva y egoísta, y no veo ninguna clara evidencia de esos rasgos en mi acompañante. Emma tampoco es alcohólica. Solo ha bebido agua en la cena... una elección que apruebo por completo. No tengo nada en contra de beber con moderación en situaciones sociales, pero no puedo negar que cuando veo que una mujer se toma algo más que un par de copas de vino, me vuelven los incómodos recuerdos de mi infancia empapada en vodka y vómito.

Hasta el día de hoy, no soporto el vodka, ni siquiera de las variedades más exclusivas.

Mi teléfono me vibra en el bolsillo, y lo saco para echar un vistazo a la pantalla.

Joder.

Mi bandeja de entrada está a punto de estallar con los mensajes urgentes de Jarrod Lee, mi director de inversiones. Me he debido de olvidar de revisar el teléfono mientras cenábamos, porque hay cinco correos electrónicos seguidos. Una oportunidad para invertir en bonos municipales de alto riesgo nos ha caído del cielo, y él necesita saber si debemos lanzarnos, dadas nuestras opiniones sobre las tasas de interés. Reviso rápidamente las especificaciones de los bonos y envío una respuesta autorizando la inversión de 700 millones de dólares.

Nuestros analistas esperan que el municipio consiga un aumento de capital antes de la próxima reunión de la Fed, lo cual significa que nuestra inversión tendría que haberse duplicado antes de que el mercado de valores haga que se desplomen los tipos de interés.

Termino con los correos electrónicos justo cuando el coche se detiene en la acera frente al apartamento de Emma. Al salir, abro la puerta de su lado y la ayudo a salir a ella. Su mano roza levemente la mía cuando ella sale el coche, y no puedo evitar cerrar mis dedos alrededor de esa pequeña manita y luego sostenerla un segundo de más.

Su sobresaltada mirada vuela hacia la mía otra vez, y siento como un temblor la atraviesa mientras aparta la mano.

—Marcus... —su voz suena definitivamente insegura—. De verdad que necesito...

—No hay problema. —Le sonrío mientras la acompaño a la puerta, aunque el hombre de las cavernas recién despertado dentro de mí aúlla de frustración—. Tienes que irte. Lo comprendo.

Ella asiente, hurgando dentro de su bolso mientras nos quedamos frente a la puerta. Saca las llaves y levanta la mirada, adorablemente sonrojada.

—Pues sí. Mis gatos necesitan que les dé de comer y mañana tengo que levantarme temprano para ir a trabajar, y...

—Emma. —Interrumpo su discurso incoherente

con otra sonrisa engañosamente tranquila—. No digas más. He prometido no presionarte, y no lo haré.

Su rubor se intensifica.

—Oh. Bueno, gracias. Me lo he pasado genial.

—Yo también. ¿Qué haces mañana por la noche?

Ella parpadea.

—¿Mañana?

—Es viernes —digo, para ayudarla—. Ya sabes, ¿el día anterior al fin de semana?

—Oh, yo... —Se detiene y se muerde el labio—. ¿Tú quieres verme mañana?

—Sí. —Y al día siguiente, y al siguiente después de ese, me doy cuenta para mi sorpresa. Esta cena ha sido demasiado corta para satisfacer mi curiosidad sobre Emma y su efecto sobre mí. Me la quiero follar, sí, pero también estoy intrigado por ella.

Quiero entender qué la motiva, y por qué eso me importa.

—Supongo... —duda ella, y luego suelta—: Supongo que estaría bien.

—Estupendo. —Tengo que utilizar todas mis fuerzas para ocultar mi salvaje satisfacción—. ¿Alguna preferencia específica en cuanto a la comida?

—No soy exigente con la comida, pero tengo una preferencia en cuanto al presupuesto —dice, y suspiro, dándome cuenta de que vamos a volver a luchar esa batalla.

Sin embargo, ahora no es el momento para eso, así que solo asiento y digo:

—Me aseguraré de tenerlo en cuenta. ¿Te recojo a las siete?

—Vale. —Ella me sonríe—. A las siete entonces. Gracias otra vez.

Y antes de que pueda siquiera besarle en la mejilla, se da la vuelta, abre la puerta y desaparece engullida por un coro de maullidos indignados.

17

Emma

—¿EN SERIO ME ESTÁS DICIENDO QUE TIENES UNA segunda cita con Marcus Carelli de Carelli Capital Management? —Los ojos de Kendall parecen estar a punto de atravesar la pantalla de mi teléfono.

—Sí, ¿Por qué? ¿Lo conoces? —Inclino ligeramente el teléfono y miro alrededor para asegurarme de que la librería sigue estando vacía. Mi jefe ha salido a almorzar, y aunque hubiera sido inteligente usar este tiempo de inactividad para editar la historia corta con la que he estado procrastinando, no me ha podido resistir hacerle una videollamada a Kendall y contarle mi cita.

—¿Que si conozco a Marcus Carelli? —Su voz se

hace más aguda—. ¿Me tomas el pelo? ¿Tan ajena eres al mundo?

—Pues...

—Déjalo. —Su cara se hace más grande cuando se acerca a la cámara del teléfono—. Ya debería tener eso claro. Si no está en un libro o no tiene cola, no existe para ti.

Suspiro. Mi amiga no es más que una reina del drama.

—Solo cuéntamelo ya. ¿Qué sabes de Marcus? Porque lo volveré a ver esta noche y...

—¿No podrías molestarte en buscarlo en Google?

—No he tenido ocasión. Llegué a casa bastante tarde, tenía que dar de comer enseguida a los gatos y luego responder a algunos clientes sobre temas de edición. Y hoy tenía un turno extra-temprano con un montón de entregas matinales, así que ahora mismo estoy recuperando el aliento. —También pasé algún tiempo de calidad con mi vibrador anoche, para aliviar la tensión de la cita, pero Kendall no tiene por qué saber eso. Supongo que podría haber pasado ese tiempo acosando a Marcus online, pero sinceramente no se me ocurrió.

Nunca he salido con alguien que tuviera algo interesante que poder averiguar.

Kendall pone los ojos en blanco, asegurándose de que la cámara la pille haciéndolo.

—Sí, vale, da igual... Escúchame, Miss Fuera del mundo. —Se inclina hasta que su nariz perfectamente formada domina la pantalla—. Cualquiera que haya echado un vistazo al *Wall Street Journal* o haya puesto la CNBC, o sea, todo Nueva York, con la posible excepción de ti y de tus gatos, conoce a Marcus Carelli. Es uno de los mayores peces gordos de Wall Street. Su fondo administra una cantidad alucinante de miles de millones, y sus presentaciones pueden crear o destruir una cartera de acciones. ¿No recuerdas eso que pasó hace un par de años con aquella empresa corrupta de neumáticos, donde un destacado administrador de fondos de cobertura apostaba a que las acciones bajarían hasta cero, y así fue? La noticia estuvo por todas partes, e incluso hicieron un documental al respecto en Netflix.

—Puede. —Frunzo el ceño porque eso parece sonarme—. ¿Ese era el fondo de Marcus?

—Pues sí. Expuso el caso contra la compañía en una de esas conferencias de inversión de renombre, y las acciones cayeron como sesenta por ciento ese mismo día. Pusieron al CEO llorando en todas las noticias, pero los reguladores se negaron a hacer nada, y unos meses después, la compañía se declaró en bancarrota.

—¡Guau! —Ahora sí recuerdo la historia. Estuvo en todos los titulares, hasta tal punto que ni siquiera yo pude evitar enterarme. La empresa de neumáticos, un antiguo y muy respetado líder dentro de la industria, había sido acusada por algún pez gordo de un gran fondo de cobertura de absolutamente todo, desde defectos de fabricación hasta condiciones de esclavitud laboral en sus fábricas, y la publicidad resultante hizo desplomarse las acciones de la compañía, acelerando su desaparición.

Y ese pez gordo era Marcus.

El hombre que me había llamado "gatita" y me había dicho abiertamente que quería follarme.

El hombre con el que voy a salir esta noche.

Por segunda vez.

—...ha estado en la lista de multimillonarios de Forbes —prosigue Kendall, y parpadeo, dándome cuenta de que he desconectado por un instante.

—¿Multimillonarios? —Mi voz suena ahogada, pero no puedo evitarlo. Sabía que Marcus era rico, por supuesto, todo acerca de él indicaba que tenía dinero, pero hay una gran diferencia entre un administrador de activos ordinario y un titán de fondos de cobertura que puede derribar a una gran empresa con unas cuantas diapositivas de PowerPoint.

Marcus no solo juega en las grandes ligas; él solito es los malditos Juegos Olímpicos.

—Sí, ha estado en la lista varios años seguidos —dice Kendall—. No me puedo creer que no lo supieras. Debe de haberte llevado a un lugar agradable. Lo hizo, ¿verdad? —Entorna los ojos.

—Sí, muy agradable. —Todavía sueno como si me hubiera tragado un sapo, pero estoy orgullosa del hecho de poder articular palabra—. Fuimos a ese pequeño italiano de Benshonhurst, y...

—¿En Brooklyn? —Las cejas de Kendall acaban por juntarse—. ¿Lo dices en serio?

—Sí, ¿por qué no? —Sueno a la defensiva, pero no

puedo evitarlo. Kendall es una snob total en lo que respecta a los vecindarios. Da igual que algunas áreas de Brooklyn ahora sean más caras y estén más de moda que ciertas partes de Manhattan; ella todavía piensa que es el culo del mundo.

Ella suspira y sacude la cabeza.

—No tienes remedio. Solo por favor dime que no intentaste arrastrarlo a ese vertedero que sirve pizzas cerca de tu casa.

Puedo notar como mi cara se pone roja.

—¿Lo hiciste? ¡Oh, dios mío, Emma!

—No lo sabía, ¿vale? —le ladro, sintiéndome extrañamente avergonzada—. Obviamente, no lo habría invitado allí si lo hubiera sabido. Pero terminamos no yendo allí, fuimos a un sitio que *él* sugirió, así que no ha pasado nada.

Ella pellizca el puente de la nariz.

—Dime que al menos le dejaste pagar.

Me la quedo mirando fijamente, sin pestañear.

—¡Emma!

—¿Qué? —Mi mandíbula se tensa. Ya sabes lo que pienso de gorronear.

—No es gorronear, es costumbre que un hombre pague cuando invita a una mujer a salir, y este en concreto probablemente gana más que tu sueldo mensual en el tiempo que le lleva abrir su billetera.

Hago un cálculo rápido en mi cabeza. No se ha alejado mucho.

—Me da igual cuanto gane —digo—. No se trata de eso para mí.

La expresión de Kendall se suaviza.

—Lo sé, Emi. Pero dejar que un tío pague por la cena ni siquiera se acerca a...

—Lo sé. No soy idiota. Simplemente no puedo... —Me detengo y respiro, luego miro el reloj—. Mira, tengo que dejarte. Mi jefe volverá pronto de comer.

—Vale, pero tienes que contarme cómo te va esta noche, ¿de acuerdo? Prométeme que me llamarás en cuanto llegues a casa.

—Lo haré... a menos que sea muy tarde.

Sus ojos se agrandan.

—¿Tienes planeado...

—¡No! Quiero decir, no lo sé. Es decir... oh, da igual. Te llamaré en cuanto pueda.

Y cuelgo antes de que Kendall pueda hacerme el tercer grado sobre *eso*.

***

Mientras clasifico y organizo las novelas románticas del fondo de la tienda, no puedo evitar pensar en lo que no he querido hablar con Kendall.

¿Estoy planeando hacerlo?

Sé lo que quiere Marcus, lo que busca.

Sexo. Él y yo, cuerpos sudorosos enredados... justo igual que las imágenes mentales con las que me masturbé anoche.

La pregunta es, ¿voy a hacerlo? ¿Me voy a acostar con él, sabiendo que es muy probable que sea cosa de una sola vez?

Incluso aunque el panorama no incluyera a la perfecta Emmeline, a un hombre guapo y rico como Marcus seguramente le lloverán las mujeres. Mujeres hermosas, altas y de caderas esbeltas cuyo cabello ni soñaría con encresparse, y que le dejarían pagar su comida sin reparos.

¿Las llamaría también, "gatita", con esa voz áspera y aterciopelada suya, o ese calificativo cariñoso estaba reservado exclusivamente para mí? ¿Cómo se le ocurrió, de todos modos? ¿Es porque me gustan los gatos? Al igual que con su propuesta, probablemente debería de haberme sentido insultada, pero la forma en que Marcus lo dijo, la forma en que me miró...

—¿Emma? ¿Puedes venir aquí, por favor?

Me paro en seco mientras pongo una nueva novela romántica con seres que cambian de forma en el estante y grito: "Ya voy, señor Smithson", y luego me apresuro hacia la parte de delante, donde mi jefe está al teléfono con un cliente.

—¿Podrías por favor recomendarle una nueva serie de fantasía urbana a la Sra. Wilkins? —me dice, señalando a la clienta con la cabeza, una ancianita tan diminuta que hasta el Sr. Bufidos podría cargar con ella —. Le gustan los que leen la mente y todo eso.

—Oh, no hay problema —le digo, sonriendo a la mujer—. Conozco el libro exacto.

Y dejando a un lado todos los pensamientos sobre mi dilema, me centro en mi trabajo.

arcus

A MEDIDA QUE LA TARDE DEL VIERNES AVANZA, ME encuentro mirando el reloj, hasta el punto de descubrirme contando los minutos durante la revisión semanal del rendimiento del fondo con los gestores de mis carteras. Son casi las cinco de la tarde, lo que significa que en solo dos breves horas volveré a ver a Emma.

Joder, no puedo esperar.

—...y por eso creo que esto constituirá un gran discurso para su presentación de Alpha Zone el próximo mes —dice mi gerente de telecomunicaciones, devolviendo mi atención a la reunión—. Si quiere, haré que mi analista le envíe su investigación por correo.

No tengo ni idea de sobre qué acciones está

hablando, después de haber desconectado como un colegial que sueña despierto con el objeto de su enamoramiento, pero ni en broma lo admitiría delante de todo el mundo.

—Sí, que me lo envíe por correo electrónico —le digo con frialdad—. Le echaré un vistazo este fin de semana.

Alpha Zone es una asociación con algunas de las personas más influyentes de Wall Street, y la conferencia de diciembre es su piedra angular. Allí, cada uno de nosotros presentamos nuestra mejor idea, ya sea una operación de divisas, una inversión de capital privado o algo tan aburrido como invertir a largo plazo en un valor en concreto... y la inversión con mejores resultados recibe un premio en el evento del año siguiente. El premio en sí no es nada importante, un viaje a Bora Bora o algo así, pero el empujón para el prestigio de uno no tiene precio.

Espero que la propuesta del gerente de telecomunicaciones sea buena.

Jarrod, mi director de sistemas, me lanza una mirada de extrañeza (no está acostumbrado a que me involucre menos del 110 por ciento) y me obligo a concentrarme lo que queda de reunión, profundizando en las principales posiciones del fondo tan concienzudamente como suelo hacerlo siempre. Aunque el equipo encargado del sector sanitario recibió un gran revés económico ayer, el fondo en general se incrementó otro medio percentil esta semana, lo que nos coloca en la posición de controlar en casi noventa y tres mil millones en activos.

Si esta racha ganadora continúa, llegaremos a los cien mil millones en nada de tiempo.

Normalmente, la idea me llenaría de una gran expectación, pero lo único que me mantiene expectante en este momento es la idea de recoger a Emma dentro de dos horas. Ya me puedo imaginar cómo se desarrollará esta cita: tocaré el timbre de su puerta y ella saldrá de golpe, toda sonrojada de un modo adorable, mientras escapa de sus gatos. Le agarraré de la mano, atrayéndola hacia mí para darle un beso cuidadosamente controlado, el primero, y luego subiremos a mi coche. Allí, nos lo haremos mientras Wilson nos lleva a mi restaurante griego favorito en el East Village, uno que tiene un precio razonable, como ella ha pedido.

Para cuando lleguemos al restaurante, la última cosa que habrá en nuestras mentes será la comida, y en cuanto hayamos terminado de comer, la llevaré a mi ático de Tribeca y me la follaré hasta dejarla sin sentido.

Pasaremos el fin de semana en la cama y para el lunes ya me la habré sacado de mi sistema.

Voy a librarme de esta ansia malsana para siempre.

19

Emma

Cierro el agua y abro la cortina de la ducha para descubrir que parece que haya nevado sobre el suelo del baño. Algunos trozos de papel son tan pequeños que flotan en el aire cuando salgo, gritando: "¡Bufidos!" con toda la potencia de que son capaces mis pulmones.

Ese maldito gato. Debe de haber percibido que estoy a punto de dejarlos a él y a sus hermanos solos por segunda noche consecutiva así que ha hecho pedazos todo el rollo de papel higiénico mientras yo me duchaba.

Suelto un juramento y doy saltitos sobre un pie, intentando quitarme los trozos de papel del otro pie con una toalla. Me cuesta una eternidad hacerlo, sin mencionar lo de limpiar el baño, y el timbre suena cuando me estoy poniendo frenéticamente el rímel.

Mierda. Todavía voy en ropa interior.

—¡Un segundo! —grito, mientras corro por la habitación para coger mi ropa del armario. El Sr. Bufidos me bufa desde el estante de arriba, y Bolita de algodón suelta un maullido lastimero, dando golpecitos en mi pierna con la pata, para que nos vayamos a ver la tele con él entre mis brazos, como acostumbramos a hacer los viernes por la noche.

—Lo siento, amiguito, esta noche no. Tengo una cita. —Me agacho para rascarle la cabeza en gesto de disculpa cuando el Sr. Bufidos salta del estante superior... directamente sobre mis hombros.

—¡Ah! —Grito, sobresaltada, perdiendo el equilibrio por los siete kilos de felino que me golpean cayendo a plomo desde una altura de casi dos metros. Reina Isabel salta de la cama y viene corriendo, maullando con evidente preocupación mientras aterrizo a cuatro patas, y al mismo tiempo, el timbre suena de nuevo, seguido de una voz profunda que me llama.

Es Marcus, y parece preocupado.

El Sr. Bufidos todavía está sobre mis hombros, balanceándose de algún modo sin clavarme las garras en la piel, y lo tiro al suelo al levantarme, gritando: "¡Ya voy!"

Salvo que no voy, porque tropiezo con Bolita de algodón y salgo volando con un grito de pánico.

Aterrizo sobre mi estómago, y el impacto me deja sin aliento. Jadeando, me giro sobre la espalda y escucho la voz profunda de Marcus gritando: "¿Estás bien?", justo antes de que algo golpee mi puerta, haciendo que retumbe sobre sus goznes.

Hostia puta. ¿Acaba de intentar echarla abajo?

Otro golpe fuerte, y las bisagras de la puerta crujen, casi cediendo.

Quiero gritar que estoy bien, pero no puedo reunir suficiente aire. Tan solo puedo soltar un jadeo patético intentando expresar que estoy bien, y con los tres gatos maullando ruidosamente a mi alrededor, ni yo misma me oigo.

Me giro y estoy poniéndome a cuatro patas, para poder arrastrarme y detenerlo, cuando la próxima patada o golpe del cuerpo o lo que sea arranca la puerta por completo de sus goznes.

Sale volando hacia adentro, como en una redada de los cuerpos especiales de la policía en una peli de acción, y justo detrás aparece Marcus, vestido con traje y con otro abrigo desabrochado de aspecto caro. Sus ojos azules me miran entornados con un gesto de inconfundible preocupación, y él se apresura a agacharse a mi lado, al tiempo que Reina Isabel y Bolita de algodón salen zumbando a meterse debajo de la cama. Solo el Sr. Bufidos permanece a mi lado, arqueando la espalda y siseando al intruso antes de huir para esconderse también debajo de la cama.

—¿Estás bien? ¿Qué ha pasado? —pregunta Marcus, agarrándome por los brazos para estabilizarme mientras intento ponerme de pie. Con su ayuda, lo consigo, aunque mi rodilla izquierda se queja ruidosamente: debo de habérmela golpeado contra el suelo.

—Estoy bien, estoy bien —grazno, mientras él empieza a toquetearme de arriba a abajo, buscando lesiones. Sus grandes manos se sienten calientes sobre mi piel desnuda, y con una oleada de mortificación, me doy cuenta de que no había tenido tiempo de ponerme la ropa.

Estoy de pie delante de él solo con mi sujetador y mis bragas de encaje azul, que es, claramente, mi mejor conjunto, pero aun así...

—¿Qué ha pasado? —vuelve a preguntar mientras yo retrocedo, con las mejillas llameantes, y me rodeo con los brazos el estómago, que es bastante menos plano de lo que a mí me gustaría. Indudablemente él estará acostumbrado a las conejitas del fitness, con unos abdominales duros como una roca y...

Espera un segundo. ¿Por qué estoy pensando en mi falta de abdominales cuando él acaba de *echar mi puerta abajo*?

—He tropezado, ¿vale? He tropezado. —Todavía sueno sin aliento, pero no estoy segura de en qué medida se debe eso a la caída en comparación con la forma en que me está mirando, con una preocupación que se está transformando gradualmente en otra cosa.

Algo más caliente e infinitamente más peligroso.

—¿Entonces no estás herida? —aclara, con un tono más ronco, y yo meneo la cabeza, con la cara tan ardiente como la expresión de sus ojos. Y no es solo mi cara, noto como si todo mi cuerpo estuviera abrasándose mientras él da un paso hacia mí, con sus poderosas manos flexionándose a sus costados.

No parece que mi falta de abdominales sea algo que le desanime, al menos a juzgar por el hambre oscura de esa mirada.

—La puerta... —Mi voz suena aguda e histriónica—. Tú... eh, has roto la puerta...

—¿La puerta? —Él no parece saber de qué estoy hablando mientras da otro paso hacia mí, y su mirada cae sobre mi sostén, que empuja hacia arriba mis senos, como si los estuviera ofreciendo como sacrificio.

Trago saliva cuando él estira el brazo y una mano grande se curva con ternura alrededor de mi mandíbula mientras la otra cae sobre mi hombro desnudo, apretándolo ligeramente. Su contacto me quema, acelerándome el pulso y enviando un escalofrío por mi espalda. Se cierne sobre mí, es tan alto que tengo que estirar el cuello para sostenerle mirada, y caigo en la cuenta de que nunca antes me había sentido tan pequeña y vulnerable... ni tan deseada.

—Emma. —Su voz es baja y profunda, mientras sus dedos se deslizan en mi cabello, sosteniendo sensualmente mi cráneo—. Gatita, ¿puedo besarte? —Él está inclinando la cabeza a la vez que habla, y la última palabra de la frase la murmura contra mis labios; su aliento cálido y levemente dulce se mezcla con mis propias exhalaciones superficiales.

No tengo ocasión de responder porque mis manos se alzan para agarrar sus anchos hombros, y mis ojos se cierran al tiempo que mis labios se aprietan contra los suyos, aparentemente por voluntad propia. No hay ni pizca de lógica en mi decisión, no hay razón alguna. Somos totalmente inadecuados el uno para el otro, y seguro que acabo herida si continuamos, pero por primera vez en mi vida, no me importa el riesgo que estoy corriendo.

No hay lugar para el miedo en la ardiente necesidad que me consume.

Él profundiza el beso, arqueándome hacia atrás sobre su brazo, y mis senos se amoldan contra su pecho duro y plano mientras mi cabeza cae hacia atrás, sostenida solo por la palma de su mano que la acuna. Sus labios son cálidos y suaves, su lengua explora mi boca con habilidad sensual, y un pequeño gemido escapa de mi garganta cuando sus labios dejan los míos y se deslizan por mi mandíbula hasta mordisquear el lóbulo de mi oreja, donde el calor de su aliento me pone la piel de gallina por todo el brazo. Puedo oler el aroma limpio y con tonos de madera de su piel, como el pino mezclado con la fresca brisa de otoño, y mi cuerpo se tensa, la tensión convirtiéndose en una espiral en lo profundo de mí. Estoy muy excitada, casi al borde del orgasmo, y mis manos tiran de las solapas de su abrigo, desesperadas por quitárselo para poder...

Un maullido sibilante me sobresalta, sacándome de mi bruma sensual. Abriendo los ojos de golpe, empujo el pecho de Marcus, y él me deja ir, aunque me mira con los párpados entornados y su piel normalmente uniforme está bordeada con un rubor de excitación.

Jadeando, nos miramos mientras el Sr. Bufidos se

enrosca entre mis piernas, turnándose en bufarle a Marcos y maullarme a mí.

—Tu gato —dice Marcus con voz ronca—. ¿No va a escaparse?

Lo miro sin comprender y luego recuerdo la puerta rota. Mis gatos no tienen la costumbre de intentar escapar, pero la verdad es que nunca han tenido la tentación de una entrada sin puertas.

—No debería... —digo, pero solo para estar segura, me agacho y recojo al Sr. Bufidos, acunándole contra mi pecho.

La malvada bestia empieza a ronronear, y lo acaricio, agradecida por el escudo que me proporciona su cuerpo grande y peludo. Todavía no llevo nada de ropa, y con el helado aire de noviembre entrando por el umbral sin puerta, está empezando a hacer frío en mi apartamento rápidamente.

Además, está el tema de estar medio desnuda delante de Marcus.

—Así que —digo torpemente, avanzando poco a poco hacia mi armario con el señor Bufidos en mis brazos—. Sobre la puerta...

—Haré que te la arreglen, no te preocupes. —Su mirada me sigue con hambre mal disimulada mientras me alejo hacia el armario, luego pongo al Sr. Bufidos en el suelo para poder vestirme—. Parecía estar en las últimas, de todos modos.

—¿Puedes darte la vuelta, por favor? —Le espeto, sosteniendo mis pantalones delante de mí, cuando él no muestra ningún signo de mirar hacia otro lado. Sé que es una tontería, ha visto casi todo de mí, pero no quiero que vea mi trasero sacudirse mientras realizo las maniobras necesarias para ponerme mis vaqueros ajustados.

Hay demasiados meneos por allí para mi gusto.

Él abre la boca para decir algo, luego aparentemente se piensa mejor y se da la vuelta.

—Adelante —dice con voz profunda—. No miraré.

Rápidamente, me meto retorciéndome en los vaqueros y me echo por encima mi segunda mejor blusa (la mejor es la que me puse ayer). Termino el atuendo con cárdigan, y cuando me miro al espejo del pasillo, me doy cuenta de que mi atuendo es idéntico al de ayer, a excepción de la blusa. Peor aún, con todos esos recientes esfuerzos se me ha corrido el rímel y mi ojo izquierdo parece el de un mapache, y por mi cabello, parece que haya estado luchando contra un gato montés, lo que, dado el tamaño del Sr. Bufidos, no se aleja demasiado de la realidad.

Adiós a lo de impresionar al multimillonario.

Estoy murmurando maldiciones por lo bajo y tratando de frotar la mancha del rímel cuando Marcus pregunta:

—¿Puedo darme la vuelta ya?

Mierda. Me paso las manos por el pelo, me echo otra mirada al espejo y digo con tono lúgubre:

—Adelante.

Necesitaría una hora para arreglar el desastre que veo en el espejo, no unos minutos, pero daría igual de una u otra manera. Ahora que yo no estoy tan hecha polvo, ni mi cerebro nublado por la lujuria, se me ocurre algo obvio.

Con la puerta rota, no puedo dejar mi apartamento ni a los gatos.

No va a haber ninguna cita esta noche.

20

Marcus

MI ERECCIÓN TODAVÍA AMENAZA CON ABRIR UN AGUJERO en mis pantalones cuando me doy la vuelta y miro a Emma, quien, para mi gran decepción, ahora está completamente vestida. Sin embargo, eso casi no importa. La imagen de ella vestida solo con ropa interior de encaje se ha quedado grabada permanentemente en mi cerebro, y protagonizará cada uno de mis sueños húmedos y fantasías en el futuro.

"Sexy" ni siquiera se acerca a empezar a describir su cuerpecito curvilíneo. Cada suave y femenino centímetro de ella parece estar diseñado con mis preferencias recién descubiertas en mente. Su piel de crema está salpicada en algunos lugares con un atractivo puñado de pecas, y su trasero es el mejor que he visto: lleno y en forma de corazón, hecho para apretarlo hasta el infinito. O al menos me imagino que es así, de alguna manera me las he arreglado para mantener mis manos alejadas de él mientras devoraba su boca.

Y luego, por supuesto, están esos deliciosos pechos suyos, el sensual valle de su ombligo, y sus pequeños pies perfectamente formados, con las uñas pintadas de rojo.

Joder, hasta sus deditos me excitan.

—Así que, acerca de la puerta —comienza de nuevo cuando yo me quedo callado, mirándola con hambre—. ¿Debería llamar a alguien para que lo arregle o...? —Ella deja que la pregunta se desvanezca.

—Yo lo haré —digo con voz ronca, y obligándome a apartar la mirada de la tentación que ella supone, saco el teléfono.

Mi mayordomo, Geoffrey, contesta el primer tono y le informo de la situación.

—Necesito a alguien aquí dentro de una hora —le digo, y él promete que así será.

Cuelgo y veo a Emma mirándome con la boca abierta, con ese enorme gato de nuevo en sus brazos.

—¿Va a venir alguien un viernes por la noche? —pregunta con incredulidad—. Es decir, ¿ahora mismo?

—Por supuesto. No puedes quedarte sin puerta durante la noche.

Tiene mucho sentido para mí, pero ella me está mirando como si me hubiera salido un cuerno en la frente... y también su gato.

—Un viernes por la noche —murmura, acariciando a la peluda criatura—. Sí, claro, vale.

—Nos quedaremos aquí hasta que terminen —digo, quitándome el abrigo. Incluso con la corriente de aire frío entrante, todavía hace demasiado calor dentro del apartamento para llevarlo puesto. Lo cuelgo sobre el respaldo de la única silla que veo, y le digo—: Les costará un poco de tiempo arreglarlo, así que probablemente deberíamos seguir con lo nuestro, y cenar. ¿Alguna preferencia en cuanto a comida para llevar por aquí?

Ella parpadea.

—Tú... ¿tú quieres cenar aquí?

—Por supuesto. —Frunzo el ceño—. A menos que no tengas hambre.

—Oh, no, sí que tengo hambre —me asegura, poniendo al gato más arriba contra su pecho—. Solo es que me había imaginado que dado lo sucedido, cambiaríamos de día, o lo que fuera.

Oh, no. De ninguna manera la iba yo a dejar sola en un apartamento de Brooklyn con una puerta abierta que da a la calle. Sí, esto no es lo que me había imaginado para nuestra segunda cita, pero no me importa ni pizca este cambio... aunque ella casi me haya provocado un ataque al corazón con todos esos ruidos de caídas y esos gritos.

Pensé que se había herido gravemente, y el miedo escalofriante que había experimentado había sido completamente desproporcionado con el tiempo que hacía que nos conocíamos.

No quiero analizar el porqué de eso, o por qué no tengo ningún deseo de escapar de su estrecho estudio del sótano. Me recuerda al apartamento en el que mi madre y yo vivíamos cuando iba a secundaria, y por aquel entonces odiaba ese lugar, así que, por lógica, también debería de odiar este. Pero aquí recibo una vibración totalmente distinta. A pesar de que la única ventana en el estudio de Emma es la misma pequeña ranura cerca del techo que teníamos nosotros, y de que la pintura de sus paredes también se está desconchando, falta el olor a alcohol y desesperación.

Su apartamento es pequeño y descuidado, pero es acogedor. Un hogar, no solo un lugar en el que dejarse caer.

Por supuesto, si no hubiese gatos, sería aún mejor. Puedo ver a otras dos criaturas blancas y peludas asomando la cabeza por debajo de la cama, mirándome con sus grandes ojos verdes. A juzgar por todos los maullidos que escuché cuando Emma se cayó, tengo la fuerte sospecha de que ellos, o al menos el grandote de sus brazos, han sido de alguna manera responsables.

—No vamos a cambiar de día —le digo a Emma con firmeza—. Estoy aquí, y tú estás aquí, y eso —señalo su pequeño escritorio— nos servirá de mesa. Lo único que nos falta es la comida, y si me dices lo que quieres, puedo pedir que nos la traigan o decirle a mi chofer que vaya a buscarla.

Antes de que ella pueda responder, el gran gato maúlla, y su sedosa cola se agita de un lado a otro mientras me lanza una mirada amenazante desde su posición sobre el pecho de Emma. Le devuelvo la mirada. Sé que soltó ese bufido-maullido mientras estábamos besándonos a propósito, para bloquearme.

Si no fuera por eso, Emma y yo podríamos haber llegado hasta su angosta cama, y ahora mismo yo estaría clavado profundamente dentro de su dulce y exuberante cuerpo.

—Lo siento —dice ella, acariciando a la criatura para calmarlo—. Es un poco...

—Posesivo, lo sé. —Yo también lo sería, si ella me acariciara así. De hecho, solo ver su pequeña mano moverse sobre el pelaje blanco del gato me está poniendo celoso.

Quiero que me toque *a mí* así, que pase sus suaves manos por todo mi cuerpo.

—Sí, bueno, sobre la comida —dice Emma cuando el gato comienza a ronronear—. Soy realmente flexible. Hay una tienda de delicatessen en la esquina que hace excelentes sándwiches, y también hay un sitio de gyros griegos que me gusta un par de manzanas. Ninguno de los dos hace entregas a domicilio, pero...

—Wilson lo traerá; eso no es problema. Entonces, ¿sándwiches o gyros?

Ella vacila, luego dice:

—Que sean gyros. El lugar se llama Gyro World.

Bien, vale. Vamos a cenar juntos.

Ocultando mi satisfacción, saco mi teléfono y le mando a Wilson las instrucciones. Él inmediatamente responde que está en camino, y guardo el teléfono, solo para ver a Emma mirándome con una expresión extraña.

—¿Qué? —Frunzo el ceño—. ¿He hecho algo mal?

Ella sacude la cabeza y luego dice:

—¿Siempre es todo tan fácil para ti? ¿Sólo has de chasquear los dedos para que pasen cosas?

—Quieres decir, ¿si puedo hacer siempre que me traigan unos gyros? Si, por lo general. ¿Es eso algo malo?

Ella baja al gato...

—No, por supuesto que no. Es solo que... no es a lo que estoy acostumbrada, eso es todo.

Ella se acerca a la cama para sentarse, y los dos otros dos felinos salen de debajo para ponerse sobre su regazo. El grande que acaba de soltar me mira malévolamente por un momento, como si estuviese decidiendo si yo sería una buena comida, y luego se acerca para unirse a los demás en la cama, con la cola erizada en alto.

Decido ignorar su desdén. Es un gato, después de todo.

Me siento en la silla en la que he colgado mi abrigo, y estudio a Emma, intentando entender qué es lo que tiene que me hace encontrarla tan atractiva. Su físico, por supuesto... no puedo esperar a sumergir mi polla en su pequeño y exquisito cuerpo... pero su apariencia es solo una parte de la imagen total.

También hay algo cálido y tierno en ella, algo que tira de mí de una manera que no entiendo del todo.

—¿Cómo se llaman? —pregunto, pensando que

dado que los gatos son una parte tan importante de su vida, al menos puedo intentar conocerlos—. Has dicho que ese es el Sr. Bufidos, ¿verdad? —Hago un gesto con la cabeza hacia el gigantón de mal genio, que ha marcado su territorio en la pierna izquierda de ella empujando a su competidor mucho más pequeño.

Ella sonríe, sus ojos se iluminan y sus hoyuelos surgen con toda su fuerza...

—Sí, así es. Este —mira hacia su pierna derecha, donde un gato de tamaño medio ronronea como una locomotora— es Bolita de algodón. Y esa —señala con la cabeza hacia el gato que ha sido desplazado a un lado, el más pequeño de todos, que está lamiéndose delicadamente la pata— es Reina Isabel.

—¿Cómo los conseguiste? —pregunto—. ¿Y por qué tres? Tu apartamento no... no es muy grande. —Por lo que a mí me parece, apenas hay espacio para una mujer no muy voluminosa.

Ella hace una mueca...

—Lo sé. Odio que estén apilados unos encima de otros en este estudio. Están acostumbrados, habiendo crecido aquí, pero aun así, no es bueno. Espero poder permitirme un apartamento más grande algún día, pero por ahora, lo único que puedo hacer es entretenerlos lo mejor que sepa. —Mira por encima del hombro hacia la pared al otro lado de la cama, y me doy cuenta de que lo que pensé que era una extraña estantería vacía es en realidad un laberinto para gatos que va del suelo al techo, un lujo excéntrico en un lugar con espacio tan limitado como este.

Ella *está* comprometida con sus mascotas.

—¿Así que los tienes desde que eran pequeños? —le pregunto, y ella asiente, y su expresión se oscurece por alguna razón.

—Tenían apenas dos semanas cuando los encontré.

—¿Los encontraste?

—Llegaron a mi vida de forma accidental; no había pensado en tener en ninguna mascota cuando me mudé a este sitio —dice ella—. Mi amiga Janie y yo íbamos en coche a Woodbury Common (ya sabes, el gran centro comercial del norte del estado), y nos detuvimos en una estación de servicio por el camino. Me fui a la parte de detrás para usar el lavabo y escuché unos débiles maullidos que salían del contenedor de basura. Cuando miré dentro, había una caja de gatitos allí, tan pequeños que apenas tenían los ojos abiertos. —Su delicada mandíbula se tensa, y una mirada feroz aparece en su hermoso rostro—. Algún gilipollas los había tirado allí, como si fuesen basura.

Verdaderamente, un gilipollas. No me considero un amante de los animales, pero me pican las manos con ganas de golpear al culpable de esa canallada hasta dejarlo hecho una pulpa sangrienta.

—¿Así que los acogiste? —pregunto, haciendo todo lo posible para que mi voz no denote mi ira interior, y ella asiente de nuevo.

—Por supuesto. ¿Qué otra cosa podía hacer? Janie es alérgica, y nadie en la estación de servicio los quiso. Pensé en dejarlos en un refugio... el veterinario al que los llevé dijo que eran persas de pura raza y que serían adoptados rápidamente, pero para entonces ya empezaban a sentir apego por mí y no quería causarles más traumas. Así las cosas, debido a que no fueron destetados adecuadamente de su madre, siguieron tratando de mamar chupando todo lo que tenían a la vista durante los primeros dos años de sus vidas. Hace bastante poco que se han calmado. Ella los mira con una tierna sonrisa, sin rastro alguno del enfado anterior, mientras rasca a una criatura peluda detrás de la oreja, y luego acaricia a las otras dos.

Los tres se ponen a lanzar un fuerte ronroneo, y otra vez lucho contra una oleada de celos porque ella los está tocando a *ellos*, y no a *mí*.

Joder.

Puede que necesite consultar a un psiquiatra. Esto no puede ser sano.

Estoy a punto de hacerle otra pregunta cuando escucho un golpe en el marco de la puerta, y un aroma picante y sabroso llena el apartamento.

Es Wilson con nuestra comida.

Me acerco para cogerle las bolsas y, cuando le doy las gracias, Emma se acerca.

—Aquí tienes —dice alegremente, metiendo lo que parece un billete de veinte en la mano de Wilson—. Eso debería cubrir mi parte.

E ignorando la expresión atónita en la cara de mi chófer, vuelve a reunirse con sus gatos en la cama.

Emma

MARCUS ME MIRA COMO SI NUNCA HUBIERA VISTO A UNA mujer devorar un gyros, y tal vez ese sea el caso. Apuesto a que todas esas supermodelos con los que sale sobreviven con jugo de col y brócoli. Por otra parte, me ha estado mirando así desde que pagué mi parte, así que tal vez tenga algo que ver con eso.

Su chófer ciertamente parecía sorprendido cuando le di los veinte pavos.

Por supuesto, también es posible que no esté acostumbrado a ver a una mujer comiendo en su cama, rodeada de gatos que no tienen reparos en robar trozos de carne directamente de su gyros. Intento apartarlos de mi plato, pero es inútil.

Ellos son tres y el gyros tiene demasiados puntos de acceso.

—¿Estás segura de que no quieres sentarte aquí? —pregunta de nuevo desde su asiento en mi escritorio, y sacudo la cabeza, con la boca demasiado llena para responder verbalmente. El escritorio es donde siempre como, y aparte de la encimera de la cocina, es la única superficie parecida a una mesa que hay en mi apartamento. Si yo me hubiese sentado allí, en la única silla que tengo, él tendría que haberse quedado de pie, o comer en mi cama, y si hacía esto último, los gatos atacarían *su* comida... no la mejor de las perspectivas.

Ya me siento mal, lo estoy forzando a estar en el agobiante desastre que es mi apartamento.

—Se te echarían encima —le explico, después de tragar—. Les encantan los gyros.

—¿Y a quién no? Estos están geniales —dice y toma otro gran bocado del jugoso pan de pita en su mano.

Me alegro un poco.

—¿Verdad que sí? —Me preocupaba que sintiera que este tipo de comida estaba por debajo de su nivel... el lugar en el que los pedimos, un simple agujero en la pared, está a solo un paso por encima de un carrito de vendedor callejero, pero él parece estar disfrutándolo de verdad. En general, parece mucho más cómodo en mi apartamento de lo que pensé que estaría un multimillonario, aunque su gran cuerpo de hombros anchos parece bastante ridículo apretujado en mi pequeña silla de Ikea.

—Sí, buena elección —dice, mordisqueando su gyros, y le dedico una gran sonrisa.

Tal vez esta cita no sea un desastre total, después de todo.

Ha terminado con su comida en un tiempo récord. Levantándose, lleva su plato a la cocina, y luego oigo que se abre el grifo del fregadero.

¿En serio lo está fregando?

Antes de que pueda maravillarme con el fenómeno, pues mi exnovio ni sabía que existía el jabón para fregar los platos, alguien llama con otro golpe en la entrada.

Los chicos de las reparaciones han llegado.

Son dos. Uno es igualito al hermano menor de Santa Claus, con sus mejillas sonrosadas y una barba casi blanca, mientras que el otro es un chico latino y guapo más o menos de mi edad. Tiene una sonrisa contagiosa, y le devuelvo la sonrisa cuando me levanto y coloco mi gyros a medio comer en el escritorio.

—Hola —digo, acercándome para saludarlos—. Soy Emma. Muchísimas gracias por venir tan rápido.

Tiendo la mano la mano y el joven la coge ansiosamente, sacudiéndola con energía.

—Juan —dice, y su sonrisa se ensancha—. Encantado de conocerte, Emma.

—Y yo soy Rodney —dice el hermano de Santa Claus, que también me estrecha la mano—. ¿Esta es la puerta que tenemos que arreglar? —Mira hacia la puerta que hay en el suelo, y luego estudia el marco, donde noto grietas considerables cerca de donde estaban colocadas las bisagras.

Dios, ¿cuánta fuerza tiene Marcus para poder causar tanto destrozo?

—Esa es —digo, tratando de no hacer una mueca al imaginar el destrozo a mi cuenta bancaria por esta factura de reparación—. ¿Tienes alguna idea de cuánto va a costar?

—Oh, pues... —Juan mira a Rodney, confuso.

—Nada —dice Marcus, saliendo de la cocina. Su voz es dura, totalmente intransigente, al igual que su expresión cuando me mira—. No te costará absolutamente nada, ya que soy yo quien la rompió.

—Pero lo hiciste para salvarme a *mí* — porque pensaste que *yo* tenía problemas, argumento, pero Marcus no me está escuchando.

—Enviadme a mí la factura —ordena, lanzándole a Rodney una mirada penetrante, y el hombre sacude la cabeza rápidamente.

—Sí, por supuesto, Sr. Carelli.

Ahhh. Estoy tentada a seguir luchando, pero en este momento no me sobran ni cien dólares y sospecho que su factura será algo más alta que eso. Sería muy vergonzoso si insistiera en pagar yo y luego tuviera que pedir que me retrasaran el cobro. Además, Marcus tiene algo de razón: *fue* su complejo de rescatador el que nos metió en este lío.

Aun así, mi pecho se siente desagradablemente apretado cuando me alejo para seguir comiendo y lo dejo hablando con los técnicos. Sé que permitir que

Marcus pague por la puerta que rompió no me hace ser como mi madre, lo sé desde el punto de vista de la lógica, pero no puedo evitar sentir que me estoy aprovechando de él.

Como si lo estuviera utilizando, de la misma la forma en que ella siempre utilizaba a sus amantes y a cualquier persona que se preocupase por ella.

Desechando mis recuerdos, me siento en el escritorio y ahuyento al Sr. Bufidos de lo que queda de mi gyros, que no es gran cosa. Los gatos han robado la mayor parte de la carne mientras yo estaba fuera. Suspirando, rápidamente me trago el resto y llevo el plato sucio a la cocina, donde el fregadero sí que está limpio.

Marcus no solo ha lavado su plato, sino que también lo ha secado y lo ha guardado.

Hago lo mismo con el mío y luego pongo una cafetera, por si él quiere una taza. También saco la última tarrina de helado de caramelo salado que me queda y dos boles, pensando que al menos le debo el postre.

Él entra en la cocina justo cuando comienzan los ruidos de martilleo en la entrada.

—¿Helado? —le ofrezco, poniendo una generosa ración en un bol, y él niega con la cabeza.

—No para mí, gracias.

—¿No te gusta?

Él se encoge de hombros. —No suelo comer dulces.

Por supuesto que no. El helado es para vagabundos ordinarios como yo, no para súper- triunfadores como

Marcus que cuentan el fitness entre sus pasatiempos. Me sorprende que se haya comido el grasiento gyros; probablemente es tan disciplinado en su dieta como parece serlo en todo lo demás.

—¿Y qué hay de un café? —le pregunto, y él accede a eso.

Solo, por supuesto, sin azúcar ni leche para él.

Sirvo una taza para cada uno, y luego llevo mi café y mi bol de helado a la habitación. Los gatos no se ven por ningún lado al principio, pero luego noto la punta de una esponjosa cola blanca que sobresale de debajo de la cama.

Deben de estar ocultándose del ruido, que ahora incluye martilleo y perforación.

Poniendo mi café en la mesita de noche, me siento en la cama para comerme mi helado, y para mi sorpresa, Marcus se une a mí allí con su café en lugar de sentarse en el escritorio. Se acomoda a mi lado, a menos de treinta centímetros de distancia, y aunque ambos estamos completamente vestidos, siento la proximidad de su gran cuerpo tan intensamente como si estuviéramos desnudos. Mi mente recuerda el beso que acabamos de compartir, y un sofoco cubre mi piel, y mi corazón se acelera como si hubiese estado corriendo a toda velocidad.

Oh, dios. Ese beso.

He estado tratando de no pensar en ello, para no convertirme en un desastre sonrojado y tartamudeante, pero ya no puedo evitarlo. Besar a Marcus ha debido de ser la experiencia más caliente de toda mi vida, mejor que cualquier tipo de sexo que haya tenido... o con el que haya fantaseado. Todo lo que lo rodeaba estaba tan mal, y sin embargo tan increíblemente bien... La forma en que me abrazaba, como si nunca quisiera dejarme ir, el tacto de sus labios, su sabor... No me tocó en ningún otro lugar aparte de mi espalda y mi cabeza, pero yo estaba a punto de estallar en llamas, tan excitada que todavía puedo sentir la humedad en mi ropa interior.

No es de gran ayuda que mientras nos sentamos en la cama, su peso esté hundiendo mi viejo colchón, creando una depresión en la superficie suave que me dificulta sentarme derecha en lugar de inclinarme hacia él. Es como las ilustraciones de la gravedad, donde un gran cuerpo celeste crea una muesca en el espacio-tiempo que evita que un cuerpo más pequeño escape de su órbita.

Eso es Marcus para mí.

Parece que no puedo escapar de su atracción, ni estoy segura de querer hacerlo.

Nuestros ojos se encuentran y el ruido del taladro se intensifica, haciendo imposible cualquier intento de conversación. Aun así, ninguno de los dos aparta la mirada. Con los hombres reparando la puerta, tenemos cero privacidad, pero sus trabajos bien podrían estar sucediendo a kilómetros de distancia. De lo único que soy consciente es de él, de su cercanía, y del creciente calor de su mirada.

Mi mano vacila un poco al meter la cuchara en el bol y sacar un poco de helado. Llevándolo a mi boca, cierro mis labios alrededor de la frescura cremosa, salada y dulce, y dejo que se deslice por mi garganta mientras los ojos de Marcus se oscurecen y sus rasgos duros se tensan cuando se estira y coloca su taza de café junto a la mía. Puedo sentir su deseo por mí, percibo su atracción peligrosa y potente, y mi respiración se acelera, mis pezones se convierten en guijarros atrapados dentro de mi sostén.

—Emma... —Su voz es baja y ronca, de alguna manera audible por encima del estruendo—. Creo que... quiero helado, después de todo.

Mi garganta se seca.

—¿Quieres que vaya a buscarte un poco?

Sosteniendo mi mirada, él lentamente sacude la cabeza.

—Dame un poco de lo que tú tienes.

Oh Dios. No hay forma de que solo esté hablando del helado, no con esa mirada en sus ojos.

Aun así, me muevo para darle el cuenco, pero él me detiene poniendo una mano grande sobre mi rodilla.

—Dámelo tú —ordena con voz ronca.

Mi cuerpo entero parece estar ardiendo ahora mismo, y cosquilleos de electricidad suben por mi pierna desde donde descansa su palma. Los ruidos del taladro se detienen, reemplazados por más golpes, pero el sonido de las reparaciones no es nada comparado con el rugido de mi pulso en mis oídos.

Dárselo a él.

Bien, vale.

Mi mano tiembla mientras recojo una cucharada de helado y se lo llevo a la boca.

Su boca dura, masculina, tan hábil para besar.

Sus labios se cierran alrededor de la cuchara, limpiando todo el helado, y mi aliento se queda atrapado en mi garganta cuando su lengua sale para lamer la gotita cremosa que queda en el mango, a menos de un centímetro de donde mis dedos están agarrando espasmódicamente la cuchara.

—Delicioso —murmura, y su mirada me quema viva, y yo recuerdo demasiado tarde que tengo que respirar.

Cogiendo aire de forma audible, tiro de la cuchara hacia atrás, casi volcando el bol de helado.

—Eh, cuidado... —Su mano cubre la mía, estabilizando el cuenco en mis manos, y el brillo de la diversión oscura en sus ojos me dice que sabe exactamente cómo me está afectando, y que está disfrutando de cada momento.

Gilipollas.

Quiero estar cabreada con él, pero no puedo generar suficiente indignación. Jamás había estado tan excitada. Jamás de los jamases. Mi ropa interior está empapada y mi sexo literalmente palpita con la película erótica que se reproduce en mi mente. Puedo imaginar su hábil boca cerrándose sobre mi pezón, luego arrastrando besos ardientes por mi estómago antes de que esos cálidos y flexibles labios se cierren alrededor de mi clítoris y...

—Discúlpeme, ¿Sr Carelli? Hemos terminado.

La voz de Rodney es como un cubo de agua helada en mi cara.

Me había olvidado por completo de que los operarios estaban aquí.

Mortificada, me pongo de pie de un salto, agarrando el cuenco frente a mí como si pudiera ocultar el rubor ardiente que cubre mis mejillas. ¿En qué diablos estaba pensando? Un par de minutos más, y Marcus y yo hubiéramos estado en posición horizontal, sin tener en cuenta ni el helado ni a nuestra audiencia.

Los pensamientos de Juan deben estar en línea con los míos porque exhibe una sonrisa traviesa cuando se pone al lado de Rodney.

Marcus no parece desconcertado. Caminando hacia la puerta, inspecciona la reparación, y luego asiente bruscamente.

—Buen trabajo, gracias.

—Sí, gracias —repito, luchando contra mi vergüenza mientras los hombres recogen sus herramientas y se van con un gesto amistoso en mi dirección.

Me siento aliviada cuando la puerta se cierra detrás de ellos... es decir, hasta que me doy cuenta de que Marcus y yo estamos solos en mi apartamento.

Un apartamento con una puerta que puede cerrarse con llave.

arcus

MI CORAZÓN ESTÁ LATIENDO CON OSCURA EXPECTACIÓN cuando cierro la puerta y me giro para mirar a Emma, que está de pie junto a la cama y mirándome con sus enormes ojos grises, y con el helado derritiéndose en el cuenco que todavía tiene agarrando con ambas manos.

Ya está.

Por fin, es mía.

Sé que estoy asumiendo mucho, pero la atracción va en ambos sentidos. Pude sentir su respuesta cuando la besé, pude ver el latido rápido del pulso en su cuello cuando puse mi mano sobre su rodilla.

Ella me desea.

Necesita esto tanto como yo.

Sosteniendo su mirada, cruzo la habitación y me

detengo frente a ella. Mi pene está dolorosamente duro, pero mis movimientos son cuidadosamente controlados cuando le quito el bol de sus manos temblorosas y lo coloco en la mesita de noche junto a nuestras tazas de café. Luego cojo sus pequeñas manos y la atraigo hacia mí.

Ella me mira con los ojos muy abiertos y una respiración rápida y superficial.

Hermosa.

Ella es tan jodidamente hermosa.

Su piel ligeramente pecosa es tan delicada que es casi translúcida y el rubor de la excitación pinta sus mejillas con un cálido brillo melocotón. Sus labios como capullitos de rosa están abiertos, revelando unos pequeños dientes blancos, y sus rizos son como espirales de fuego alrededor de su cara bonita y suavemente redondeada.

Todo en ella es suave y bonito, tan delicioso como esa cucharada de helado que acabo de tomar.

Colocando una mano sobre su cintura, doblo mi otra palma alrededor de su mejilla y bajo la cabeza, a punto de besarla, cuando otro maullido fuerte interrumpe el silencio.

Oh, por el amor de Dios... Echo la vista a un lado y fulmino con la mirada al enorme gato, que ha salido de debajo de la cama y está sentado sobre su trasero peludo, con la frondosa cola moviéndose de un lado a otro mientras me mira con unos ojos verdes y entornados.

Dirijo mi atención de nuevo a Emma, decidido a

ignorar a la bestia cortarrollos, pero ella ya se está soltando de mi abrazo, con aspecto de estar incómoda.

No va a funcionar.

No va a funcionar en absoluto.

Agarro sus manos antes de que pueda retroceder.

—Ven a mi casa. —Es una orden, no una solicitud, pero no puedo evitarlo. Nunca había deseado tanto a una mujer, nunca me había sentido tan fuera de control como ahora mismo. Es imposible ser cortés y seductor con el hambre violenta que me golpea, exigiendo que la posea, que haga lo que sea necesario para hacerla mía.

Si estuviéramos en tiempos más primitivos, ya la habría arrojado sobre mi hombro y me la habría llevado a mi cueva.

Sus ojos grises se agrandan por la sorpresa.

—¿A... a tu casa?

—Sí. —Sostengo su mirada, sin molestarme en ocultar la lujuria oscura que se agolpa dentro de mí—. A mi casa. Ahora.

Hay mejores formas de hacer esto, lo sé. Podría llevarla a tomar una copa; entonces, una vez que ambos estuviéramos agradablemente achispados, podría ofrecerme a mostrarle la colección de libros raros de mi ático. Ambos sabríamos lo que realmente iba a suceder una vez llegáramos allí, pero no nos haría falta discutirlo. Ella podría fingir que solo iba a ver unos libros, y todo sería agradable y civilizado, apropiadamente romántico.

Excepto porque no soy capaz de ser civilizado en este momento. Todas mis habilidades sociales parecen haberme abandonado de nuevo, borrando toda apariencia de civilización. Por alguna razón, no puedo jugar a esos juegos con Emma, no puedo ser cortés y educado como hago con otras mujeres.

Con ella, el puro instinto es lo que me mueve, y ese instinto exige que la lleve a mi cama en *este puto momento*.

Su pequeña lengua sale para humedecer sus labios, y casi gimo por la tentación.

—¿Y qué hay de...? —Ella traga saliva visiblemente —. ¿Qué hay de Emmeline?

Joder.

—¿Qué pasa con ella? —gruño, acercándomela más —. Te dije que no hay ningún compromiso entre nosotros. —Y no lo habrá, no hasta que saque a Emma de mi sistema.

No soy el tipo de hombre que engaña.

—Pero aun así... sigues queriendo salir con ella, ¿verdad? —Apenas hay nada de aliento en su voz cuando la parte inferior de su cuerpo se amolda contra la mía, y mi erección presiona su suave vientre—. ¿Entonces tal vez podrías casarte con ella?

—Ese es un gran tal vez —murmuro, e incapaz de resistir un segundo más, agarro su rostro entre mis palmas y bajo la cabeza para besarla.

Sus labios son tan suaves como la primera vez que los probé, suaves y turgentes, y tan jodidamente dulces que toda la sangre sale de mi cerebro y vuela directamente hacia mi polla. A lo lejos, escucho otro maullido, pero ya no me importan una mierda ni el gato ni Emmeline y mis ambiciones de toda la vida. Todos mis sentidos están llenos de Emma... del movimiento húmedo y caliente de su lengua contra la mía y del leve olor a caramelo en su aliento, de la forma en que siento sus suaves curvas apretadas contra mí y cómo sus manos se aferran a mis costados mientras la llevo hacia su cama.

A la mierda lo de ir a mi casa. Lo de aquí nos servirá también.

La parte posterior de sus piernas toca el colchón, y de repente se pone rígida. Agarrando mis muñecas, ella retuerce, apartándose de mi beso.

—¡Espera!

Me quedo petrificado en el sitio, usando cada onza de mi fuerza de voluntad para permanecer quieto mientras ella se desliza fuera de mi agarre y retrocede, sin detenerse hasta que esté tan lejos de la cama, y de mí, como puede.

—Escucha, Marcus —dice temblorosa, quitándose los rizos de la cara con una mano vacilante—. No estoy... Esto no es... —Traga saliva y coge aire a la vez—. Obviamente nos sentimos atraídos el uno por el otro, pero esto no va a funcionar.

Y mientras la miro incrédulo, coge a su gato del suelo y dice en voz baja:

—Vete, por favor. Quiero que te vayas.

23

Emma

—¿QUE HICISTE *QUÉ*? —LA VOZ DE KENDALL SE ELEVA una octava mientras me mira, sujetando su croissant a medio comer en la mano.

—Le dije que se fuera —repito, frotándome las sienes mientras mi infernal dolor de cabeza empeora.

Apenas dormí después de que Marcus se fuese anoche, mi segunda noche de insomnio esta semana, y aunque he tomado suficiente cafeína como para despertar a un caballo esta mañana, noto como si mi cráneo estuviera siendo apretado en una prensa. Teniendo en cuenta eso, probablemente no debería haber ido al apartamento de Kendall para desayunar, pero necesitaba alguien con quien hablar además de mis gatos.

—Ok, rebobina —Kendall deja caer el croissant sobre su servilleta y gira su taburete para mirarme de frente—. Vamos a analizar esto otra vez. Él derribó tu puerta para salvarte después de que tropezases con tu gato, os besasteis mientras tú estabas casi desnuda. Luego comió gyros contigo mientras sus técnicos de mantenimiento lo arreglaban. Después de eso, os besasteis *otra vez*, y él te invitó a su casa. *¿Y tú le dijiste que no iba a funcionar y que debería irse?*

—Técnicamente, él me besó *después* de invitarme a su casa, pero sí, esa es la esencia.

—¡Emma! ¿Qué demonios...?

Parpadeo.

—¿Qué? Todavía planea salir con Emmeline, y tú eres quien me dijo que tuviese cuidado. "Los hombres son unos perros", ¿recuerdas?

—¡Atontada! Eso fue *antes* de que supiéramos que es multimillonario.

—Kendall...

—No, escúchame. —Se apoya en la encimera, y su codo casi aplasta el croissant—. Este no es un gilipollas cualquiera de Wall Street, es *el puto Marcus Carelli*. Y está interesado en ti lo suficiente como para derribar tu puerta y comer gyros para llevar en tu pequeño estudio de mierda.

—Vale. Porque quiere meterse en mis bragas... —Masajeo mi cresta supraorbital como si eso hiciera que la presión que hay tras ella disminuyera. Definitivamente no tendría que haber venido, ahora lo veo claro. Si me hubiese echado una siesta esta tarde, estaría mejor equipada para lidiar con Kendall y sus locas opiniones sobre las citas. Pero ya no hay remedio.

—¿Y qué? —Kendall se levanta de un salto de su taburete y me mira con las manos apoyadas en las caderas—. Tú quieres meterte en *sus* pantalones, ¿no?

—Bueno sí, pero...

—¡Ni peros ni nada! Es rico, es sexy, te desea y tú lo deseas a él. Y... —se inclina hasta que su nariz casi toca la mía—, él fue totalmente sincero contigo sobre lo de Emmeline. Todavía no están casados ni siquiera saliendo, así que, ¿a quién le importa que *pueda* salir con ella algún día?

Aay. Me estrujo los ojos y deseo estar en casa con mis gatos. No sé qué esperaba cuando me presenté en el departamento de Kendall con los cruasanes y el café del carrito callejero de abajo, pero que me gritaran por no acostarme con Marcus no estaba en la lista.

Ya es bastante malo que me haya pasado toda la noche cuestionándome mi decisión y sintiéndome como una mierda cada vez que recordaba la expresión en la cara de Marcus cuando le dije que se fuera. Por un segundo, pareció casi dolido, pero luego su mirada se endureció y su rostro se convirtió en una máscara de piedra. Sin mediar palabra, se dio la vuelta y se alejó, y lo único que pude hacer fue quedarme quieta en el sitio para no correr tras él.

En lugar de rogarle que regresase y terminara lo que habíamos empezado.

—Emma, escúchame —prosigue Kendall, y abro los ojos a regañadientes mientras ella se sube de nuevo al taburete de su barra—. A Marcus claramente le gustas. Entonces, ¿y qué si no cumples con sus requisitos para ser una esposa? Eso no significa que no puedas divertirte con él. Has estado teniendo sueños de sexo con ese hombre, por el amor de Dios. Y solo piénsalo: es *Marcus Carelli*. ¿Sabes qué tipo de puertas se te abrirían si fueras de su brazo? ¿Los lugares a los que podría llevarte, las personas a quienes podrías conocer? —Cuando la miro fijamente, ella pone los ojos en blanco y dice con énfasis— ¿Ese trabajo de la industria editorial que siempre has querido? Él te podría enchufar en un momento. Demonios, su fondo probablemente solo necesitaría la calderilla para poder *comprarse* cualquier editorial que desearas.

Yo hago una mueca.

—Kendall...

Ella levanta una mano.

—Lo sé, lo sé. Estás empeñada a conseguirlo todo por tu cuenta, y eso es admirable. Pero, ¿sabéis una cosa, Emi? El suelo que pisamos puede ser un césped verde o un pantano, y no podemos elegir cuál de las dos cosas, a menos que tengamos mucha suerte y el destino nos dé una forma de cruzarlo. Y tú, mi amor, acabas de recibir el equivalente al puente Golden Gate. Marcus Carelli puede llevarte a los pastos más verdes imaginables; todo lo que tienes que hacer es decir que sí.

Durante el viaje en metro a casa, hago todo lo posible para olvidar las palabras de Kendall, pero el sabor amargo en mi boca persiste. Le he hablado sobre mi infancia más de una vez, pero todavía no lo entiende, en realidad no. Para ella, el estatus de multimillonario de Marcus es una ventaja, mientras que para mí, es una gran desventaja. Su dinero y sus conexiones son lo último que deseo, y ese solo hecho habría condenado cualquier relación que pudiéramos haber comenzado.

No es que él pudiera desear jamás mantener una relación conmigo. Estoy bastante segura de que habría sido un asunto de una sola noche... de dos, a lo sumo. Y aunque *había* jugueteado con la idea, cuando llegó el momento, cuando no negó que finalmente pudiera casarse con Emmeline, no pude seguir adelante, sin importar cuánto me lo suplicara mi cuerpo.

Estaba demasiado abrumada por cómo me hacía sentir, y francamente aterrorizada por lo que pasaría cuando él inevitablemente desapareciese de mi vida.

Así que era mejor lo que hice ayer, antes de meterme todavía más. De verdad que sí. ¿Y qué si me sentía tan mal después de rechazarlo que no podía dormir? Era demasiado para mí, *él* era demasiado para mí, y es bueno conocer las limitaciones de una misma.

O al menos eso es lo que me he estado diciendo desde el momento en que Marcus salió, cerrando la puerta reparada tras de sí. Sin su presencia, inmediatamente sentí mi estudio más frío, más vacío... menos vital, de alguna manera.

No, eso no es verdad. Me niego a pensar eso. Por volcánica que sea nuestra atracción, somos completamente incompatibles. Tomé la decisión correcta, sin importar lo que Kendall o cualquier otra persona piense.

Lo único que necesito es conseguir creérmelo yo.

M arcus

ME PASO EL RESTO DEL VIERNES POR LA NOCHE tratando de convencerme de que lo que sucedió fue lo mejor, que me alegro de que Emma haya terminado con esta locura antes de que llegase más lejos. De acuerdo, hubiera sido agradable follarla y aliviar la tensión que me invade desde el momento en que la vi, pero en última instancia, esto no podría haber ido a ninguna parte.

Emmeline, u otra mujer como ella, es lo que necesito, y Emma habría sido solo una distracción. Ya había sido una distracción, de hecho, fastidiando mi concentración en el trabajo y en todas partes.

A pesar de ese razonamiento perfectamente racional, apenas duermo el viernes por la noche, me siento tenso e inquieto a pesar de dos duchas frías y un encuentro íntimo con mi mano cerrada. Cada vez que cierro los ojos, veo a Emma en su ropa interior de encaje, y mi cuerpo arde con la necesidad de tenerla, sentir sus suaves curvas debajo de mis palmas y saborear la dulzura de sus labios.

Finalmente, renuncio a dormir y salgo a correr quince kilómetros. El ritmo acelerado que establezco es lo suficientemente agotador, y cuando me siento a comerme el desayuno gourmet que mi mayordomo me ha preparado, una parte de mi frustración ha disminuido. Aun así, decido llamar a Emmeline para olvidarme del todo de las cosas.

Tenemos otra conversación agradable. Me entero de que vendrá a Nueva York en un viaje de negocios en diciembre, y acordamos quedar para cenar la noche que esté libre. Todo es muy correcto y civilizado, y cuando cuelgo el teléfono, no siento la menor necesidad de acosarla ni de arrastrarla a una cueva.

Y así es como debería ser, me digo a mí mismo cuando entro en el despacho de casa para ponerme al día con el trabajo. Con Emma, estaba constantemente a punto de perder el control y olvidar lo que era realmente importante. El hambre que la pequeña pelirroja despertaba en mí era demasiado potente, demasiado peligrosa. Quiero sentirme atraído por la mujer con la que estoy, pero no así.

No hasta el punto de que ella sea lo único que me importe.

Trabajo toda la mañana y la mayor parte de la tarde,

y luego, debido a que mi inquietud está volviendo, llamo a mi amigo Ashton para una sesión de entrenamiento en nuestro gimnasio de artes marciales mixtas.

Resulta que está libre, y nos vemos una hora después. Él es tan bueno en artes marciales mixtas como yo, y después de una hora sin parar de darnos el uno al otro, las puntuaciones están igualadas y ambos estamos chorreando en sudor.

—¿Una cerveza después de cambiarnos? —me ofrece mientras caminamos hacia el vestuario, y accedo con alegría.

Cualquier cosa que me impida pensar en Emma.

—Entonces, ¿cómo te fue con la casamentera? —pregunta Ashton al sentarnos en el bar. Apenas son las seis en punto, así que, aunque sea sábado, el lugar está lo suficientemente tranquilo como para mantener una conversación. —Mi tía me dijo que te pusiste en contacto con Victoria —prosigue mientras el camarero nos pone las cervezas—. ¿Ya te ha encontrado una esposa?

Levanto mi cerveza y tomo un largo sorbo en un esfuerzo por no golpearlo. Esto es lo último de lo que quiero hablar en este momento, pero como él fue quien me recomendó a Victoria Longwood-Thierry, le debo una respuesta.

—Me puso en contacto con una candidata

prometedora —una mujer llamada Emmeline Sommers —digo, bajando la cerveza—. Pero ella está en Boston, así que veremos cómo va la cosa.

—¿Lo ves? Ya te lo dije. —Él sonríe, mostrando sus dientes blancos como perlas—. Esa mierda funciona, al menos si es lo que quieres. No podrías pagarme lo suficiente para estar con una tía el resto de mi vida, pero si es eso lo que tú andas buscando, está bien que te asegures de que el coño sea de primera categoría.

Suena como el imbécil que es, pero las dos mujeres que hay junto a la barra parecen deslumbradas por su sonrisa. Siempre es así con él. Ashton Vancroft proviene de generaciones de riqueza heredada, de mucha riqueza, y eso se nota. Su arrogancia innata de niño rico, junto con su físico atlético y su aspecto de surfista bronceado, atraen a las mujeres como un imán, y lo han hecho desde que lo conozco, que pronto será más de una década.

Nos conocimos en la escuela de negocios, donde ambos estudiábamos nuestro Máster en administración de empresas: yo, para poder convencer a los inversores de me confiaran su dinero, y Ashton, porque era lo que se esperaba de él. Como me explicó una vez, sus opciones de carrera eran abogado, médico o banquero de inversiones; cualquier otra cosa se consideraba inaceptable para un Vancroft. Al final se rebeló abandonando la escuela de negocios para convertirse en entrenador personal, pero el daño ya estaba hecho.

Había adquirido demasiados conocimientos

empresariales para vivir la vida pobre y despreocupada que siempre había deseado.

Lo que comenzó como unos pocos clientes los fines de semana se convirtió rápidamente en un negocio rentable, gracias al boca a boca sobre su enfoque comprometido y sin tonterías del fitness y a la aplicación que Ashton creó para entrenar a sus clientes de forma remota durante sus viajes. En poco tiempo, tenía miles de clientes en todo el mundo, y cuando sus fotos de antes y después inundaron Instagram, su aplicación de entrenamiento reventó en popularidad, escalando hasta los primeros puestos de todas las tiendas de aplicaciones. Ahora es multimillonario, incluso sin contar con el dinero de sus padres, y sigue viviendo en negación sobre todo el asunto.

—¿Cómo va el negocio? —pregunto, porque sé que eso le fastidiará, lo cual es justo, dado lo mucho que su intromisión en mi vida amorosa me ha fastidiado a mí.

Como era de esperar, hace una mueca...

—Fatal. Los ingresos aumentaron otro veinte por ciento el mes pasado, y estoy desbordado de ofertas de patrocinadores. No quiero nada de esa mierda, pero ¿me escuchan? No. Están convencidos de que debo de estar muriéndome por vender sus suplementos de mierda o su equipo de gimnasia o cualquier basura que estén vendiendo. No importa que ninguna de esas porquerías de efecto rápido funcione. Solo hay que mantener una nutrición adecuada, desafiar a tu cuerpo y...

Desconecto automáticamente cuando él se lanza a

su diatriba habitual sobre los vagos que se pasan la vida en el sofá y andan buscando soluciones mágicas para su pereza, y mis pensamientos se vagan hacia Emma. Me pregunto qué estará haciendo este sábado por la noche. ¿Estará en pijama acurrucada con sus gatos, o habrá salido a algún sitio?

¿Tal vez a alguna cita?

Mi mano se aprieta en mi jarra de cerveza cuando la imagino sentada en un restaurante con algún imbécil, sonriéndole con su bonita sonrisa con hoyuelos. Él estará jadeando por ella, casi salivando mientras ella se come su rebanada de pizza barata o lo que sea, y luego se partirán la cuenta amistosamente antes de irse juntos a su casa y...

Joder, no. No voy a pensar en eso.

Ya me siento homicida tal como están las cosas.

Ella no es tuya, me digo mientras me acabo la cerveza. Ella tiene todo el derecho de ver a quien quiera y hacer lo que le plazca. Ya no estamos juntos, no es que alguna vez lo estuviéramos. Dos citas no hacen una relación, y tampoco un par de besos... al menos una vez que ya has salido del instituto.

Por lo tanto, no tiene sentido para mí sentir que esto es una ruptura real, como si realmente hubiera perdido algo cuando dijo que esto había terminado y me pidió que me fuera. A lo sumo, mi orgullo podría sentirse herido por su rechazo, nada más.

Sin embargo, cuando las dos mujeres junto a la barra se nos acercan, coqueteando y abanicándonos con sus largas pestañas, lo único en lo que puedo pensar es en Emma y en su sonrisa con hoyuelos. Y después de disculparme e irme a casa, imagino sus curvas exuberantes allí de pie en la ducha, con el puño envuelto alrededor de mi dolorida polla.

Es su cara lo que veo en mi mente cuando me corro.

Emma

Los siguientes once días discurren a paso de tortuga. Voy a trabajar, regreso a casa y trabajo en el diseño de mi web de edición. Financieramente, las cosas están mejorando: obtuve un par de nuevos clientes a través de referencias, uno de mis clientes habituales me envió una nueva novela para trabajar en ella, y un autor que había estado teniendo dificultades financieras finalmente me mandó el pago que me debía por editarle su novela de fantasía épica de mil páginas. Tampoco he tenido que hacer viajes caros al veterinario con los gatos, así que, por una vez, el saldo de mi cuenta bancaria está en las cuatro cifras. Incluso he pagado una pequeña parte de mis préstamos estudiantiles, lo que hace que el reciente aumento de la tasa de interés duela un poco menos.

Así que no hay razón para sentir que estoy caminando penosamente a través de un pantano con un fardo de veinte kilos a la espalda.

—Llámale —me insta Kendall de nuevo el miércoles por la mañana, cuando me quejo de que no estoy de mi mejor humor y he tenido problemas para dormir—. Dile que has cambiado de opinión y quieres volver a verle. O al menos envíale un saludo rápido. Quizás todavía esté interesado y responda.

Dejo de lado su sugerencia, alegando que mi mal humor no tiene nada que ver con *eso*, pero durante todo el miércoles, mi teléfono se burla de mí, con su estuche rosa brillante tan fastidioso como una capa roja para un toro. No llamo, heroicamente resisto el impulso, pero esa noche, sueño que he cedido... y que Marcus viene de inmediato.

Me despierto resbaladiza y dolorida, ardiendo por el sueño más sucio que haya tenido jamás. Sentándome, enciendo la lámpara de la mesilla de noche, y los gatos me miran desde la almohada, molestos por ser despertados de su sueño profundo.

—Sí, lo que digas, ¿recuerdas el jarrón que rompisteis en mitad de la noche la semana pasada? —le murmuro al Sr. Bufidos, y él mueve su cola, reconociendo que tengo algo de razón.

Los gatos vuelven a dormirse rápidamente, pero yo me levanto, demasiado agitada para quedarme quieta.

El teléfono está en mi mesita de noche, burlándose de mí, llamándome. Lo alcanzo, pero echo la mano hacia atrás en el último momento, diciéndome a mí misma que es una mala idea.

Una idea muy mala.

Aun así, no puedo quitar los ojos del dispositivo, y mi mano lo alcanza de nuevo, cogiéndolo.

No lo hagas, Emma.

Me quedo quieta, tratando de escuchar la voz de la razón, pero un segundo después, mis dedos se mueven por su propia cuenta, deslizando la pantalla para localizar mis mensajes de texto con Marcus. Mi corazón late furiosamente en mi pecho mientras escribo, "Hola..."

No lo mandes. ¡Borrar, borrar, borrar!

Me muerdo el labio, mirando la pantalla, con el dedo flotando sobre el botón Eliminar. ¿Enviar o no enviar?

Un maullido suave me sobresalta de mi dilema existencial, y levanto la vista para ver a Reina Isabel, que se dirige con gracia hacia mí atravesando la manta.

—¿Crees que debería enviarlo? —le pregunto, y ella vuelve a maullar.

—¿De verdad?

Me lanza una mirada que significa que estoy siendo una boba hablando con un gato sobre esto.

—Bueno, ¿con quién más voy a hablar en mitad de la noche?

Ella se sienta y comienza a lamerse la pata.

—Vale, venga, como quieras —. Molesta, miro mi teléfono y se me cae el alma a los pies.

Sin saber cómo, mientras hablaba con la gata, mi dedo se deslizó y pulsó: enviar.

26

*M*arcus

MI TELÉFONO HACE UN RUIDITO A LAS 2:49 A.M. DEL jueves, despertándome menos de dos horas después de llegar a casa desde el trabajo. Maldiciendo, cojo y veo que es un mensaje de texto.

De Emma.

Me despierto al instante, todo mi cuerpo zumba con adrenalina mientras me siento como un resorte y deslizo el dedo por la pantalla.

Hola...

Eso es todo lo que dice el mensaje.

Me quito la manta y enciendo la luz. Puedo ver los tres puntitos bailando en la pantalla, diciéndome que Emma está por enviar un segundo mensaje.

Hola... ¿quieres venir?

Hola... te he echado de menos.

Hola... me he dado cuenta de que he cometido un error.

Hola... ¿Qué estás haciendo esta noche?

Las posibilidades son infinitas, y me muero por ver qué va a decir.

Los tres puntos desaparecen, como si hubiera dejado de escribir y borrara su mensaje. Cinco segundos después, reaparecen.

Miro el teléfono, y mi corazón late con expectación depredadora. No puedo esperar a que ella admita que me desea, que ha cambiado de opinión acerca de alejarme de ella. Tengo una reunión importante de inversores a primera hora de la mañana, pero si ella quiere que vaya ahora mismo, allá que iré.

Si pudiera, me teletransportaría hasta Brooklyn, así podría aparecer en su puerta tan pronto como recibiera ese mensaje.

Se está tomando su maldito tiempo para escribirlo, así que me levanto, incapaz de quedarme quieto. Agarrando el teléfono, me dirijo al baño para prepararme en caso de que sea, como espero, una llamada con premio.

Casi he terminado de afeitarme cuando el teléfono finalmente suena con un nuevo mensaje de texto. Bajando la maquinilla de afeitar, deslizo el dedo por la pantalla con un dedo medio seco.

Lo siento, el mensaje era para otra persona.

Releo las palabras con incredulidad y creciente furia.

¿Qué cojones?

¿Estaba enviando mensajes de texto a *otra persona* a las tres de la mañana?

Luchando contra el impulso de golpear el teléfono contra la encimera de mármol, elimino los restos de la crema de afeitar y tiro la toalla al lavabo. Teóricamente, ese alguien podría ser un amigo o un pariente, pero las posibilidades son prácticamente nulas.

Solo hay una persona a la que le envías mensajes de texto a estas horas, y es alguien a quien te estás follando, o estás pensando en follarte.

Y ese alguien no soy yo.

Una furia candente me atraviesa cuando me imagino al tipo ese, probablemente un imbécil recién salido del Cuerpo de Paz que posee un millón de gatos. No tendría ni puta idea de cómo complacer a una mujer, y sin embargo, *estaría* en la cama de Emma porque es un amante de los animales y es jodidamente majo.

Bueno, *yo* no soy majo y nunca he renunciado a algo que realmente deseo. En los últimos doce días, he hecho todo lo posible para olvidarla, para convencerme de dejarlo correr, pero todas las noches, he soñado con ella, y cada mañana, me he despertado frustrado y con una erección, incapaz de concentrarme hasta haberme aliviado con la mano. Me guste o no, esta nueva obsesión mía no va a desaparecer, y es hora de que lo acepte.

Malhumorado, abro mi correo electrónico y redacto un mensaje para el detective privado que uso para vigilar a los ejecutivos de nivel C en las empresas en las que estamos muy interesados. Él opera rayando el límite de lo legal, y puede detectar un escándalo años antes de que ningún chismoso profesional tenga una pista. Nunca le he hecho investigar a una mujer que me interesase antes, pero siempre hay una primera vez.

Sea o no esto un movimiento de acosador, tengo que saber a quién podría estar viendo Emma, porque ya me he cansado de jugar según las normas.

De una forma u otra, la pequeña pelirroja será mía.

Emma

LAS FLORES LLEGAN EL JUEVES POR LA TARDE, JUSTO cuando mi jefe me está contando todo lo de su nueva dieta. El jarrón es tan grande que el repartidor tiene que esforzarse para ponerlo sobre el mostrador, y cuando finalmente lo logra, el enorme ramo de tulipanes rosas, amarillos y rojos casi tapa la caja registradora.

—¿Es tu cumpleaños hoy? —pregunta el Sr. Smithson, mirando confuso las flores mientras yo busco una tarjeta en la jungla de tallos y hojas—. Podría haber jurado que fue en septiembre.

—Eh... por supuesto que es en septiembre. —Mi rostro se torna un carmín encendido cuando encuentro la tarjeta y leo la única palabra del mensaje. Mi jefe sigue mirándome con curiosidad, así que miento—. Esto es solo cosa de mis abuelos. Me encantan los tulipanes, y lo hacen de vez en cuando, para hacerme saber que están pensando en mí.

—Oh. —El Sr. Smithson parpadea—. De acuerdo, bueno, que los disfrutes...

Se aleja para reponer los thrillers, y yo suelto el aire, y mi mano tiembla con una mezcla de temor y emoción mientras levanto la tarjeta y vuelvo a leer el mensaje.

Es una simple palabra, nada más.

Hola.

YA CASI ME HE CALMADO CUANDO LLEGO A CASA DE trabajar, habiéndome convencido a mí misma de que el ramo de Marcus era la venganza por mis estúpidos mensajes de anoche. Estaba claro que fue una cobardía por mi parte afirmar que había enviado ese "hola" a la persona equivocada, pero me venció el pánico y no fui capaz de hacer otra cosa.

No había ninguna razón para que le enviara mensajes de texto a las tres de la mañana, aparte de lo obvio, y no estoy preparada para entrar en *eso*.

Estoy tentada de llamar a Kendall y contarle lo de los mensajes y los tulipanes, que, por alguna extraña coincidencia, son mis flores favoritas, pero me resisto. Ella le daría la vuelta, y lo siguiente sería que yo creería que Marcus todavía está interesado en mí en lugar de estar en camino de casarse con Emmeline o alguna otra mujer igualmente perfecta.

No, necesito olvidarlo todo sobre Marcus y su mensaje de venganza extraordinariamente agradable. No significa nada, y ciertamente no es que él esté todavía interesado. Este asunto entre nosotros ha terminado, y ahora que me ha hecho saber lo estúpidos que eran mis mensajes de texto, estoy segura de que no volveré a oír nada de él.

Mi convicción se mantiene hasta que suena el timbre mientras estoy dándoles de comer a los gatos.

—¡Un segundo! —grito, tratando de no tropezar con el Sr. Bufidos mientras dejo su plato en el suelo y me apresuro hacia la puerta. No me apetece repetir lo de la otra semana.

No hay nadie en la puerta cuando la abro, pero *sí* un paquete en el felpudo.

Mi pulso da un salto.

No estoy esperando ninguna entrega.

La caja es pequeña y liviana, así que no tengo problemas para levantarla. Con el corazón golpeteando ruidosamente, lo llevo a la cocina y lo coloco en el mostrador; luego agarro un cuchillo para cortar la cinta adhesiva.

Dentro hay otra caja, mucho más bonita. con el logotipo del Saks de la Quinta Avenida. Al abrirla, me quedo boquiabierta con lo que contiene.

Una bufanda blanca de cachemir, una idéntica a la de marca china barata que puse en mi lista de deseos de

Amazon para Navidad, excepto que esta es de algún diseñador italiano y parece mil veces más cara.

¿Qué demonios?

Rebusco en la caja y encuentro una nota.

De tu persona equivocada, dice.

—Está bien, entonces a ver si lo he entendido —me dice Kendall el viernes por la mañana, cuando me rindo y la llamo desde el trabajo después de otra noche de insomnio—. ¿Le enviaste un mensaje de texto por accidente a las tres de la mañana del jueves y él ya te ha enviado *dos* regalos?

—¡Sí! —Una mujer que está ojeando la sección de misterio me lanza una mirada de disgusto, y me hundo más en mi silla, hasta quedar medio escondida detrás del mostrador—. ¿Por qué haría eso? —continúo en voz baja—. ¿Y con esas notas? ¿Crees que solo está jugando conmigo?

—¿Por qué iba a jugar contigo? Emma, saca la cabeza del trasero. Obviamente todavía te desea. Te ha enviado... ¿qué? ¿Flores y una bufanda?

—Sí. Un enorme ramo de tulipanes y una bufanda blanca de cachemir, como la que esperaba que mis abuelos me regalaran por Navidad, pero infinitamente más elegante. ¿Cómo sabía él que necesitaba una bufanda? ¿O que me encantan los tulipanes, para el caso?

—A la mayoría de la gente le gustan los tulipanes, y

debe haberte visto sin bufanda. De cualquier manera, ¿qué importa? —La voz de Kendall se eleva exasperada—. Él te ha enviado *regalos*. Eso significa que todavía está realmente interesado en ti. ¿Le has mandado un mensaje de agradecimiento al menos?

Me muerdo el labio.

—Quería hacerlo, pero...

—Vale, ¿en serio? Necesitas hacerlo enseguida. O sea, ahora mismo. Envíale un mensaje de agradecimiento y dile que quieres volver a verle.

—Kendall...

—No me vengas con "Kendall". Envíale un mensaje de texto y llámame cuando lo hayas hecho.

—Disculpe. —La mujer que estaba mirando en la sección de misterio se acerca al mostrador, con el rostro fruncido en un ceño de desaprobación—. No puedo encontrar el último de James Patterson.

—No hay problema. —Colgando a Kendall, me levanto de un salto, feliz por la interrupción—. Deje que le enseñe dónde está.

Mientras conduzco a la mujer a través de la librería, trato de olvidarme del todo de las instrucciones de Kendall... y del hombre que es la causa de mi confusión.

<hr>

PARA CUANDO LLEGO A CASA, TODAVÍA NO HE REUNIDO EL valor para llamar ni enviarle mensajes de texto a Marcus. En parte es porque no tengo ni idea de qué decir. ¿Está jugando conmigo o esto es real? ¿Debería estar enfadada o agradecida? Los regalos que me ha enviado son escandalosamente caros, lo sé, porque busqué el precio de esa bufanda online, por lo cual debería rechazarlos, como mínimo. Pero eso significaría ponerme en contacto con Marcus, lo que me lleva a mi dilema sobre sus intenciones.

¿Qué anda buscando?

¿Todavía quiere salir conmigo, o todo esto es solo un juego para él?

Ya he dado de comer a los gatos y estoy a la mitad de mi cena cuando suena el timbre de nuevo.

Me levanto de un salto y me apresuro, pero el tipo de FedEx que dejó el paquete en mi puerta ya está subiendo a su camioneta.

La caja es pesada para su tamaño. La llevo a la cocina y corto la cinta con manos temblorosas.

Dentro hay libros, cada uno en una bolsa de plástico herméticamente sellada.

Los viajes de Gulliver, Lo que el viento se llevó y *El conde de Montecristo.*

Mis tres historias favoritas de todos los tiempos, y cada una de ellas en una primera edición firmada.

Por primera vez, entiendo a las personas que salen a correr cuando están estresadas.

No puedo sentarme quieta, y no he podido hacerlo en la última hora. Lo mismo en cuanto a acabarme la cena. Camino arriba y abajo por mi pequeño apartamento, pasando de la cocina a la habitación y al baño y viceversa. Mis gatos me miran como si hubiese perdido la cabeza, y es posible que lo haya hecho.

No es posible que haya un paquete de libros una burrada de caros en la encimera de mi cocina, junto con una nota que dice: "Te recojo esta noche a las 7".

Es una broma pesada. Tiene que serlo.

Por vigésima vez, tomo mi teléfono y empiezo a redactar un mensaje para Marcus.

Muchas gracias por tus regalos demencialmente generosos, pero me temo que no puedo aceptarlos... y tengo otros planes para esta noche. Además, ¿estás jugando conmigo?

Borro el texto antes de poder enviarlo, al igual que borré los diecinueve intentos anteriores.

Nada de lo que escribo me suena bien. Puedo editar una novela con precisión despiadada, sugiriendo palabras y frases que transmiten el significado perfectamente, pero al parecer no soy capaz escribir este mensaje texto.

Nunca me he sentido tan poco equilibrada. Y lo peor de todo es que el tiempo corre, acercándose inevitablemente a las siete. En diecisiete minutos, Marcus vendrá a recogerme, y todavía no he podido reunir el valor para llamarle o enviarle un mensaje de texto para asegurarme de que eso no suceda.

Probablemente sería mejor hablar con él sobre esto en persona, razono, tratando de hacerme sentir mejor por mi inexplicable cobardía. Tal vez si puedo ver su expresión, sabré lo que busca, en lugar de hacer suposiciones tontas. Porque nada de todo esto, ni los regalos, ni las notas ambiguas, tiene sentido.

Obviamente, no tengo ninguna intención tener una cita con él, si, "te recojo", significa siquiera que se trate de una cita. Y si es así, ¿qué clase de gilipollas le *dice* a una mujer que la va a recoger en vez de preguntar? ¿Y si yo tuviera otros planes? De acuerdo, no los tengo, pero él no puede saberlo, ¿verdad?

Pero por otra parte, ¿cómo sabe cuáles son mis libros o flores favoritos? ¿O qué tipo de bufanda quería? Nunca hemos hablado de eso.

Empieza a dolerme la cabeza de tanto pensar, así que me detengo junto a mi cama para recoger a Bolita de algodón, que inmediatamente comienza a ronronear.

—Lo sé, cariño. —Acunándolo contra mi pecho, acaricio su suave piel—. No te he hecho mimos esta noche, y lo siento. Quizás Marcus no aparezca. Todo podría ser una broma descomunal, ¿sabes? Puede que los libros ni siquiera sean reales, sino algún tipo de reproducciones, aunque no tengo ni idea de por qué se molestaría.

Reina Isabel levanta la cabeza de mi almohada y me mira con los ojos entornados.

—¿Tú *no* crees que sea una broma? —le pregunto hablando por encima del ronroneo de Bolita de algodón, y ella bosteza efusivamente.

—Sí, está bien, tal vez no tenga nada de gracioso, pero ¿qué otra cosa podría ser? Le dije que las cosas no iban a funcionar entre nosotros, y estoy segura de que hay un millón de mujeres haciendo cola para salir con él.

Ella bosteza de nuevo y vuelve a poner la cabeza sobre la almohada.

—Lo sé. Es todo tan confuso, ¿verdad? —Suspiro y me siento en la cama junto a ella, lo cual el Sr. Bufidos se toma como una invitación para sacar de un empujón a Bolita de algodón de mi regazo. Se pone celoso cuando hago caso a sus hermanos, así que le rasco detrás de las orejas, sabiendo que si no lo hago, los accesorios que me quedan se han de preparar para sufrir un dolor inenarrable.

Continúo acariciando al Sr. Bufidos, y le echo un vistazo a mi teléfono.

6:53 pm.

Si esto fuese una cita, me estaría volviendo loca por el hecho de que todavía estoy vestida con mis viejos pantalones de chándal y una camiseta cubierta de pelo de gato. Pero no lo estoy. Porque esto no es una cita. Incluso si Marcus aparece en mi puerta como ha prometido, solo le devolveré esos libros demencialmente caros y le explicaré con calma que no pienso ir a ninguna parte. Le diré que deje de enviarme regalos con mensajes burlones y... oh, ¿a quién quiero engañar?

Ignorando el aullido ofendido del Sr. Bufidos, lo echo de mi regazo y corro hacia el armario, sacando frenéticamente un atuendo tras otro. No me estoy arreglando para Marcus; es para mí, me digo. Quiero estar presentable porque es lo más civilizado. Lo haría por cualquiera, incluso por Kendall. Especialmente por Kendall, pensándolo bien. Su bronca si me viera hecha una vagabunda no tendría fin.

Por supuesto, la suerte ha querido que este sábado sea día de colada, y yo no tenga casi nada en mi armario. Pero cualquier cosa supone una mejora con respecto a lo que llevo puesto ahora mismo, así que me embuto en mis vaqueros "skinny" ajustados, que se llaman así porque casi me arranco la piel, "skin" en inglés, de apretados que me quedan, y me echo por encima un suéter gris que solo tiene un poco de pelo de gato.

Ya está. Hecho. No importa que apenas pueda cerrar el botón de los vaqueros o que al ponerme el suéter haya creado estática, haciendo que mi cabello dé la impresión de que he sido golpeada por un rayo. Me paso las palmas de las manos, intentando alisar mis rizos locamente desquiciados, pellizco mis mejillas para darles un poco de color y me paso por los labios un brillo de tono rosado... solo por si acaso.

Suena el timbre cuando estoy a punto de ponerme las botas en lugar de mis peludas zapatillas de casa.

Mierda, mierda, mierda.

Esperaba que no apareciera.

No, eso es mentira. Me hubiera decepcionado que él no apareciese, pero solo porque quiero decirle lo que pienso. ¿Quién diablos se ha creído que es comprándome esos regalos escandalosamente caros (hasta el ramo debe de haber costado lo suyo), y ordenándome que tenga una cita con él?

Estoy tan nerviosa que ando con fuertes zancadas hacia la puerta y la abro de golpe, y solo entonces recuerdo que todavía tengo puestas las zapatillas rosas y peludas.

—Hola —murmura Marcus, clavándome la mirada, y me olvido de mi indignación y de mis zapatillas, con el aliento atrapado por el calor oscuro de esos fríos ojos azules.

De alguna manera, en las últimas dos semanas, me he olvidado de lo grande que es y lo llamativos que son sus rasgos masculinos. Con su atuendo intimidante de traje perfectamente confeccionado, camisa azul almidonada, corbata con unas sutiles listas y abrigo desabrochado, largo hasta la rodilla, es como una especie de rey moderno, exudando riqueza y poder, y una más que respetable cantidad de potente magnetismo animal. Literalmente, puedo sentir mi sangre corriendo más rápido por mis venas, calentando cada centímetro de mi piel hasta que las heladas ráfagas de viento del exterior se me antojan una cálida brisa de verano.

—H-hola —tartamudeo, y me doy cuenta de que lo estoy mirando con la boca abierta—. Quiero decir, Hola.

La incapacidad para usar palabras que me había afectado con los mensajes de texto no ha desaparecido, observo con la pequeña parte de mi cerebro que todavía funciona. El resto de mi mente está en blanco. No puedo recordar ninguno de los discursos que he preparado mientras me paseaba por mi estudio, ni siquiera por qué los había preparado para empezar. Lo único en lo que puedo pensar al mirarlo es en cómo había sentido esas grandes manos cálidas sobre mi piel y cómo esos suaves labios masculinos me habían mordisqueado la oreja, enviando escalofríos de placer por mi cuerpo.

—Emma. —Su voz es baja y profunda, tan aterciopelada que es como un masaje con un final feliz para mis oídos—. Gatita, ¿estás lista?

—¿Lista? —*¡Oh, dios, Emma, espabila! ¡No lo dice con ninguna connotación sexual!* A menos que lo haga, en cuyo caso la respuesta es sí, mil veces sí. Tal vez otras hembras humanas no entran en celo, pero eso es exactamente lo que parece pasarme cuando estoy con Marcus. Ahora mismo, mis bragas ya están húmedas, y lo único que puedo hacer es estarme quieta para no acercarme y frotarme contra él como un gato marcando su territorio.

—Para salir —aclara, mirando hacia abajo, y sigo su mirada hasta mis zapatillas, que siguen siendo más rosadas y peludas que nunca.

Con un gran esfuerzo de voluntad, recojo mi desparramado cerebro.

—¿Ir a dónde? Yo no...

—Al sitio griego que no tuvimos ocasión de probar la otra semana —dice suavemente—. Es realmente bueno, lo prometo, y no es caro en lo más mínimo.

—Pero...

—Es muy poco formal también —dice—. Pero es posible que aun así quieras ponerte los zapatos. Aquí, estas servirán. Da un paso adelante, y yo instintivamente retrocedo, dejándole entrar al apartamento y cerrando la puerta detrás de él en piloto automático.

Ignorando el sonido de advertencia del Sr. Bufidos, Marcus pasa junto a mí y recoge las botas que yo había sacado del armario. Luego regresa y se arrodilla frente a mí, como el dependiente de una zapatería. Agarrando mi tobillo con una mano grande, me quita la zapatilla y procede a meter a colocar mi pie enfundado en calcetines dentro de la bota.

Lo que queda de mi cerebro se cortocircuita, la sensación de sus dedos duros y cálidos en mi tobillo es tan erótica como si hubiera comenzado a chuparme los dedos de los pies. Oh Dios, ¿es esa una nueva fantasía mía? Porque, de repente, no puedo pensar en otra cosa no sea en Marcus quitándome el calcetín y presionando sus labios contra mi tobillo, y luego arrastrando besos calientes y húmedos sobre mi pie antes de...

—Vamos, dame tu otro pie —murmura, sacándome de mi ensueño depravado y yo parpadeo, y un sofoco me sube por el cuello cuando me doy cuenta de que una bota ya está en mi pie... y que él la ha puesto allí.

Sintiéndome como una Cenicienta pervertida, dejo escapar un "ya lo hago yo" y me agacho para interceptarlo mientras alcanza mi otro pie. Excepto que calculo mal, y mi pie sube justo cuando estoy bajando la cabeza.

Con un grito de sorpresa, me caigo hacia adelante,

solo para encontrarme detenida por los anchos hombros de Marcus. Sus manos se cierran inmediatamente alrededor de mi cintura, estabilizándome, y terminamos nariz a nariz, tan cerca que puedo sentir su cálido aliento en mis labios y oler el tenue aroma a brisa y pino fresco, el de su loción para después del afeitado, muy probablemente.

Sus ojos no son solo azules, noto aturdida mientras me pone de rodillas junto a él. Sus iris tienen motas plateadas, algunas lo suficientemente claras como para ser casi blancas. Son hermosos, y la forma en que sus pupilas se están dilatando me cautiva, a la par que la excitación creciente acelera mi aliento e inunda mi sexo con calor líquido.

—Emma. —El timbre suave y profundo de su voz vibra a través de mí, aumentando el efecto hipnótico; cuando una de sus manos deja mi cintura para curvarse alrededor de mi mandíbula, el gesto es tierno y posesivo. Acercándose un par de centímetros más, murmura con voz ronca—: Gatita, si no quieres esto, dímelo ahora.

Sí, díselo. Solo que mi boca se niega a cooperar, a formar las palabras necesarias para detener esta locura. Porque sí que quiero esto. Lo quiero tanto que me duele. Sé que hay razones por las cuales no es una buena idea, pero ni aunque me fuera la vida en ello podría recordar ahora mismo cuáles son.

Él interpreta correctamente mi silencio, y sus labios flotan junto a los míos solo por un instante más antes de darme un beso tiernamente exigente. Su lengua se extiende sobre la costura cerrada de mis labios, buscando la entrada, y lo dejo entrar con un suave gemido, mis ojos se cierran y mis manos se agarran con fuerza a las solapas de su abrigo mientras un placer caliente se dispara por mi cuerpo.

A lo lejos, escucho un maullido de enojo, pero eso no puede atravesar la niebla sensual que envuelve mi cerebro. La tensión está creciendo en lo más hondo de mí, con más fuerza con cada caricia hábil de su lengua, y mis manos se deslizan por su cuello para disfrutar de la sensación de su cabello denso y sedoso. Mi caricia parece complacerlo, y un gemido retumba en su garganta cuando me pone de pie y nos conduce a ambos hasta la cama, arrancándose el abrigo y la chaqueta por el camino.

Hay más maullidos indignados cuando los gatos saltan de la cama, dejándonos el espacio libre, y entonces me encuentro tendida sobre mi espalda, con Marcus encima, y sus labios devorando los míos mientras sus manos deambulan con avidez sobre mi cuerpo vestido. Una gran mano se aventura debajo de mi suéter, con una palma caliente y áspera en mi piel desnuda, y me estremezco de placer cuando sus dedos se cierran sobre mi pecho izquierdo, amasándolo a través de mi sujetador con una presión firme. Su pulgar roza mi pezón erecto, y me arqueo a su contacto, ansiando más, necesitando más.

Necesitándolo todo.

Esto debe ser lo que es ser arrastrado por la pasión, pienso vagamente, mientras mis manos tiran ya del nudo de su carísima corbata, desesperada por quitársela para poder arrancarle la camisa y sentir su pecho desnudo. Siempre había pensado que lo de ser arrastrado era solo una frase poética, una exageración romántica. Pero así es exactamente como estoy sintiéndolo: como una ola imparable, un tsunami de sensaciones sobre el que no tengo control. Todo mi cuerpo está en llamas, mis pezones tensos y doloridos, mi clítoris palpitante, y mi interior cada vez más intensamente apretado.

No sé cómo logro quitarle la corbata y la camisa en este estado, pero lo hago, y el calor dentro de mí se convierte en una deflagración mientras mis manos se deslizan a través de los músculos anchos y compactos de su pecho y espalda. Es cálido y duro por todas partes, su piel lisa solo ensombrecida por el áspero vello que se acumula cerca de sus pezones y el feliz sendero que éste marca bajando por su estómago. Sus abdominales parecen haber sido tallados en piedra, cada uno delineado tan perfectamente que quiero ralentizar las cosas solo para poder mirarlos un rato y babear. Pero ya me está quitando el suéter y mis vaqueros demasiado ajustados, junto con mis calcetines y mi única bota, y todas mis intenciones de ir más despacio se evaporan cuando entierra su mano en mi cabello y me besa de nuevo, con su lengua barriendo mi boca con un hambre feroz, mientras su mano libre se desliza por mi cuerpo y se adentra bajo mis bragas empapadas.

Sí, oh Dios, sí, ahí mismo. Desearía gritar esas

palabras desde el tejado cuando él encuentra sin dudar mi clítoris palpitante, pero lo único que puedo soltar es un jadeo irregular contra sus labios porque mis cuerdas vocales se bloquean igual que cada músculo de mi cuerpo. Mis ojos se cierran, y me arqueo contra él, retorciéndome y jadeando, con mis uñas clavándose en sus costados mientras su pulgar presiona el henchido bulto de nervios y comienza a moverse describiendo un círculo cruelmente provocador. Estoy cerca, tan, tan cerca...

—Mírame —me ordena, levantando la cabeza, y mis ojos se abren de golpe, encontrando su mirada mientras su dedo índice baja más, recogiendo la humedad a lo largo del borde de mi entrada y su pulgar continúa atormentando exquisitamente a mi clítoris. Sus ojos están oscuros y hambrientos mientras dice con voz ronca—: Quiero ver cómo te corres.

Sí, oh sí, por favor. La nota posesiva en su voz profunda se suma a la insoportable tensión que se enrosca en mí, y estoy a punto por un delicioso segundo antes de que la presión de su pulgar aumente y lo haga con un grito ahogado.

La liberación es como una bomba explotando dentro de mi cuerpo, detonándolo todo a su paso. El placer late violentamente a través de mis terminaciones nerviosas, y ondas de sensaciones golpean cada célula. Y todo el tiempo él me está mirando, y su mirada se clava en la mía con un oscuro triunfo, y con su propia necesidad haciéndose cada vez más feroz.

Emma

LAS RÉPLICAS SIGUEN MARTILLEÁNDOME TODAVÍA LAS entrañas cuando Marcus estira el brazo y me desabrocha el sostén, y luego baja la cabeza para rodear mi pezón derecho con sus labios en cuanto mis pechos están desnudos. El latigazo de esa sensación es casi cruel; su cálida y húmeda boca succiona con tanta energía que dejo escapar un grito, agarrándome a su pelo con un placer rayando en la agonía, mientras mis ojos se cierran con fuerza otra vez. Pero él es implacable, y para mi sorpresa, en mi centro sensual de ahí abajo, aparece un renovado latido y la tensión crece de nuevo. Nunca me había corrido dos veces durante el sexo antes, solo con mi vibrador, pero me doy cuenta de que es posible con Marcus.

De hecho, es inevitable.

Dirige su atención a mi otro seno, chupa mi pezón con fuertes succiones mientras su mano se mueve más abajo, a mi ropa interior empapada. Me baja las bragas por las piernas a tirones; luego sus dedos vuelven a mis pliegues. Solo que esta vez no es a modo de tentativa. Lamiéndome el pezón con la lengua, me penetra con un dedo largo y grueso, empujando profundamente mientras su pulgar presiona mi clítoris.

Yo me incendio. Simplemente no hay otra palabra para describirlo.

De alguna manera, mi primer orgasmo solo me había preparado para esto, y mi cuerpo entero se contrae con un placer candente a la vez que yo grito, corcoveando debajo de él. El calor húmedo de su boca en mi pecho, la sensación de su largo dedo tan profundo en mi interior, su gran peso presionando mis piernas... es demasiado, y no es suficiente, todo al mismo tiempo.

Necesito más.

Lo necesito dentro de mí.

—Claro que sí —gruñe él, y abro los ojos de golpe para encontrarme con su ardiente mirada.

Debo de haber dicho las palabras en voz alta. Normalmente, darme cuenta de ello me habría hecho enrojecer de pies a cabeza, pero estoy demasiado excitada para que ahora me importe, y a juzgar por la expresión seria de los duros rasgos de Marcus, burlarse de mí es lo último en lo que está pensando.

Todavía lleva puestos los pantalones y el cinturón, y

nuestras manos chocan al tratar de alcanzar la hebilla al mismo tiempo. Podría haberme parecido divertido, salvo porque estoy tan caliente que ese retraso es como el peor tipo de tortura. Siento como si los dos orgasmos solo me hubieran despertado el apetito, como si ahora que lo he probado, no puedo parar hasta devorar el plato principal.

Y vaya un plato. Mi respiración se entrecorta y se detiene cuando él se baja la cremallera, dejando libre por fin su erección, y se saca un condón del bolsillo. Había sentido ese bulto duro apretarse contra mí la semana pasada, y definitivamente me había parecido impresionante, pero aun así no me esperaba *esto*.

—¿Has hecho porno alguna vez?

Las palabras brotan de mi boca antes de que pueda pensarlo mejor, y esta vez sí me sonrojo, porque *no* he querido sonar como la casi virgen que soy. Indudablemente está acostumbrado a mujeres con una experiencia sexual tan extensa como la suya, no a las locas de los gatos de veintiséis años que solo se han acostado con dos novios en toda su vida.

Sus cejas oscuras se juntan para formar un ceño, pero para mi alivio, no parece inclinado a reírse de mí. En cambio, murmura "no", y termina de ponerse el condón. Luego se pone encima de mí, cubriéndome con su gran cuerpo. Enmarcando mi rostro con una mano, reclama mis labios con otro beso profundo y devorador, y al mismo tiempo, su rodilla se cuela entre mis muslos, separándolos. La ancha punta de su polla roza contra mi muslo interno, y siento como él presiona con contundencia y fuerza en la entrada de mi vagina.

Mierda, qué grande me parece, incluso para mi estado híper-excitado.

Demasiado grande.

Despego mis labios de los suyos.

—Oye, Marcus...

Se detiene de inmediato, con la punta de su polla a menos de medio centímetro dentro de mí. Levantándose sobre un codo, me pregunta con voz ronca:

—¿Te estoy haciendo daño?

Trago saliva, sosteniéndole la mirada.

—Un poco.

Su mandíbula se tensa.

—¿Quieres que pare?

—¿Qué? Oh, no. Solo... ve despacio, ¿de acuerdo?

Un intenso alivio destella en sus ojos azules...

—Por supuesto —promete, y luego inclina la cabeza y me besa otra vez. Al mismo tiempo, sus caderas comienzan a moverse hacia adelante y hacia atrás, abriéndose camino en mi interior milímetro a milímetro. Todavía escuece al ceder, pero estoy tan excitada que me da igual el ligero mordisco del dolor, y la sensación de su lengua enredándose con la mía hace brotar más humedad, facilitándole el camino.

Al principio, estoy agradecida por el ritmo lento, pero un minuto después, cuando todavía está a menos de la mitad, estoy lista para dejarle la espalda en carne viva con las uñas.

Lo necesito dentro de mí. Hasta el fondo. Ahora.

Hundo los dientes en su labio inferior, y levanto las caderas, haciendo que entre unos centímetros más... y me quedo sin aliento cuando él empuja dentro de mí con un grave gruñido, penetrándome hasta el fondo.

Oh, Joder. Qué *grande* es.

Debo haberlo dicho en voz alta otra vez, porque él se queda petrificado encima de mí y levanta la cabeza.

—¿Te he hecho daño? —hay tensión en su voz, y cada músculo de su gran cuerpo está tirante, mientras él se contiene, completamente quieto—. Emma, gatita... dímelo. ¿Quieres que pare?

Me las arreglo para menear un poco la cabeza.

—No. No pares. Mis músculos internos están revoloteando de pánico, tratando todavía de acostumbrarse al su tamaño abrumador, pero la ninfómana recién despertada en mí exige más.

Quiero ese tercer orgasmo, y lo quiero ahora.

Me mira fijamente, con su piel ligeramente bronceada cubierta por una fina capa de sudor, y distingo el momento exacto en que se su autocontrol se va al garete. Con un gruñido bajo, él retrocede y entra con energía en mí, empujando tan fuerte que me deja sin aliento. Pero esta vez él no se detiene. Con los ojos entornados y su mirada clavada en la mía, establece un ritmo duro y constante.

El fuego que hierve dentro de mí se enciende más fuerte, cada empentón de su enorme polla me acerca más y más al borde de ese delicioso precipicio. Jadeando, hundo las uñas en sus costados y me ajusto a su ritmo, empujón a empujón, y la tensión erótica se dispara a niveles insoportables. Estoy a punto de correrme, y lo siento venir de forma distinta, más intensa, teniéndolo dentro de mí. Mi corazón late violentamente, la piel me abrasa y todos mis músculos están tan tensos que tiemblo. Es como si un tren se precipitara hacia mí, y no puedo detenerlo, no puedo frenarlo. Cada vez que toca fondo dentro de mí, su pelvis presiona contra mi henchido clítoris, y de mi garganta surgen gritos jadeantes. Es demasiado, demasiado intenso... pero quiero más.

—Córrete conmigo —me suelta, y su rostro se estremece mientras golpea sin piedad contra mí, y la liberación me golpea tan fuerte que suelto un chillido. Mis músculos internos se aferran a él cuando el placer explota a través de cada una de las terminaciones nerviosas de mi cuerpo, y siento su polla sacudirse y latir profundamente dentro de mí mientras me golpea rápido con la pelvis, sus ojos se cierran y su cabeza se echa hacia atrás con un gemido orgásmico.

Las réplicas son aún como una serie de mini terremotos en mi cuerpo cuando se derrumba sobre mí, y luego cuando se vuelve de lado, sosteniéndome sujeta contra él en un abrazo posesivo mientras su polla se suaviza lentamente y va escapándose fuera de mí. El sudor pega nuestras pieles, y nuestra respiración irregular es audible en la habitación silenciosa mientras un solo pensamiento circula por mi mente.

Estoy tan jodida.

Marcus

Sujeto con más fuerza a Emma cuando cambia de postura y trata de apartarse. Debería dejarla ir, para poder quitarme el condón y limpiarme, pero no soy capaz de obligarme a hacerlo. Me late el corazón como una máquina de vapor sobrecargada, y a pesar de la relajación inducida por el orgasmo que se extiende por mis músculos, estoy vibrando por el exceso de adrenalina.

Nunca, en toda mi vida, había experimentado algo así, nunca me había dejado ir con una mujer tan completamente. Desde el mismo instante en que se agarró a mis hombros, me vi invadido por un único deseo primitivo: entrar en ella, reclamar su territorio y hacerla mía. Me olvidé por completo de mis planes para una seducción sofisticadamente escenificada, cómo iba a usar todo lo que el detective había descubierto para convencerla de darme otra oportunidad...

Iba a cortejarla esta noche como un caballero, pero en vez de eso, la he atacado con toda la delicadeza de un convicto hambriento de sexo, sin echarme atrás ni al sentir su extrema tensión y notar que le estaba haciendo daño.

—¿Estás bien, gatita? —murmuro, acercándola más hasta que quedamos haciendo la cuchara, con una mano mía acunando su pecho y el otro brazo estirado debajo de su cuello. Su pequeño y exuberante cuerpo se siente tan bien, tan perfecto contra mí. Su trasero es deliciosamente lleno y redondo contra mi ingle, y el suave globo de su pecho llena mi palma como si estuviera hecho a medida.

Realmente me recuerda a un gatito, uno dulce, cálido y tierno.

—Estoy bien. —Un rubor visible se desliza sobre su hombro desnudo, coloreando su piel con un delicado tono melocotón mientras intenta escabullirse nuevamente, murmurando—: Debería lavarme.

Esta vez, no tengo más remedio que dejarla ir. A regañadientes, alzo el brazo, y ella da un salto y se levanta de la cama, todos rizos rojos salvajes y curvas pálidas, mientras se dirige al baño. Me siento también y alcanzo un pañuelo de la caja en la mesita de noche. También es justo a tiempo: el condón ya se me está escapando. Mientras enrollo el pañuelo usado con el condón dentro, noto que dos de los gatos, los más pequeños, me clavan sus acusadores ojos verdes. Afortunadamente, su hermano mayor no se ve por ningún lado.

¿Quizás se ofendió porque le he quitado su sitio en la cama?

—¿Qué? —les gruño mientras siguen mirándome, y luego me doy cuenta de que estoy hablando con unos putos *gatos*.

Me levanto, me abrocho los pantalones y camino hacia el baño, donde escucho el agua de la ducha.

—¿Emma? —Llamo a la puerta—. ¿Puedo entrar?

No recibo respuesta.

Me lo tomo como un sí y abro la puerta. Como la mayoría de las personas que viven solas, no está acostumbrada a cerrar la puerta del baño.

En el interior, la pequeña habitación está llena de vapor y el espejo está empañado. A través de la cortina azul semitransparente que cuelga sobre su bañera, veo el contorno del cuerpo de Emma bajo el chorro de agua, y aunque todavía estoy recuperando el aliento por el poderoso orgasmo que acabo de tener, mi polla se retuerce con renovado interés.

Joder. Se suponía que mejoraría una vez que me la hubiera tirado.

Titubeo, mirándola por un momento, y luego me quito los zapatos, los pantalones y los calzoncillos. Cuelgo la ropa en la barra de la toalla y aparto la cortina. —¿Puedo apuntarme?

Ella se queda paralizada en medio del acto de

echarse gel de baño en la mano, con los ojos muy abiertos por el shock.

—¿Qué?

—¿Puedo apuntarme? —repito, con la voz áspera mientras más sangre se apresura hacia mi entrepierna. Con las preciosas espirales de su cabello sujetas sin tensar en la parte superior de su cabeza y el agua cayendo sobre su piel suave y pálida, es la cosa más follable que he visto jamás. Estoy acostumbrado a que las mujeres se lo afeiten o depilen, pero ella solo lo lleva bien recortado, y el pequeño mechón de pelo brillante como el fuego de entre sus piernas atrae mis ojos como un faro.

Una pelirroja natural... no es que nunca lo hubiera dudado.

Su deliciosa piel adquiere un bonito tono rosado cuando se da cuenta de dónde estoy mirando.

—Eh... sí. —Su voz suena ahogada, y cuando levanto la vista, la veo mirando como mi polla se endurece rápidamente—. Puedes... entrar si quieres.

Oh, claro que quiero. Al entrar en la bañera, cierro la cortina, inclino el cabezal de la ducha para que el chorro no nos acribille y le quito la botella de gel de baño de sus dedos sin fuerzas.

—Dame, déjame.

Ella me mira pestañeando, sin comprender.

—Quiero lavarte —explico, vertiendo el líquido en mi palma antes de colocar la botella en la esquina de la bañera—. Date la vuelta.

Ella obedece, y extiendo la espuma sobre sus pálidos

hombros, luego paso mis manos sobre la piel suave de su espalda, y mi ritmo cardíaco se acelera con la creciente excitación. Ella tiene unos hoyuelos de lo más sexys en la base de su columna vertebral, donde su pequeña cintura se ensancha hasta un culo deliciosamente lleno. Mis manos se deslizan hacia abajo para lavar esos globos redondos y suaves, y no puedo evitar apretarlos posesivamente.

Mío.

Este dulce culito ahora es mío, como lo es cada una de las otras deliciosas partes de ella.

Es un pensamiento completamente atávico: follarse a una mujer no significa que sea tuya, pero no puedo sofocarlo. Es una convicción que me llega hasta el tuétano.

Emma es ahora mía. He reclamado mi propiedad sobre ella, y no voy a echarme atrás.

Estamos muy estrechos dentro de esa bañera, especialmente dado mi tamaño, pero me las arreglo para arrodillarme frente a ella y extender el jabón por sus piernas, sintiendo mi polla endurecerse al notar cómo los músculos de su pantorrilla reaccionan cuando los toco. Ese delicioso culo suyo ahora está más a la altura de mis ojos, y mi boca se humedece con la necesidad de morder esa carne cremosa y flexible, de hundirle los dientes igual que si fuera una manzana.

—Date la vuelta. —Tengo la voz tan ronca por la lujuria que apenas la reconozco. No entiendo lo que me está pasando, por qué siento esta abrumadora necesidad de marcarla, de poner en su cuerpo una señal como si me perteneciera. Nunca he sentido la más mínima necesidad de hacerle daño a una mujer, pero a algo oscuro en mi interior, algo que ni sabía que estaba allí, le gusta la idea de estropear su piel pálida, de ver signos de mi posesión en su carne suave.

Reprimiendo ese impulso extrañamente sádico, espero a que ella se gire, y cuando lo hace, la agarro por las caderas y la atraigo hacia mí. Incluso con las piernas dobladas por debajo, soy demasiado alto, o ella es demasiado bajita, para que pueda alcanzar mi meta. Así que levanto su pierna, subiéndola hasta que se balancea sobre los dedos de los pies, sujetándose a la pared de azulejos en busca de apoyo, y luego me inclino hacia atrás hasta que su coño está justo sobre mi cara.

Sus ojos grises están muy abiertos mientras me mira fijamente.

—¿Qué estás...? —comienza a decir, pero ya estoy sumergiéndome en mi banquete, lamiendo sus pliegues rosados como si no fuera capaz de saciarme. Y no lo soy. Es como si su sabor hubiera sido creado específicamente para mí. Necesito probarla, sentir su carne suave y resbaladiza bajo mi lengua.

Ella grita, su pierna se tensa en mi mano cuando llego a su clítoris, y pruebo el sabor de su excitación a medida que más jugos resbaladizos brotan para cubrir la entrada a su vagina.

Ella me desea.

Joder, sí, ella me desea.

Olvidando toda moderación, me como su coño, estimulado por los gritos eróticos y los gemidos que emanan de su garganta. Es tan dulce como me había imaginado, su carne es tan suave como la seda bajo mi lengua. Su clítoris está hinchado por mis atenciones anteriores, y lo succiono, sintiendo su muslo estremecerse con cada tirón de mis labios. Más humedad deliciosa cubre mi lengua, y uso mi mano libre para penetrarla con dos dedos, presionando contra el esponjoso punto G de su pared interna.

Sus gritos se intensifican, todo su cuerpo tiembla ahora, y siento el momento preciso en que sucede. Sus músculos se tensan en mis dedos y un violento temblor la atraviesa. Dejo de succionar y ahora la lamo suavemente mientras se estremece con las réplicas, y por fin retiro mis dedos, bajo la pierna y regreso a una posición de rodillas frente a ella.

Ella se balancea un poco, como si su orgasmo la hubiera debilitado, y la cojo por las caderas para estabilizarla mientras me pongo de pie, girando para que ella vuelva a estar bajo el chorro de la ducha. Tengo su sabor en los labios, y la polla tan dura que duele. Pero no tengo un condón a mano, y ella podría estar dolorida por nuestro primer polvo, así que me obligo a soltarla y a rodearme la polla con los dedos.

Mientras ella me observa aturdida, muevo el brazo arriba y abajo, dejando que mis ojos vaguen por su cuerpo curvilíneo.

Solo necesito unos breves movimientos para correrme, marcando su pálido muslo con los blancos regueros de mi semilla.

30

Emma

Siento como si tuviese el cráneo relleno de algodón, y mis pensamientos están enmarañados por culpa de las endorfinas del sexo; me quedo mirando mis piernas, donde el semen de Marcus se está deslizando lentamente por la parte delantera de mi muslo izquierdo, mezclándose con el agua que cae sobre mí. Siento que de alguna manera he aterrizado en medio de una película pornográfica particularmente larga y realista, con el actor más sexy que he visto jamás.

Marcus se ha corrido encima de mí.

En mi pierna.

Mientras yo lo miraba.

Era algo tan guarro... y tan increíblemente caliente.

Igual que los sueños eróticos que he tenido últimamente, solo que mejor, porque este era mi cuarto orgasmo. *Cuarto.* Nunca me he corrido cuatro veces seguidas, ni siquiera con mi vibrador. Y tenía razón acerca de que su lengua era enloquecedoramente hábil. *Dios, vaya si es hábil.* La forma en que atacó mi clítoris...

—¿Estás bien? —murmura él, y yo parpadeo, sonrojándome al levantar la vista.

—¿Qué?

—¿Estás bien? —repite, arqueando sus pobladas cejas, y me doy cuenta de que me había desconectado del todo, allí de pie como si estuviera sola en la ducha.

Como si este fuera uno de esos sueños sucios míos, en lugar de un encuentro sexual de la vida real con el hombre al que pretendía mandar a freír espárragos en cuanto apareciera en mi puerta.

—Los libros —suelto, y mi mente por fin se aferra a algo que no sea el hecho de que tengo su semilla sobre mí.

Que acaba de estar *en mí*, tan profundamente dentro que todavía me siento dolorida por su potente posesión.

—¿Qué pasa con ellos? —Suena divertido mientras toma el gel de baño nuevamente y se vierte un poco en la palma de la mano, y luego procede a enjabonarse, con movimientos tan despreocupados como los de un deportista en un vestuario.

—No puedo... —Trago saliva y mis ojos se me van hacia la columna de su sexo que se va quedando más fláccida mientras él la lava a fondo. Incluso así, tiene un tamaño impresionante, más grande que la de cualquiera de mis dos ex. Haciendo esfuerzo, me obligo a levantar la vista—. No puedo aceptarlos

Su expresión se oscurece.

—¿Por qué no? Te gustan los libros, ¿no?

—Por supuesto. Pero esos son primeras ediciones. Deben valer más que mi apartamento. Y la bufanda, tampoco puedo aceptarla. Es demasiado.

Allí está, ya lo he dicho... Me siento extrañamente orgullosa de mí misma, al menos hasta que él se acerca, metiéndose bajo el chorro de agua conmigo, y recuerdo que iba a decirle eso mismo *antes* de que sucediera algo como esto.

La idea era ahuyentarlo para no ceder ante esta peligrosa atracción.

Debe de estar pensando lo mismo porque una esquina de su boca se curva sardónicamente mientras inclina la alcachofa de la de la ducha para que el agua lo golpee más directamente.

—Son regalos, gatita. Estás familiarizada con ese concepto, ¿verdad?

Él está tan cerca ahora que mis pezones están rozando el vello áspero de su pecho, y se me corta el aliento cuando se agacha con esa inquietante despreocupación y limpia los restos de su semilla de mi muslo, rozando ligeramente mi sexo en el proceso.

—Ya está —dice con voz ronca—. Todo limpio.

Se da la vuelta, se enjuaga rápidamente la espuma que queda en su cuerpo y sale de la ducha, dejándome bajo el chorro de agua mientras recojo los destrozados jirones de mi compostura.

Cuando salgo del baño, estoy medio esperando que Marcus se haya largado. Después de todo, consiguió lo que quería, pero allí está, sentado en mi cama con su traje de ejecutivo, como si nada hubiera pasado.

Es decir, si uno ignora el calor posesivo en sus fríos ojos azules mientras recorren mi bata rosa y las piernas desnudas que asoman por ella.

Hostia puta. ¿Quiere más sexo?

¿Conmigo?

¿Esto va a ser una costumbre ahora?

Me detengo junto al armario, mirándole con incertidumbre mientras el Sr. Bufidos maúlla desde su puesto de vigilancia en el estante de arriba.

—Entonces —empiezo, ignorando al gato—, en cuanto al...

—Le he dicho a Wilson que cambiara nuestra reserva para dentro de una hora—. Marcus se levanta, su figura alta y grande hace que mi estudio se vea aún más pequeño—. Llegaremos a tiempo si no tardas demasiado en vestirte.

Lo miro boquiabierta.

—¿Todavía quieres salir a cenar?

Él frunce el ceño.

—¿Por qué no iba a querer?

Porque me acabas de follar de todas las formas posibles

sin necesidad de llevarme a ningún lado quiero decir, pero me trago las palabras a tiempo.

—Por nada —murmuro en vez de eso, cogiendo un par de bragas limpias del armario antes de dirigirme al escritorio, donde los vaqueros, el suéter y el sujetador que llevaba puestos antes estaban perfectamente doblados, con Reina Isabel y Bolita de algodón tumbados encima de ellos.

Marcus debe de haber recogido mi ropa del suelo o de la cama, o donde sea que terminaran cuando me la quitó.

Según toda lógica, debería negarme a cenar con él. A pesar de lo bueno que era el sexo, eso no cambiaba nuestra incompatibilidad, ni el hecho de él que ya haya conocido a la mujer con la que podría casarse. Por ahora, todavía puedo cortar esto de raíz, detener la locura antes de salir gravemente herida. Eso sería lo racional, lo inteligente, pero ya sé que no lo haré.

Quiero más de Marcus.

Quiero que la locura continúe.

—Dame un segundo —digo sin aliento, y apartando a los gatos de mi escritorio, agarro mi ropa y corro al baño para vestirme.

arcus

Sus tres gatos parecen disgustados porque ella se vaya conmigo, y el grande maúlla ruidosamente mientras saco a Emma del apartamento, con la palma de la mano apoyada en la parte inferior de su espalda.

En el lugar preciso donde tiene esos hoyuelos seductores.

Joder, esas pequeñas hendiduras son tan sexys... como lo es todo sobre ella. Me equivoqué al pensar que poseerla un par de veces calmaría este deseo. En todo caso, es más fuerte ahora, ya que la realidad ha superado con creces mi imaginación. Esos hoyuelos sexys en la base de su columna vertebral, por ejemplo... nunca había fantaseado con ellos, y ahora no puedo esperar para mirarlos mientras la poseo desde atrás... follando su coño *y* su delicioso trasero.

Para mi sorpresa, mi polla se agita de nuevo, y me obligo a concentrarme en otra cosa que no sean las cosas sucias que quiero hacerle.

Como darle de comer algo de comida griega decente.

Eso definitivamente está en lo alto de mi lista de actividades no sucias.

—Les has dado de comer, ¿verdad? —le pregunto mientras la acompaño al asiento trasero del coche—. ¿Estarán bien por esta noche?

Ella parpadea mientras me subo a su lado y levanto la división entre nosotros y Wilson.

—¿Los gatos? Sí, les di de comer en cuanto llegué a casa.

Bien. Eso significa que no podrá usar eso como excusa para no ir a mi casa después de la cena. Porque no he terminado con ella, ni mucho menos.

—Así que, sobre esos libros —empieza de nuevo cuando nuestro coche sale al tráfico—. Antes quería decir lo que dije... No puedo aceptarlos. Son demasiado...

—Son regalos, Emma, igual que las flores y la bufanda. —Mantengo mi tono suave pero intransigente. Los libros sí valen más que su apartamento, pero no tengo intención de recuperarlos. Después de revisar el informe del investigador, entiendo qué hay detrás de su feroz autosuficiencia, y su reacción a los obsequios caros es exactamente lo que pensé que sería.

Sospeché que me vería, aunque solo fuera para devolver los regalos, y tenía razón.

—Pero, ¿de dónde sacaste estos libros? —pregunta ella con el ceño fruncido—. ¿Y cómo sabías que esas son mis historias favoritas?

Me encojo de hombros.

—Lo mencionaste en las redes sociales en algún momento. —En realidad, fue parte de su ensayo de admisión a la universidad, que el investigador encontró cuando pirateó sus registros universitarios. Lo he leído y releído varias veces en los últimos dos días, junto con los cuentos que compuso para su clase de escritura creativa.

Resulta que Emma no solo es una excelente editora sino también una escritora brillante. Sus palabras fluyen de tal manera que las oraciones más simples se vuelven convincentes, el ritmo mismo de su escritura cuenta su propia historia. Sin embargo, es el contenido de sus historias, y el ensayo de admisión, lo que me mantuvo pegado a las páginas.

Hay mucho más de lo que se ve a simple vista en mi pequeña pelirroja, tanta oscuridad en su pasado que jamás lo habría supuesto. Si ya estaba fascinado antes con ella, ahora lo estoy el doble, después de haber echado un vistazo a su mente. Un par de noches para saciar mi lujuria no serán suficientes, ahora lo veo.

Todavía no he procesado lo que eso significa, pero ya no puedo negarlo.

Mi obsesión por Emma Walsh ya no es puramente sexual.

—¿Me has acosado en las redes sociales? —parece horrorizada.

Hago una nota mental para nunca mencionar al investigador delante de ella.

—Por supuesto. ¿No es eso para lo que sirven? ¿Por qué otra cosa pones tu vida allí a la vista de todo el mundo?

—Es para que la vean mis amigos, no los extraños. —Ella se muerde el labio—. Esto es malo. Voy a tener que revisar mi configuración de privacidad.

—Esa es una buena idea en general —le digo, y lo digo en serio. Aunque eso no la mantendría a salvo de mí, los acosadores comunes o los reporteros entrometidos que podrían venir a husmear a su alrededor como resultado de nuestra relación, no podrán acceder a su perfil tan fácilmente.

Ella mira por la ventana, todavía mordiéndose el labio inferior, y luego se gira para mirarme de nuevo.

—¿Es así como supiste lo de la bufanda? ¿A través de mis redes sociales? Porque no recuerdo haber mencionado eso online, jamás.

Le lanzo una sonrisa plácida.

—Es posible que desees verificar la configuración de privacidad en tu lista de deseos de Amazon.

Ella gime y se cubre la cara con las manos.

—Dios, *eres* un acosador.

No tienes ni idea. Ya sabía eso sobre mí mismo, que soy más despiadado, más decidido que la mayoría, pero hasta que la conocí, toda mi energía se había dirigido a mi carrera. Para tener éxito, he hecho cosas que otros podrían haberse negado a hacer, y no me arrepiento de nada. Siempre he sido así, motivado y sin remordimientos, y de no ser por mi maestro de segundo grado, el Sr. Bond, que fomentó mis aptitudes para las matemáticas, podría haber elegido conseguir mi fortuna en el inframundo criminal en vez de en Wall Street.

Hubiera sido una ruta más lógica hacia la riqueza para un niño como yo.

De cualquier manera, deseo a Emma como una vez quise mis primeros mil millones: con una intensidad decidida que no deja que nada se interponga en mi camino. Me alegra que me enviara un mensaje de texto cuando lo hizo, dándome esta oportunidad, porque no habría podido seguir alejado de ella durante mucho más tiempo.

—¿Qué puedo decir? Soy un hombre que persigue lo que quiere —digo en tono ligero, como todo fuera cosa de broma. Pero por la mirada que Emma me lanza cuando baja las manos, sé que se está tomando mis palabras al pie de la letra.

Chica lista.

—¿Por qué yo? —exige sin rodeos—. ¿Por qué no vas tras esa Emmeline? ¿No es ella algo así como la mujer de tus sueños?

—No en este momento. —No he dedicado un solo pensamiento a Emmeline en los últimos dos días... ni en la última semana, ahora que lo pienso. Todavía tenemos una cita anotada en la agenda para cuando esté en Nueva York en su viaje de negocios, pero esa idea no consigue suscitar ni una pizca de entusiasmo en mí.

En todo caso, salir a cenar con Emmeline se me antoja ahora mismo una obligación desagradable.

—¿Así que no la has visto desde la primera noche que nos conocimos? —pregunta Emma, con sus ojos grises clavados intensamente en mi rostro, y niego con la cabeza.

—No. No la he visto. —Y no lo haré, me doy cuenta con una opresión peculiar en mi pecho, no mientras continúe esta obsesión con Emma. No solo no siento la menor inclinación a hacerlo, sino que tampoco sería justo para ninguna de las dos.

Puede que Emma y yo acabemos de empezar a salir, pero destruiría a cualquier hombre que se acercara a ella, lo que significa que mientras dure lo que sea que hay entre nosotros, yo tampoco puedo ver a nadie más.

Un hipócrita es algo que yo no soy.

La expresión tensa de Emma se suaviza, pero luego sus ojos se entornan.

—¿Y qué hay de otras mujeres? ¿Te ha emparejado tu casamentera con alguien más?

Si yo fuera Ashton o la mayoría de los otros tipos que conozco, podría haber rechazado la pregunta, porque suena mucho a una demanda de exclusividad, un paso serio al principio de la relación. Pero dado lo que acabo de decidir, respondo con calma:

—No. No hay nadie más.

—Oh. —Ella me mira fijamente—. Vale, entonces.

—¿Qué hay de ti? —le pregunto, aunque ya sé la respuesta—. ¿Estás viendo al tipo al que querías enviar el mensaje de texto la otra noche?

Un adorable rubor cubre sus mejillas pecosas.

—Eh, no. Es decir... es posible que haya mentido un poquito acerca de eso...

—¿En serio? —Yo ya lo sabía, por supuesto, sus citas fueron lo primero que mi investigador revisó, pero estoy disfrutando demasiado de su incomodidad para dejarlo correr— . ¿Quieres decir que querías enviarme un mensaje de texto a *mí* a las tres de la mañana?

Ella me fulmina con la mirada.

—Fue un error, ¿de acuerdo? Estaba hablando con mi gato, y mi dedo presionó "enviar" accidentalmente. No tenía intención de hacerlo.

—Ya veo. —Me inclino y cojo su mano. Jugando con sus delicados dedos, le pregunto—: —¿Tu gato eligió mi número y escribió ese "hola"?

Gamas más profundas de ese color delicioso inundan su rostro, y su mano se cierra en un pequeño puño entre las mías.

—Tal vez. No estoy segura de lo que pasó. Solo déjalo estar, ¿de acuerdo?

Una sonrisa oscura juguetea en mis labios.

—Eso te encantaría, ¿verdad? ¿Qué tal si te cuento lo que pasó? —Me inclino, y mi voz se hace más grave mientras murmuro—: allí estabas, en mitad de la noche, sola en tu cama y sin poder dormir. Tal vez habías leído una historia sexy esa tarde... o tal vez, solo tal vez, habías tenido un sueño. —Su mano da un respingo entre las mías, y mi sonrisa se vuelve más malévola—. Ah, sí, *fue* un sueño. ¿Estaba yo en él, gatita? ¿Qué te estaba haciendo? ¿Follándote? ¿Lamiendo tu dulce coño? ¿Metiendo los dedos en tu pequeño y prieto culito? ¿O tal vez todo lo anterior?

Mientras hablo, su color se intensifica aún más y aparece un pulso visible en su cuello.

—Schhh —sisea, lanzando una mirada veloz a la partición que nos separa de Wilson—. Te va a oír.

—Entonces dime si tengo razón. —Llevo su mano a mi boca y me paso los nudillos por los labios—. ¿Era conmigo con lo que estabas soñando esa noche? ¿Estaba yo...?

—¡Sí! —Ahora está totalmente roja, y su respiración es rápida e irregular mientras aparta la mano—. Tienes razón. ¿Vale? Tienes razón. ¿Ya estás contento?

Joder. Yo. Escucharla admitir esto es como inyectar Viagra directamente en mi polla. Estoy tan duro que es como si no hubiera tenido relaciones sexuales en años, en lugar de en meros minutos.

Si no fuera por el hecho de que le prometí a Emma una cena, le diría a Wilson que nos llevase a mi ático, para poder ir directamente a mi postre.

—Sí —digo con voz ronca cuando puedo volver a hablar—. Muy contento.

Y cuando se da vuelta para mirar por la ventana, con sus mejillas de un rojo brillante, respiro hondo, tratando de enfriar el furioso fuego de mi sangre.

—Oh, Dios mío, esto está tan bueno... —gimo, mientras mastico un bocado de queso que hace solo unos momentos estaba en llamas. Nunca había probado el queso halloumi antes, y no sabía lo que me había estado perdiendo. No solo por lo divertido que ha sido ver al camarero prenderle fuego al trozo de queso al servirlo, sino también porque el resultado es mucho más que delicioso: rico, salado y algo crujiente por fuera, y fundido por dentro.

Probablemente tenga un millón de calorías por mordisco, pero vale la pena.

—Es uno de mis platos favoritos de aquí —dice Marcus con voz ronca, clavando sus ojos azules en mi rostro, y una nueva oleada de rubor me invade al darme cuenta de que mi reacción casi orgásmica a la comida le está volviendo a excitar.

El hombre es claramente un maníaco sexual… lo mismo que yo, cuando le tengo cerca.

Aun así, después de que me sacara esa vergonzosa confesión, de alguna manera logramos una conversación normal durante el resto del viaje, conmigo parloteando sobre mi trabajo en la librería y Marcus escuchando atentamente. No sé si estaba realmente interesado o si simplemente intentaba ponerme de buen humor, pero no puedo negar que me sentó bien tener toda su atención. Y todavía la tengo, a pesar de que hay al menos dos mujeres en este lugar haciendo todo lo posible para que él se fije en ellas.

No tengo ni idea de si saben quién es, o si simplemente están respondiendo a su dominante atractivo, pero sea como sea, a mí no me gusta.

En su favor, Marcus parece ignorar que existen… hasta cuando la rubia sexy con pinta de supermodelo deja caer deliberadamente el bolso delante de su silla para poder inclinarse y lucir frente a él su diminuto y tonificado trasero metido en su reducido vestido. *Yo* la miro boquiabierta, atónita por su descaro, pero Marcus ni siquiera se digna a echarle una mirada furtiva. Tampoco mira a la hermosa morena a dos mesas de la nuestra, que ya ha desfilado dos veces por delante de nosotros, echándose los largos y lisos mechones de su pelo por encima del hombro cada vez y sonriendo a Marcus como si fuera Thor reencarnado.

—¿Vienes mucho por aquí? —le pregunto,

reprimiendo el impulso de ponerla la zancadilla a la morena cuando pasa junto a nuestra mesa una vez más, meneando sus esbeltas caderas como si desfilara por la pasarela—. A este restaurante, quiero decir.

Él asiente, atacando su propia ración del halloumi...

—Está solo a unas manzanas de mi casa, así que vengo aquí al menos una vez al mes.

Eso lo explica todo. Apuesto a que esas dos han descubierto que un multimillonario frecuenta este restaurante, y están aquí específicamente para conocerlo. Tal vez incluso hayan sobornado a un camarero para que les avisara cuando Marcus hiciese una reserva.

¿Por qué otra razón estaría la rubia sentada sola en una mesa? Las mujeres, especialmente las mujeres hermosas, no van solas a restaurantes bonitos. La morena, al menos, parece estar con una amiga quien, pensándolo bien, me está mirando como si quisiera pedirle al camarero que me prendiera fuego *a mí*.

Miro hacia otro lado, y el último bocado de queso se vuelve amargo en mi boca cuando me doy cuenta de que probablemente piense que soy igual que su amiga: una cazafortunas.

Niné, niní, ninó, ninú, ¡todos saben que tu madre es una pu!

Alcanzo mi vaso de agua con una mano temblorosa, y esa burla infantil resuena en mis oídos como si hiciera solo minutos y no años desde la última vez que la oí.

—Emma. —Una palma grande y cálida cubre mi mano libre—. ¿Estás bien?

Asiento y esbozo una sonrisa forzada.

—Sí, por supuesto. ¿Por qué no iba a estarlo?

—Quizás porque de repente parecía por tu cara que alguien había escupido en tu plato —dice Marcus secamente, retirando su mano.

—No, yo es que... —Bebo un sorbo de agua y dejo el vaso—. La gente de por aquí sabe quién eres, ¿verdad?

—Ah. —Su mirada se despeja, como si hubiera resuelto un misterio—. Así es... al menos el propietario y el personal. ¿Eso es lo que te tiene preocupada? ¿Te preocupa que algunos de ellos piensen que estás conmigo por mi dinero?

Doy un respingo instintivamente. Marcus es inquietantemente perceptivo o mis obsesiones son más obvias de lo que pensaba. A menos que...

—¿Crees *tú* que estoy contigo por tu dinero? —exclamo, horrorizada—. Porque te lo prometo, en absoluto es eso lo que...

—No, por supuesto que no. —Su mandíbula se tensa—. No es eso lo que creo en absoluto.

—Oh, vale. —Me muerdo el labio, estudiando su expresión indescifrable—. ¿Estás seguro? Porque lo entendería si eso te preocupara y puedo asegurarte que yo jamás...

—Lo sé, gatita. —Suavizando sus duras facciones, estira la mano para coger mi mano otra vez—. Sé que nunca me utilizarías de ese modo.

Utilizarías.

Lo miro fijamente, y el aire en mis pulmones se espesa hasta que siento que estoy respirando agua.

Utilizar. Puta. Sociópata. Zorra manipuladora.

—¿Cómo lo sabes? —Mi voz suena tan ahogada como me siento por dentro, todos los epítetos arrojados a mi madre bailan en mi mente formando un bucle—. ¿Qué te hace estar tan seguro?

—Tú. —Su mirada se clava en mi cara mientras su pulgar frota un círculo en el interior de mi muñeca—. Tu manera de ser.

—Pero tú en realidad no sabes nada de mí. Acabamos de conocernos y...

—Sé lo bastante.

Lo miro fijamente, y la presión en mis pulmones se intensifica. Su confianza es a la vez conmovedora y aplastante. Porque no lo sabe... no de verdad. Si supiera toda la verdad, no sería tan rápido en descartar esta posibilidad.

Ciertamente, *yo* no lo haría de estar en sus zapatos.

Temblando, aparto mi mano de sujeción.

—Mi madre... ella utilizaba a los demás —digo, obligando a las palabras a superar la opresión en mi garganta. No sé por qué me siento obligada a decirle esto, pero lo hago.

Si él me deja, quiero que sea ahora, antes de que yo pueda caer más profundamente bajo su hechizo.

Su mirada se vuelve inescrutable.

—¿Qué quieres decir con eso?

—Quiero decir que ella usaba a los demás... a todo el mundo, pero especialmente a los hombres que estaban interesados en ella. —Trago saliva para aliviar el nudo creciente de mi garganta—. Una vez, cuando yo tenía nueve años, se acostó con mi profesor de ciencias para que no me pusiera mala nota en un examen. Y antes de preguntarlo: no, a ella no le importaban mis notas en realidad. Solo quería mostrar un boletín de notas mías decente a sus padres, mis abuelos, para que dejaran de acusarla de descuidarme mientras se iba de fiesta por toda la ciudad, arrastrándome de la casa de un novio a la de otro cuando se aburría.

La expresión de Marcus no cambia, así que sigo, decidida a hacerle entender.

—Dijeron que tenía un trastorno de personalidad antisocial, carecía de empatía y todo eso. Era una sociópata, pero no una particularmente inteligente, ¿sabes? Porque los inteligentes llegan lejos en la vida, y ella no lo hizo, aunque ni la moral, ni la ética le supusieran ningún impedimento. La única persona que le importaba era ella misma, y hacía lo que fuese necesario para salirse con la suya: mentir, engañar, robar... y siempre, siempre utilizando a las personas.

—¿Incluida a ti? —pregunta con voz queda, y yo me encojo de hombros, aunque siento mi garganta apretarse todavía más.

—Supongo, aunque yo era demasiado pequeña para serle de mucha utilidad. A ella le gustaba vestirme bien y pasearme delante de sus novios, como a una especie de mascota. Casi siempre, sin embargo, me ignoraba... pero esa no es la cuestión. —Respiro hondo—. Mira, Marcus, la razón por la que te cuento todo esto es...

—No eres como ella. —Su mirada me atraviesa—. ¿Me oyes? No te pareces en nada a ella.

Lo miro, sorprendido por la intensidad en su voz...

—Lo sé, pero...

—No te pareces en nada a tu madre —repite con un tono más suave, y algo dentro de mí, un frío nudo que ni sabía que estaba allí, empieza a derretirse, sustituido por una cálida sensación.

—Gracias —digo con voz ronca, y luego tengo que mirar hacia otro lado cuando llega nuestro camarero, trayendo el plato principal.

No quiero que ni él ni Marcus vean el brillo de las lágrimas en mis ojos.

Marcus

El sabor de la culpabilidad, potente y desconocido, adereza cada bocado de la lubina a la mantequilla que es mi plato principal. Emma se había pedido una ensalada griega, y me duele el pecho cuando la veo comer, con esa actitud inusualmente apagada.

Ella se ha abierto a mí.

Me ha contado su doloroso secreto, y lo único que he sido capaz de hacer es dejar que continuara como si yo lo estuviera escuchando por primera vez.

Como si no conociera ya toda esa fea historia.

No me lo contó todo, por supuesto, como el hecho de que su madre fue arrestada una vez por prostitución, o que murió en un accidente de coche mientras la perseguía un amante cuya cuenta bancaria ella había vaciado ese día. Pero lo que me contó me bastaba.

Lo suficiente como para saber que su miedo a ser como su madre, el miedo del que había hablado en su ensayo de la universidad, todavía está ahí, siendo tan parte de ella como su cabello rojo y su piel suavemente pecosa.

Y yo, como gilipollas que soy, utilicé ese miedo contra ella, enviándole regalos caros para que no tuviera más remedio que verme en persona.

En cierto modo, *yo* sí soy como su madre, dispuesto a hacer lo que sea necesario para salirme con la mía.

—Lo siento —digo en voz baja cuando ella sigue comiendo sin hablar—. Emma, gatita, lamento que hayas tenido que pasar por todo eso.

Mi teléfono vibra en mi bolsillo, pero lo ignoro. El trabajo puede esperar.

Ella levanta la vista de su plato, parpadeando...

—¿Qué? Oh, no, no pasa nada. Mi madre no abusaba de mí ni nada, y en cualquier caso, murió en un accidente cuando yo tenía once años, y mis abuelos me criaron a partir de entonces. Te estaba diciendo todo eso por si acaso, ya sabes... —Se detiene, y un bonito color se extiende sobre su piel clara.

—¿Por si esto se vuelve serio?

Su rubor aumenta.

—No estaba...

—No pasa nada, está bien. —Joder, está mejor que bien. Me gusta la idea. Me encanta, de hecho.

Para mi asombro, me doy cuenta de que *quiero* que piense en ir en serio, que nos imagine juntos en el futuro... porque yo mismo lo hago.

Alejando el inquietante pensamiento, me concentro en el tema en cuestión.

—Emma, escúchame —digo cuando prosigue con su comida—. No me importa una mierda tu madre. Bueno, sí, me encantaría retroceder en el tiempo y haberte podido alejarte de ella mucho antes de los once años, pero no me importa qué tipo de mujer te haya dado a luz. Eso no determina quién eres, no cambia mi opinión sobre ti de ninguna manera.

Ella baja el tenedor, y sus labios se curvan en una tenue sonrisa...

—¿No crees que hay cosas que se llevan en la sangre?

—No, no lo creo. —¿Cómo podría yo, con padres como los míos? Vacilo por un momento, luego suelto sin rodeos—. Mi padre fue asesinado en prisión cuando yo tenía dos años... estaba allí por robo a mano armada y asalto, y mi madre era alcohólica. Ni siquiera del tipo funcional: estaba borracha veinticuatro horas al día, siete días a la semana. Murió de insuficiencia hepática cuando yo tenía dieciocho años.

No le he dicho esto a nadie en décadas; de hecho, me he esforzado mucho para ocultar mi pasado de los medios tan pronto como tuve los recursos para hacerlo. Lo único que saben mis amigos y conocidos actuales sobre mi infancia es que fui criado en Staten

Island por una madre soltera, que falleció de una enfermedad hepática rara.

Sin fealdad, sin drama, solo una educación normal y corriente de clase media baja.

Sin embargo, por alguna razón, quiero que Emma lo sepa todo, que comprenda con qué tipo de hombre está tratando. Porque si hay algo de verdad en todo eso de "llevarlo en la sangre", la mía está mucho más contaminada que la suya.

Sus ojos se agrandan ante mis revelaciones, pero para mi alivio, no parece ni desanimada ni asqueada.

—Lo siento —dice suavemente, inclinándose sobre la mesa para ponerme su pequeña mano en el brazo —. Eso debe haber sido muy difícil para ti, crecer de esa manera. ¿Tenías a alguien a quien recurrir para pedir ayuda? ¿Tus abuelos? ¿Otros miembros de tu familia?

Hay una simpatía genuina en su voz, y sé que ella, de entre todas las personas, entiende lo que es crecer esencialmente solo, cuidar de uno mismo desde una tierna edad.

Saber que tu madre, la persona que se supone que ha de querer lo mejor para ti, es alguien en quien no puedes confiar.

—Ninguno de mis padres provenía de una familia muy unida, pero tuve mucho apoyo en el colegio —le respondí, suponiendo que ya daba igual contárselo todo—. Mi maestro de segundo grado, el Sr. Bond, fue particularmente importante, y me guio a lo largo de toda la primaria y más allá. Fue gracias a él que elegí centrarme en mis estudios en lugar de ganar dinero rápido en las calles.

—¿Oh?

Sonrío ante la curiosidad en su mirada.

—El dinero escaseaba, como puedes imaginar, así que a los ocho años, estaba haciendo lo que fuera necesario para poner comida en la mesa: recados para las bandas locales, vender hierba en las calles, robar material escolar... Eso último fue lo que hizo que me cogieran y que casi me expulsaran. El Sr. Bond intervino en el último momento, respondiendo por mí, y luego me sentó y me habló de algunas formas legítimas en las que podía ganar dinero, comenzando por dar clases a otros niños cuyas habilidades matemáticas no eran tan buenas como las mías. También me dio varios números de la revista *Forbes* y me lo contó todo sobre los ricos de la portada, sobre cómo llegaron allí y cómo podría yo llegar a salir allí también.

Una suave sonrisa curva sus labios

—Y tú lo conseguiste, ¿verdad?

—Lo hice. —No trato de ocultar la satisfacción en mi voz—. Escribieron un artículo sobre mí poco después de ganar mis primeros mil millones.

—¡Guau! —Su sonrisa se hace más amplia, revelando esos lindos hoyuelos—. El Sr. Bond debe de estar muy orgulloso de ti. ¿Sigues en contacto con él?

—Seguía. Por desgracia, falleció hace unos años. Cáncer de páncreas —explico, con un nudo en la garganta.

Hice todo lo que estaba a mi alcance para ayudarlo, pero ni los médicos de fama mundial que contraté ni los tratamientos experimentales por los que pagué pudieron detener su enfermedad mortal.

Fue el momento en el que me sentí más impotente en toda mi vida adulta.

La sonrisa de Emma desaparece.

—Lo siento. Esa tiene que haber sido una pérdida terrible para ti.

—Gracias —digo con tono neutro—. Era un buen hombre.

Mi único consuelo es que sus hijos y nietos nunca tendrán problemas económicos, gracias al fideicomiso de setenta millones de dólares que establecí en su nombre, explicándolo a los abogados como una lotería que ganó poco antes de su muerte.

El camarero viene para llevarse nuestros platos vacíos y sacar el menú de postres, y yo uso la distracción para librarme del persistente dolor. Nunca había hablado de esto con nadie, pero de alguna manera, me he sentido bien al confiárselo a Emma, para que ella conociera a mi verdadero yo, no la máscara saneada que le muestro al mundo.

El camarero se va y Emma mira el menú de postres por un segundo antes de dejarlo a un lado.

Sonrío con ironía.

—Déjame adivinar. ¿No tienes hambre? —Ahora que sé que está tratando de mantener su parte de la cuenta al mínimo, puedo predecir lo que pedirá y lo que no pedirá.

—En realidad había cenado... bueno, medio cenado, antes de recibir tu último regalo —dice—. Hablando de lo cual...

—Si no te importa, voy a pedir el baklava —le digo, como si no la hubiera escuchado. Ella va a tratar de rechazar los libros nuevamente, y no voy a dejar que eso suceda—. Es increíble aquí, el mejor que he probado.

Ella parpadea.

—Claro, adelante.

Sonrío más y le hago un gesto al camarero.

—El baklava, por favor —le digo cuando viene corriendo—. Y tráiganos dos platos. Lo compartiremos

—Oh, no voy a... —Emma comienza, pero levanto la mano mientras el camarero se aleja corriendo.

—Es lo justo. Yo compartí tu helado, así que te debo al menos un bocadito de mi postre —le digo con total seriedad.

—Pero...

—Ni peros ni nada. Y voy a poner el postre en mi parte de la cuenta. No eres la única que cree en lo que es justo.

—Oh. —Sus pequeños dientes blancos mordisquean preocupados su labio inferior—. Vale, entonces supongo que puedo probar un poquito.

Oculto una sonrisa de satisfacción. Puede que esto parezca algo pequeño, lograr que ella comparta mi postre, pero es un paso en la dirección correcta. Dentro de poco, tengo la intención de pagar todas nuestras comidas, así como cualquier otra cosa que ella quiera o necesite.

Primero, sin embargo, tengo que curarla de su miedo a ser como su madre, bocado a bocado de baklava.

El camarero regresa, trayendo el postre. Antes de que ella pueda decir nada, corto un pedazo y se lo pongo en el plato.

—Pruébalo —la animo, empujando el plato hacia ella, y ella se lleva el pastel de miel a la boca.

No obtiene la reacción orgásmica del halloumi, pero mi polla aún se endurece mientras mastica y traga con una expresión de felicidad en su rostro.

Joder. Realmente tengo que llevarla a mi casa antes de atacarla en público como el maníaco sexual en que me estoy convirtiendo.

El baklava es pequeño, por lo que nos lo terminamos deprisa, y luego pido la cuenta. Emma la coge de nuevo y yo se lo permito, aunque me duela verla contar cuidadosamente los billetes para cubrir su parte.

En el informe del investigador, había una sección sobre sus finanzas, cuyo estado miserable hace que sea aún más una locura que ella esté haciendo esto.

Finalmente, la cuenta está pagada, y la llevo fuera del restaurante, con la mano apoyada en la parte baja de su espalda.

—¿Dónde está Wilson? —pregunta, mirando a su alrededor en busca del coche—. ¿O vamos a coger un taxi? —Entonces sus ojos se abren, sus mejillas se sonrojan al darse cuenta de lo que está implicando—. No importa, olvidé que vives cerca. Cogeré el metro a casa y...

—Estamos a menos de cuatro manzanas de mi casa, así que le di a Wilson el resto de la noche libre —digo, volviéndome hacia ella. Capturando sus pequeñas manos en las mías, contemplo su rostro, levantado hacia mí—. Emma, gatita... quiero que vengas a casa conmigo.

Emma

No sé qué me esperaba de la residencia de un multimillonario, pero el ático de Marcus en Tribeca es algo de otro mundo... un mundo que yo solo he visto en las revistas y programas de televisión sobre el estilo de vida de los ricos y famosos.

Ultramoderno y decorado en tonos de gris y blanco, este lugar es enorme, al menos para la ciudad de Nueva York. Tal vez en el sur o el medio oeste, donde la tierra es barata, un apartamento de este tamaño no sería nada especial, pero en el corazón de Manhattan, es el equivalente a un diamante de cincuenta quilates. Mientras Marcus me guía, veo una enorme sala de estar con una elegante escalera de caracol en el centro, una sala de cine, un gimnasio totalmente equipado, una zona de comedor con una mesa lo bastante grande para para veinte personas, y una espaciosa cocina con electrodomésticos relucientes que no se verían fuera de lugar en una nave espacial.

Y una piscina.

Una piscina rectangular de doce metros de largo separada del resto del apartamento por una gruesa pared de cristal y parcialmente oculta de la vista por unas macetas con plantas de dos metros y medio de alto y hojas del tamaño de mi cabeza.

—¿Son de verdad? —pregunto en voz baja, estirando la mano para tocar una hoja brillante, y Marcus asiente, sonriendo.

—Sí, por supuesto. Hay una empresa de paisajismo de interior que viene a cuidarlas una vez a la semana, para regarlas y todo eso.

Claro, por supuesto. Porque eso es lo que hacen las personas adineradas: contratar paisajistas profesionales para cuidar sus plantas de interior.

—¿También tienes chef y ama de llaves? —le pregunto, pero para mi sorpresa, Marcus niega con la cabeza.

—Mi mayordomo se encarga de todo, incluida la cocina y la limpieza. Bueno, él supervisa la limpieza; hay una empresa que lo hace físicamente.

—Ya veo. —Sueno un poco ahogada, pero no puedo evitarlo.

¿Un maldito mayordomo? ¿Estoy en *Downton Abbey*?

—Ven, déjame enseñarte el piso de arriba —dice Marcus, y lo sigo hasta la escalera de caracol, tratando de no parecer tan abrumada como me siento. Sabía que era rico, por supuesto, pero no era totalmente consciente antes de esto.

Dondequiera que mire hay objetos que cuestan más que todas las posesiones de mi familia juntas. Desde las pinturas abstractas en las paredes hasta las elegantes esculturas que podrían haber estado en un museo de arte moderno, este ático apesta a dinero. Una barbaridad de dinero. Dinero de una magnitud tal que hace que mis intentos de hacer ver que porque yo me pago mis comidas estamos de algún modo en situación de igualdad, sean cosa de risa.

Dios, ¿qué estoy haciendo aquí?

No pertenezco a este lugar más de lo que lo haría una rata del metro.

—Esta es la biblioteca —dice Marcus, llevándome a la primera habitación que hay al subir las escaleras en el segundo piso, y veo dos sillones frente a una chimenea y unas paredes llenas de libros. Algunas de las estanterías están cubiertas con lo que parece ser vidrio sellado herméticamente: deben contener libros más valiosos, como las primeras ediciones firmadas que él me envió.

Sintiéndome como Bella en *La bella y la bestia*, camino hacia una de las vitrinas y miro dentro.

Sí. *El viejo y el mar* de Hemingway, con las páginas amarillentas y ligeramente desgastadas. No tengo duda alguna de que si abriera la tapa encuadernada en tela, vería el intenso garabato del autor en la página del título.

—¿Los has leído todos? —pregunto, levantando la vista cuando Marcus se pone a mi lado.

—La mayoría, pero no todos —dice—. Algunas de las primeras ediciones, como esa que estás mirando, son solo parte de mi colección. Como empecé a contarte en nuestra primera cita, también me gustan los libros, tanto leerlos como coleccionarlos.

Vaya. Tal vez tengamos más en común de lo que yo creía. Siempre ha sido mi sueño tener un estante lleno de copias firmadas por mis autores preferidos.

—¿De aquí salieron las primeras ediciones que me enviaste? ¿De tu colección?

Él sonríe.

—Efectivamente. Me alegro de haber tenido tus favoritos.

Yo respiro hondo.

—Vale. Gracias por hacerlo. Por desgracia, no puedo...

—Ven, déjame mostrarte el resto de la casa. —Hábilmente, me saca de la biblioteca y me lleva a una habitación de invitados más grande que todo mi estudio. Le sigue su despacho, con cinco monitores de ordenador y tres televisores empotrados en las paredes, y entonces entramos por fin en el dormitorio principal.

Al instante, los latidos de mi corazón se aceleran y mi piel se eriza con una mayor conciencia del hombre a mi lado. Durante la visita, me he sentido tan abrumada por la opulencia que me rodea que casi me he olvidado de por qué estoy aquí. Pero ahora eso es en lo único que puedo pensar con mi mente haciendo un flashback a la mirada encendida en los ojos de Marcus cuando me tomó de las manos y me pidió que fuera a casa con él.

Sus pensamientos deben estar yendo en la misma dirección, porque sus dedos de acero rodean mi muñeca, y cuando levanto la vista, me encuentro con su mirada llena de oscura y primitiva intención.

—Emma... —Su voz es baja y ronca cuando me atrae hacia él—. Gatita, te deseo.

Y mientras mis entrañas se aprietan con una oleada de necesidad, sus labios chocan contra los míos en un beso profundo y voraz.

35

*E*mma

ME DESPIERTO LENTAMENTE Y CON GRAN RENUENCIA, sin querer dejar el exuberante calor de la manta y la sedosa suavidad de las sábanas. Mis extremidades se sienten pesadas mientras me estiro, y mis muslos internos están extrañamente doloridos, como si hubiera hecho yoga extremo. Incluso mi piel está extrañamente sensible, en particular en los sitios más íntimos...

Oh Dios. Me siento y miro la habitación desconocida a mi alrededor, con una explosión de adrenalina que hace evaporarse mi aturdimiento, cuando me doy cuenta de dónde estoy y de por qué me siento así.

Estoy en la habitación de Marcus, y él me ha estado follando toda la noche.

De acuerdo, tal vez esa última parte es una exageración, pero eso es lo que me pareció. El hombre era insaciable, poseyéndome una y otra vez, como si no hubiéramos tenido relaciones sexuales solo un par de horas antes. He perdido la cuenta de cuántas veces he tenido un orgasmo durante la noche pasada. Siete, ocho... ¿nueve, tal vez?

No es de extrañar que mi sexo se sienta como si hubiera sido lijado por bigotes masculinos hasta quedarse en carne viva.

Porque lo ha sido.

Mi piel se calienta al recordarlo, y levanto la manta, dándome cuenta de que estoy sentada allí totalmente desnuda. Afortunadamente, estoy sola. Agarrando la manta, miro a mi alrededor buscando mi ropa. No la veo por ninguna parte, pero hay un albornoz rosa, suave y esponjoso, muy parecido al que tengo en casa, colgado en la puerta, y unas zapatillas peludas a juego junto a la cama.

Titubeo un instante, y luego deslizo mis pies en las zapatillas y me voy derecha a por el albornoz.

Odio la idea de usar lo mismo que se ponen los otros ligues de Marcus, pero es mejor que andar por ahí desnuda.

Para mi sorpresa, la bata tiene una etiqueta colgando.

¿La ha comprado solo para mí o guarda un alijo para este tipo de situaciones?

De cualquier manera, arranco la etiqueta, agradecida, me pongo el albornoz y me ato el cinturón. A diferencia del mío, este es largo hasta los tobillos, y al instante me siento calentita y cómoda, como si estuviera en casa abrazando a mis gatos.

Hablando lo cual, tengo que volver pronto con ellos. No están acostumbrados a que esté fuera toda la noche, y estoy seguro de que el Sr. Bufidos ya está embarcado en una senda de destrucción. Además, si no hago la colada hoy, no tendré ropa interior para mañana.

No veo a Marcus por ninguna parte, así que entro rápidamente en el baño contiguo y me doy una ducha rápida. Después me lavo los dientes con un cepillo que encuentro cuidadosamente colocado junto al lavabo, todavía en su envoltorio de plástico. También hay una hidratante facial cara y agradable, sin perfume, como a mí me gusta, e incluso una botella del gel para el cabello que utilizo normalmente para domar lo peor del encrespamiento explosivo de mi cabeza.

Mi anfitrión está realmente bordando la parte de "tener una invitada femenina".

Mientras hago todo esto, trato de no mirar a mi alrededor con la boca abierta como una pueblerina. ¿Y qué si la bañera cuadrada de hidromasaje de la esquina es tan profunda que se puede estar de pie dentro de ella? ¿O si la cabina de ducha acristalada tiene dos veces el tamaño de mi baño entero y está equipada con cinco cabezales de ducha rotatorios? Nada de eso me impresiona, ni siquiera el inodoro de aspecto futurista con un bidé incorporado y un asiento que te calienta el trasero.

Oh, ¿a quién pretendo engañar? No podría estar más impresionada ni aunque los muebles levitaran a mi alrededor. El 0,1 por ciento de la humanidad realmente sabe lo que es vida.

Meneando la cabeza, regreso a la habitación para tratar de encontrar mi ropa otra vez.

Sin suerte... aunque recuerdo claramente mis vaqueros y mi jersey aterrizando en el suelo cuando Marcus me los quitó. Debe de haberlos recogido y los ha puesto en algún lugar, pero ¿dónde? No los veo en el vestidor, donde cuelgan los trajes y las camisas de Marcus, perfectamente ordenados por colores. Tampoco están en ninguno de los cajones del elegante tocador blanco dentro del vestidor. Solo hay calcetines, camisetas, ropa interior masculina (cierro el cajón rápidamente, sintiéndome como una pervertida) y otras prendas plegadas. Al igual que el resto del armario, todo en los cajones está arreglado con perfecta limpieza, como si Marie Kondo acabara de pasar por allí.

O Marcus sufre de TOC o lo tiene su mayordomo.

Mis botas tampoco aparecen por ningún lado, pero eso tiene más sentido. Las dejé en la entrada, no queriendo dejar huellas de suciedad de la ciudad de Nueva York por todo el suelo reluciente cuando entramos.

Me pongo de puntillas para mirar en un estante empotrado con la leve esperanza de que Marcus haya metido mi ropa allí. Que va. Solo una caja con gemelos y...

—¿Emma?

Con el corazón en la garganta, me doy la vuelta para encontrarme con Marcus, que está en la puerta del vestidor, con las cejas arqueadas.

Oh, mierda.

Debería de haberme dado cuenta de lo que esto podría parecer.

—¡Hola! Buenos días. —Sueno sin aliento, y probablemente culpable como el pecado—. Lo siento mucho, pero mi ropa no estaba. Lo juro, no estaba intentando cotillear. Es solo que estaba buscando mi ropa y...

—No te preocupes. —Él entra y sus labios dibujan lentamente una sonrisa malévola—. Puedes cotillear todo lo que quieras. En cuanto a la ropa, se la di a Geoffrey para que la lavara. Debería estar lista en una hora, más o menos.

—Oh. —Que alguien lavase mi ropa ni siquiera se me había ocurrido—. Vale, gracias.

Y esto termina con mi plan de largarme rápidamente esta mañana.

—¿Tienes que ir a alguna parte? —pregunta él, inclinando la cabeza y mis mejillas se calientan cuando me doy cuenta de que está vestido con un pantalón de chándal y una camiseta de aspecto suave: es la primera vez que lo veo llevando algo que no sea su traje de ejecutivo.

O desnudo.

Porque decididamente, lo he visto desnudo.

Deja de pensar en el sexo, Emma. Y deja de sonrojarte.

—Mis gatos estarán molestos si no vuelvo pronto a casa —digo, con la cara ardiendo a pesar de mis exhortaciones internas—. Y se supone que debo hablar por Skype con mis abuelos a las 11:30. Hablando lo cual, ¿sabes qué hora es?

Él sonríe. La última vez que mire, eran las 11:23.

—¿*Qué?*

—¿Qué puedo decir? No dormiste mucho anoche.

Porque él me seguía despertando deslizándose dentro de mí, o cayendo sobre mí, o chupando mi... oh Dios, allá voy de nuevo.

—Vale, bien. —Haciendo un esfuerzo, me concentro en otra cosa que no sea la forma en que el material suave de la camiseta se ajusta a sus pectorales definidos —. ¿Dónde está mi bolso? Necesito enviar un mensaje de texto a mis abuelos para quedar a otra hora.

—¿Por qué? Puedes hablar por Skype desde aquí. Mi internet es muy rápido y te daré privacidad.

Parpadeo.

—¿Aquí? O sea, ¿en tu dormitorio?

—O en la biblioteca o en la habitación de invitados... donde prefieras. Es posible que no te guste hacerlo abajo, sin embargo. Geoffrey está cocinando como un poseso para el brunch, y los olores te volverán loca.

Él me está volviendo loca. ¿No se da cuenta de que si llamo a mis abuelos por Skype desde otro lugar que no sea mi apartamento, tendré que explicar dónde estoy?

—No, está bien, gracias. Yo solo…

—¿Por qué no? —Él cruza sus poderosos brazos sobre su pecho, atrayendo mi atención hacia los músculos flexionados—. La comida no estará lista durante otra media hora, de todos modos. Geoffrey ha comenzado a cocinar tarde, ya que no estaba seguro de cuándo te despertarías.

Aparto los ojos de esos impresionantes bíceps.

—No lo entiendes. Mis abuelos son curiosos, realmente curiosos, y no quiero mentirles y decir que estoy en algún hotel elegante.

—¿Por qué tendrías que mentirles?

Lo miro, estupefacta.

—Bueno, no les voy a contar que nosotros… ya sabes.

—¿Por qué no? ¿Están chapados a la antigua? ¿Pretenden que esperes hasta el matrimonio?

—No, en realidad son bastante liberales, pero son mis *abuelos.* —¿Cómo puede ser tan lerdo?— Si les hablo de ti, harán todo un mundo y preguntarán un millón de preguntas y querrán conocerte y esas cosas. *—Ya está, explicado en detalle. Ahora huye hacia el horizonte, como haría cualquier hombre en su sano juicio.*

Él descruza los brazos, sin parecer en absoluto preocupado.

—No hay problema. Me encantaría conocerlos.

—¿T-tú qué? —¿Hay algo que no va bien en mi

audición? Porque estoy bastante segura de que Marcus me acaba de decir que quiere conocer a mi familia.

—Sí, ¿por qué no? No dudes en presentarme cuando hables con ellos. Estaré en mi oficina, poniéndome al día con el trabajo. Ah, y la contraseña de la Wi-Fi es bond$carelli19.

Y tras decir eso, sale de la habitación, o más bien, de su descomunal armario.

36

Emma

No llamo a mis abuelos.

No a las 11:30, al menos. Me cuesta unos minutos encontrar mi bolso en la enorme habitación de Marcus, colgando escondido detrás de la puerta, y cuando por fin saco mi teléfono, ya son las 11:37. y tengo un mensaje preocupado de la abuela.

Normalmente nunca llego tarde cuando se trata de nuestras sesiones quincenales de Skype.

Aay. Ahora no puedo *no* explicarlo. Si solo le respondo con un mensaje de texto para quedar a otra hora, ella pensará que algo va muy mal.

Teléfono en mano, miro a mi alrededor. El dormitorio es tan hermoso como el resto del ático, y hay un rincón con un elegante sillón donde puedo conectarme a Skype. Pero realmente no me siento cómoda hablando con mis abuelos al lado de la cama, donde Marcus me ha follado hasta el cerebro. *Repetidamente.* Ya es bastante malo estar sentada con un albornoz prestado.

Pues será la biblioteca, entonces.

Voy volando hacia allí y dejo caer mi trasero en uno de los sillones junto a la chimenea. Luego conecto mi teléfono al Wi-Fi, envío la solicitud de la videollamada y espero.

—¡Emma, cariño! —El rostro redondeado de la abuela llena la pequeña pantalla, con la oreja del abu junto a ella—. ¿Pero qué ha pasado? ¿Va todo bien?

—Sí, solo es que me he despertado tarde. Lo siento mucho. ¿Cómo estáis, chicos?

—Oh, estamos genial. Preparándonos ya para el jueves —dice la abuela, radiante mientras el abu acaba de entrar en el encuadre de la cámara. Con un sobresalto, me doy cuenta de que está hablando del Día de Acción de Gracias, lo que significa que cogeré un vuelo a Florida este miércoles, porque conseguí los billetes de avión en una gran oferta que hicieron el año pasado.

—Tu abuela ya ha comprado el pavo —dice el abu, tan orgulloso como si fuera su propio logro—. Y encontró una nueva receta para el relleno en internet. —Me mira fijamente, y su nariz crece cuando se inclina más cerca de la cámara—. Espera un segundo. No estás en casa.

—Eh, no —Mierda, Qué poco preparada estoy para

esto. Si hubiera recordado que el Día de Acción de Gracias, con infinitas oportunidades de interrogatorio, es la próxima semana, definitivamente no habría hecho la llamada desde aquí—. Estoy en casa de... unos amigos.

La abuela parpadea.

—¿De verdad? ¿Qué amigos? ¿Kendall o Janie? —Ella también se acerca más a la cámara—. Esa chimenea es muy bonita. ¿Y todo eso son libros?

—Sí. —Con un suspiro, le doy la vuelta al móvil y lo muevo en un lento semicírculo, permitiéndoles ver el resto de la habitación, porque me habrían dado la lata para que lo hiciera, de todos modos—. Hay muchos libros por aquí.

—A tu amigo realmente le debe gustar leer —dice el abu, impresionado—. ¿Es así como os conocisteis, por tu trabajo?

—Así que *no* son Kendall ni Janie —dice la abuela, afirmando lo obvio.

Vuelvo el teléfono de cara a mí.

—No, es otra persona. —Maldición, ¿por qué dejé que Marcus me animara a esto? A falta de mentir flagrantemente, cualquier cosa que diga hará que lo que hay entre nosotros suene mucho más serio de lo que es. No es que yo sepa en qué nivel de seriedad estamos, de todos modos. No es una aventura de una noche, ya que habíamos tenido un par de citas antes de liarnos. ¿Una aventura de fin de semana, tal vez? ¿Citas informales?

Ciertamente no es el comienzo de una relación real,

no con él empeñado en casarse con alguien como Emmeline.

Mis abuelos me miran expectantes y sé que necesito decirles *algo*. Suspirando, me pellizco el puente de la nariz.

—No es nadie que conozcáis, solo un tío que conocí hace un par de semanas, ¿de acuerdo?

Si esto fuera una película, la banda sonora se habría detenido en seco. Tal como están las cosas ahora, el silencio es ensordecedor, y ambos están mirándome con la boca abierta.

Por fin, mi abuelo dice algo.

—¿Un tío? —Suena incrédulo—. ¿Cómo, un novio?

Yo hago una mueca.

—No hemos llegado a eso, abu, pero sí, es alguien con quien estoy saliendo. —Espero no tener que explicarle los matices de las citas modernas, porque no estoy segura de entenderlos yo misma, especialmente a la luz de la extraña disposición de Marcus para conocer a mis abuelos.

Podría haber jurado que los ligues casuales y la familia no se mezclan.

—¿Es eso que llevas un albornoz? —pregunta la abuela, mirándome los hombros—. Parece un albornoz.

Mierda. Tenía la esperanza de que no se dieran cuenta.

—Mi ropa se está lavando —explico, y luego me doy cuenta de que acabo de hacer que parezca que Marcus y yo estamos viviendo juntos—. Es decir, la ropa que llevaba anoche, no guardo nada más aquí. Marcus decidió lavarlos antes de que me despertara, de ahí el albornoz...

Eso es probablemente demasiada información... en general, todo esto es demasiada información, pero a mis abuelos claramente les da igual. El abu muestra una amplia sonrisa y la abuela está decididamente contenta cuando pregunta:

—¿Marcus? ¿Es ese su nombre? —Cuando digo que sí con la cabeza, ella presiona— ¿Cómo os conocisteis?

— Oh, solo a través de una ...ya sabes, una aplicación de citas. —O más precisamente, a través de una confusión relacionada con una aplicación de citas, pero esa es una historia demasiado larga.

—¿De verdad? —La abuela se acerca más—. No sabíamos que estabas metida en lo de las citas en línea.

—Sí, no lo mencioné porque no tenía importancia. Janie me convenció de crear un perfil hace unos meses, pero solo he entrado un par de veces.

—Lo cual fue claramente suficiente para conocer a Marcus y terminar en su casa. En albornoz —dice el abu, y sus cejas pobladas tiemblan de ilusión.

Dejo escapar un suspiro exasperado, deseando por una vez que mis abuelos fueran pesados y conservadores, como la mayoría de los demás de su generación. En cambio, con casi ochenta años de edad, son tan abiertos como cualquier *millenial*, y han adoptado las costumbres cambiantes de estos tiempos junto con la tecnología del correo electrónico, las redes sociales, los mensajes de texto y Skype.

No me gustaría que el abu blandiera una escopeta ni

nada, pero aun así, un poco de desaprobación católica no me haría daño.

—Apenas nos estamos conociendo, abu. Esto probablemente no vaya a ninguna parte —digo, pero soy consciente de que mi advertencia está cayendo en oídos sordos. Mi vida amorosa, o la falta de ella desde la universidad, ha sido motivo de preocupación para mis abuelos, hasta el punto de que me dijeron con tacto durante mi última visita de Acción de Gracias que estaba perfectamente bien abrazar mis necesidades e inclinaciones, sin importar lo que pudieran ser.

Traducción: pensaban que podría ser lesbiana y estar en el armario.

—Entonces, ¿cuántos años tiene? —pregunta la abuela, iniciando su modo de interrogatorio patentado—. ¿De dónde es? ¿En qué trabaja? ¿Cuántos hermanos tiene y cuándo podremos conocerlo?

Abro la boca para comenzar a responder, pero luego cambio de opinión.

—¿Sabes qué, abuela? —le digo con dulzura—. ¿Por qué no conoces a Marcus ahora mismo? Él puede contártelo todo en persona.

Y levantándome, llevo el teléfono a la oficina de mi anfitrión.

arcus

—Tengo treinta y cinco años, soy hijo único, originario de Staten Island, y administro un fondo de cobertura —digo suavemente, apoyando el teléfono de Emma en mi escritorio mientras ella se planta de pie frente a mí con una pequeña sonrisa malvada en sus labios de capullo de rosa. Claramente espera que me desconcierte por el aluvión de preguntas de su abuela.

Por desgracia para ella, he perfeccionado mis habilidades a través de docenas de entrevistas en directo para la televisión.

—¿En serio? ¿Qué tipo de fondo de cobertura? —Hay una mirada de gran interés en la cara envejecida de Ted Walsh—. Sigo CNBC, ya sabes.

Le sonrío.

—Nos enfocamos en la generación de alfa bajo todas las condiciones del mercado, por lo que hacemos una combinación de todas clases de inversiones, desde productos básicos hasta acciones a corto y largo plazo y estrategias cuantitativas. Últimamente, también hemos estado haciendo incursiones en el terreno de algunas inversiones no líquidas, bienes raíces y capital privado.

—¿Y cuánto tiempo lleváis vosotros dos saliendo? —pregunta Mary Walsh, con unos ojos grises tan brillantes y claros como los de su nieta. Es obvio que toda la jerga financiera ha sido para ella como oír llover, y no podrían importarle menos las estrategias de mi fondo—. Emma dijo que os conocisteis a través de una aplicación de citas.

Echo un vistazo por encima de la pantalla hacia Emma. Ella se encoge de hombros torpemente, así que le respondo:

— Se podría decir que sí. —Supongo que no tenía ganas de contarles a sus abuelos toda la complicada historia—. En cuanto a cuánto tiempo hemos estado juntos, nuestra primera cita fue a principios de este mes.

Mary se lanza a su próxima serie de preguntas, y respondo con calma y paciencia. Sí, he vivido en la ciudad de Nueva York toda mi vida, excepto cuando estaba fuera, estudiando. ¿A qué universidad fui? A Cornell para los estudios de grado (me especialicé en económicas) y a Wharton para el Máster. No, no tengo ninguna familia cercana, ya que mis padres fallecieron cuando yo era pequeño. Sí, soy dueño de mi apartamento y de algunas otras propiedades también. No, no tengo planes de mudarme y dejar Nueva York para ahorrarme en impuestos.

Por alguna razón, el interrogatorio no me molesta, ni el hecho de que con esta llamada, simplemente nos hemos saltado meses en el desarrollo de una relación típica. Ofrecerme conocer a los abuelos de Emma había sido fruto de un impulso por mi parte, pero no puedo obligarme a arrepentirme. Lo de anoche no me alivió el picor del deseo por Emma; en todo caso, lo hizo más fuerte, y mi fascinación por ella está creciendo a cada minuto que pasa. Quiero saberlo todo sobre ella, meterme en su mente y ver el mundo desde el interior de su bonita cabeza.

Como mínimo, quiero conocer a todos los que son importantes para ella, para poder descubrir cómo convertirme en una de esas personas.

Por fin, los abuelos de Emma parecen satisfechos de que no soy ni un vagabundo ni un asesino en serie, y ya nos estamos despidiendo, con Emma de pie a mi lado, cuando Mary dice:

—No vas a volar con nuestra Emma esta semana, ¿verdad, Marcus? Porque si es así, me aseguraré de hacer algo de comida extra.

Antes de que pueda decir una palabra, Emma ya está sacudiendo la cabeza.

—Por supuesto que no, abuela. Te lo he dicho, nos acabamos de conocer y, además, Marcus está tremendamente ocupado. ¿Verdad? —Sus ojos se clavan en mí—. Tienes una semana de locos en el fondo, ¿no?

—Sí. —Mi voz no suena del todo como si fuera mi voz—. Así es. Una gran carga de trabajo durante toda la semana.

—Lo entendemos. —Mary sonríe suavemente—. Pero si consigues quedarte libre, siempre serás bienvenido a nuestra mesa de Acción de Gracias, Marcus. Ha sido un placer conocerte.

—Igualmente —le digo, y le doy el teléfono a Emma para que desconecte la llamada.

No tenía intención de ir a Florida esta semana, aunque *sé* que es un paso demasiado grande tan pronto, pero por alguna razón, saber que Emma no me quiere allí duele más que la picadura de una carabela portuguesa.

MARCUS ESTÁ INUSUALMENTE CALLADO, CASI melancólico, mientras me lleva abajo para el almuerzo. ¿Está molesto conmigo por permitir el interrogatorio? Porque prácticamente me lo pidió... insistió en ello, en realidad. Aun así, me siento un poco mal por haber dejado que mis abuelos lo pasaran por el exprimidor.

Debería haberle protegido de lo peor, como siempre hice con Jim, mi novio de la universidad.

Oh bueno, ahora es demasiado tarde. Y Marcus se había defendido como Jim nunca podría haberlo hecho. Había hablado con respeto a mis abuelos pero como un igual, respondiendo a sus preguntas sin el menor indicio de nerviosismo o incertidumbre. Al mismo tiempo, no se había jactado de sus logros, y todas sus respuestas habían sido verdad, pero a la vez revelaban poco del alcance de su poder y riqueza. Por supuesto, el abu y la abuela habían quedado impresionados de todos modos, ¿y por qué no habrían de estarlo?

No son sus miles de millones los que hacen formidable a Marcus Carelli; es el corazón de acero, indomable, del hombre mismo. Unos minutos en su compañía es todo lo que se necesita para saber que es una fuerza de la naturaleza, alguien con quien nunca querrías enemistarte.

—¿Estás bien? —le pregunto suavemente mientras nos acercamos al comedor con Marcus todavía sin decir una palabra. Los ricos y sabrosos aromas que emanan de la cocina hacen que mi estómago proteste pero estoy demasiado preocupada por su extraño estado de ánimo como para pensar en la comida—. Mis disculpas por mis abuelos. Son solo...

—Protectores con respecto a ti. —Él sonríe, y aunque la sonrisa no llega a sus ojos, la extraña tensión entre nosotros se desvanece—. Parecen personas encantadoras. Tu abuelo me recuerda un poco al Sr. Bond.

Yo le ofrezco una enorme sonrisa.

—Sí, son geniales. Y el abuelo *era* profesor. Enseñó inglés y estudios sociales durante casi cuarenta años antes de retirarse.

La sonrisa de Marcus se hace más cálida.

—¿De verdad? ¿Qué hay de tu abuela?

—Era enfermera, una muy experta. Casi nunca tuve que ir al médico cuando vivía con ellos. La abuela puede manejar casi cualquier cosa aparte de cirugía mayor.

—¿Señor Carelli? —Un hombre delgado con una postura tiesa como un palo se interpone en nuestro camino cuando nos acercamos a la mesa. Con un notable acento británico, anuncia—: Su comida está lista.

—Excelente, gracias. —Marcus me mira—. Emma, este es Geoffrey, mi mayordomo. Geoffrey, esta es Emma, mi... invitada.

Consigo ofrecerle una sonrisa a pesar de la aceleración repentina de mi pulso. Capté ese momento de vacilación antes de que Marcus dijera "invitada", la fracción de segundo de indecisión que debe de ser tan rara para él como lo es para mí una cena de langosta. ¿Había estado a punto de decir algo más?

¿Mi cita?

¿Mi amiga, tal vez?

De ninguna manera iba a decir: *"mi novia".*

—Es un placer —dice Geoffrey, inclinando la cabeza—. Ahora, por favor, tomen asiento. Traeré la comida.

Se aleja apresurado, y Marcus me lleva hasta la mesa, que está puesta con dos esterillas y unos elegantes platos cuadrados blancos encima y con modernas copas, y unos relucientes utensilios junto a unas servilletas de tela blanca. En el medio hay una jarra de agua infusionada con limón, menta y pepino, y al lado está lo que parece zumo de naranja recién exprimido, junto con una jarra de un líquido verde oscuro.

Marcus saca una silla para mí y me siento, sintiéndome, una vez más, abrumada. Este brunch no solo parece más elegante que el de cualquier restaurante, sino que todavía estoy en albornoz. No es que llevar mi propia ropa hubiera ayudado; estoy bastante segura de que un solo tenedor aquí cuesta más que mi conjunto completo.

La peor parte es que no puedo pagar mi parte de esta comida, a menos que ofrezca cubrir la mitad del salario de Geoffrey por una mañana, junto con el coste de los ingredientes. E incluso *yo* sé que eso es ridículo. Mi mejor apuesta es corresponder haciéndole a Marcus una comida en mi casa uno de estos días, pero después de ver cómo vive, la idea de invitarlo a mi pequeño estudio me da escalofríos.

Sería lo mismo que pedirle a la reina Isabel, la monarca, no a mi gata, que cenara dentro de un armario.

—¿Agua, zumo de naranja o jugo verde? —pregunta Marcus, y yo fuerzo una sonrisa en mis labios.

—Jugo verde, por favor. —No es necesario que sepa que nunca antes había probado el caro y saludable elixir, ni que todo esto me hace sentir como un pez fuera del agua.

Marcus vierte el líquido verde en mi vaso y tomo un sorbo. Está sorprendentemente bueno, ácido y refrescante en lugar de amargo. Puedo notar la manzana Granny Smith por debajo del sabor herbáceo de las verduras, y vacío el resto del vaso en unos tragos largos.

—¿Más? —pregunta Marcus con tono burlón, y yo asiento, porque ¿por qué no?

Es una forma deliciosa de cumplir con mi cuota semanal de frutas y verduras en una sola mañana.

Mientras me estoy bebiendo el segundo vaso, Geoffrey sale con una bandeja cubierta con una campana plateada. Poniéndola sobre la mesa, retira la campana, revelando dos platos con una tortilla perfectamente doblada en cada uno, junto con dos pequeños tazones de fruta cortada y una cesta de galletas esponjosas. Las tortillas están cubiertas con una especie de salsa de naranja cremosa y cubiertas con una ramita de perejil, y todo huele absolutamente delicioso.

Definitivamente más elegante que cualquier brunch de restaurante que haya tomado.

—Tortilla de setas shiitake y ostras con cangrejo y langosta, cubierta con salsa picante de gorgonzola —anuncia Geoffrey, colocando un plato delante de mí y el otro delante de Marcus. Luego hace lo mismo con los cuencos de frutas y coloca la canasta de galletas entre nosotros, agregando un par de pinzas para agarrarlas fácilmente.

—Gracias, Geoffrey. Tiene una pinta increíble —dice Marcus, y me hago eco de su sentimiento, apenas capaz de tragar la saliva que se acumula en mi boca. ¿Cómo es posible que yo estuviera pensando en langosta solo unos minutos antes y que ahora haya una tortilla de langosta delante de mí?

No, tacha eso, *una tortilla de setas shiitake y ostras con cangrejo y langosta,* o sea, todos los alimentos que me encantan y que rara vez puedo permitirme, juntos en una locura de plato.

El mayordomo inclina la cabeza y vuelve a desaparecer en la cocina, y me lanzo hacia la tortilla, con el tenedor temblando de ansiedad. *Hostia Puta.* Casi llego al orgasmo allí mismo cuando la riqueza picante de la salsa de gorgonzola toca mi lengua, seguida por la deliciosa textura de los trozos de mariscos envueltos en huevo con sabor a seta.

Debo de haber gemido en voz alta y cerrado los ojos porque cuando los abro, encuentro a Marcus mirándome como si me hubiera quedado en pelotas. Su rostro está tenso, sus ojos ardiendo de hambre salvaje mientras su tortilla sigue intacta frente a él.

—Discúlpame —murmuro, mi cara se puso caliente al darme cuenta de que debía haber parecido que literalmente estaba teniendo un orgasmo. *De nuevo.* A este ritmo, va a pensar que tengo un fetiche con la comida—. Es que está muy, muy bueno.

—Uno de estos días, voy a follarte a la vez que te doy de comer. —Su voz es un gruñido bajo y oscuro—. Te voy a tumbar sobre esta mesa y convertiré tu dulce coñito en mi alimento mientras tú comes.

Oh Dios. El mencionado coño se aprieta en un violento pico de ganas, inundándose de cálida humedad en un instante. Puedo visualizar exactamente lo que está diciendo, y la reacción impotente de mi cuerpo me marea, con una banda que me aprieta los pulmones y me impide respirar por completo.

—Sí, eso es. —Él se inclina con sus los ojos azules brillando mientras su gran mano cubre mi rodilla por debajo de la mesa—. Voy a hacer un festín de ti aquí mismo, gatita, y te encantará cada puto segundo. Voy a llenarte tanto que ni siquiera pensarás en la comida.

No estoy pensando en comida ahora. No puedo, no con mi corazón golpeteando en mi pecho y todo mi cuerpo en llamas. No sabía que hablar sucio podría excitarme así, que las palabras podrían llenarme de una necesidad tan agonizante. Solo saber que Geoffrey está aquí y puede entrar en cualquier momento y pillarnos hace que trague saliva y rompa el contacto visual, respirando en cortas respiraciones para frenar el loco martilleo de mi pulso.

Hay unos cuantos latidos de silencio, momentos tan sólidos por la tensión que casi puedo saborearlos en el aire. Entonces Marcus retira su mano de mi rodilla y escucho el roce del cuchillo y el tenedor contra el plato.

—Tienes razón. Esto *es* delicioso. Su voz ha vuelto a la normalidad, su tono es casual, pero no me dejo engañar.

En cuanto hayamos terminado con esta comida, volveremos a la habitación.

Y maldita sea si ese pensamiento no me hace sentirme empapada.

arcus

—Lo digo en serio esta vez. *Tengo* que irme a casa. Ya son más de las cuatro; mis gatos deben de estar hambrientos, los pobrecitos. Además, es día de colada. —Evitando mi mano extendida, Emma rueda hasta levantarse de la cama y sale corriendo hacia la pila de ropa en la silla de la esquina: su ropa limpia y bien doblada que Geoffrey trajo arriba mientras estábamos comiendo. La agarra y desaparece en el baño, y yo me siento en la cama, reprimiendo una maldición frustrada.

No es que quiera follarla otra vez... bueno, sí, porque mi polla ha decidido que vuelvo a tener quince años, es que odio la idea de que se vaya. Eso, junto con mi hambre incesante por sus curvas suaves, es la razón por la que la he estado arrastrándola de vuelta a la cama y follándola sin piedad cada vez que ha intentado irse a casa después del brunch.

Malditos sean sus gatos.

La necesito más que ellos.

Raya en lo patológico, lo sé, pero ahora que la tengo en mi guarida, quiero que siga aquí. Los mismos instintos primitivos que exigían que reclamara mis derechos de propiedad sobre ella, al estilo de un troglodita, ahora producen ganas de encadenarla a mi cama y tirar la llave.

O, en su defecto, esposarla a mí.

En parte, es porque todavía estoy molesto por lo de Florida, tanto por el hecho de que ella vaya a ir, como porque no me quiera allí. Eso significa que no la veré desde el miércoles hasta el domingo, y el saberlo me devora, agudizando mi deseo hasta que se vuelve como un cuchillo escarbando en mis entrañas.

La deseo con una violencia que me asusta, y que no parece estar disminuyendo en lo más mínimo.

Si mi deseo por ella fuera puramente sexual, podría haberlo superado. Nadie se ha muerto nunca de dolor de huevos, por lo que sé. Pero estoy empezando a desearla a *ella*, toda ella, no solo su delicioso cuerpecito. Quedarme dormido con Emma entre mis brazos anoche me ha dado un placer sin igual: una sensación de satisfacción que me llegaba hasta el tuétano, la certeza de que todo estaba bien en mi mundo.

No soy capaz de recordar la última vez que me sentí así. Quizás nunca lo haya hecho. Cuando era niño, siempre estábamos a unos días del desahucio, a un frasco de mayonesa de tener la nevera vacía. Yo nunca sabía a qué hora iba a entrar mi madre borracha tambaleándose cada noche, ni qué clase de gilipollas se traería consigo. Incluso al hacerme más mayor, cuando utilizaba las ganancias de mis trabajos a tiempo parcial solo para suavizar las aristas más acusadas de la línea que nos mantenía por debajo del nivel de pobreza, el miedo hacia el incierto futuro nunca me abandonó.

Se quedó conmigo mientras ganaba mi primer millón, y luego mi primer billón.

Todavía está conmigo cuando cierro los ojos y me quedo dormido por la noche.

Excepto anoche. Anoche, me sentí a salvo. Como si el pequeño y cálido cuerpo en mis brazos fuese todo lo que necesitaba... todo lo que jamás podría necesitar.

Como si por fin estuviese en casa.

Y ahora ella quiere marcharse.

Al diablo con eso. No estoy listo para dejarla ir.

—Voy contigo —anuncio cuando ella sale del baño completamente vestida.

E ignorando su mirada ojiplática de sorpresa, me levanto y camino hacia el vestidor para coger algo de ropa.

40

Emma

NO ENTIENDO LO QUE ESTÁ SUCEDIENDO, POR QUÉ ESTOY en el coche de Marcus, con él en el asiento trasero a mi lado, mientras nos dirigimos hacia mi apartamento.

—¿No tienes trabajo? —intento de nuevo—. Pensé que vosotros los de Wall Street trabajabais los fines de semana.

Levanta sus anchos hombros encogiéndose de hombros.

—Puede esperar. Soy mi propio jefe.

Me doy por vencida. Porque aparentemente no hay ninguna forma cortés de preguntarle a un hombre por qué está tan decidido a verte lavar la ropa y acurrucarte con tus gatos. Especialmente si ese hombre es Marcus. Una vez que se empeña en algo, no hay forma de detenerlo... lo he aprendido por la vía dura. Y quiero de decir, *dura.*

Estoy muy dolorida por tanto folleteo.

Un zarcillo de calor me lame al acordarme del proceso por el que he llegado a ese punto, y echo un vistazo a la causa de ese dolor, que me está mirando con una mirada intensa y oscura.

Hostia puta. ¿Quiere sexo *otra vez?*

¿Es por eso que no me deja irme de su lado?

Eso debe de ser. No puedo imaginar por qué otra cosa vendría a Brooklyn, a mi estudio que es igual que una caja de zapatos, en lugar de quedarse en su lujoso ático. *Yo* ciertamente no dejaría ese lugar si fuera él.

Estoy a punto de informarle de que no puedo tener relaciones sexuales durante al menos unas horas cuando mi teléfono suena con un mensaje de texto entrante.

Es de Kendall.

¿Y bien? ¿Algún regalo más de Míster Wall Street?

Luego un segundo mensaje: *¿Le enviaste un mensaje de agradecimiento como te dije?*

Oh, mierda. Kendall no tiene idea de que estamos a kilómetros de los mensajes de agradecimiento, y ¿por qué habría de hacerlo? No he tenido un minuto libre para llamarla desde que Marcus me tendió una emboscada anoche con los libros, el sexo, la cena fuera, y luego más sexo y...

—¿Quién es? —pregunta Marcus, y cuando levanto la vista, mi rostro se sonroja de forma traicionera.

—Nadie. Quiero decir, es solo mi amiga... Kendall,

¿sabes? Es decir, por supuesto que no lo sabes; no la has conocido. Pero ella es mi mejor amiga de la universidad y... —Me detengo, dándome cuenta de que estoy balbuceando—. En cualquier caso, me ha enviado un mensaje de texto.

—¿Sobre qué?

¿Habla en serio?

Ciertamente parece serio, con sus pobladas cejas arqueadas en gesto expectante, dando por hecho que voy a responderle.

—Solo... algo sin importancia. —Estoy demasiado nerviosa para pensar en algún tipo de mentira inteligente—. Como he dicho, no es nada.

Mi teléfono suena con un tercer texto, y no puedo evitar mirar la pantalla.

¡Emi! Escríbele. Lo digo en serio.

—¿Nada? ¿De verdad? Déjame ver. —Y antes de que pueda reaccionar, Marcus me quita el teléfono y sus ojos recorren los mensajes de texto a la velocidad del rayo.

—¡No! ¿Qué estás haciendo? —exclamo horrorizada, pero ya es demasiado tarde.

Una gran sonrisa ya se extiende sobre su rostro delgado y duro...

—Entonces Kendall ha oído hablar de mí, ¿verdad?

Con las mejillas ardiendo como el asfalto de Florida en julio, intento recuperar el teléfono, pero él se lo pasa a la otra mano, manteniéndolo fuera de mi alcance.

—Sí, sabe de ti. ¿Y qué? —le espeto, apoyando la espalda en el asiento otra vez, con las manos vacías.

Para recuperar el teléfono, tendría que inclinarme sobre su regazo, y no voy a rebajarme ante esa indignidad—. No he firmado ningún acuerdo de confidencialidad.

—¿Acuerdo de confidencialidad? —Él se está riendo ahora, con sus dientes blancos lanzando destellos y sus mejillas divididas por esos surcos tan sexys—. ¿Qué has estado leyendo, gatita? *¿Las cincuenta sombras?*

Mi rubor se intensifica hasta lo imposible e intento agarrar el teléfono otra vez, sin éxito. Él me sujeta con un brazo, todavía riéndose, y veo como el pulgar de su otra mano aterriza en el pequeño icono del teléfono junto al nombre de Kendall.

—Oh, Dios mío, acabas de marcar su número. ¡Cuelga! —Hago otro fútil intento por coger el teléfono —. ¡Marcus, cuelga ahora mismo!

Él mira el teléfono justo cuando la voz metálica de Kendall dice desde el altavoz:

—¿Hola? Emma, ¿eres tú?

Espero que cuelgue entonces, o al menos me entregue el teléfono, pero he subestimado lo gilipollas que es. Levantando el teléfono hacia su oreja, dice con una sonrisa perversa:

—No, lo siento, Kendall. Soy Marcus, hablando con el móvil de Emma.

Hay un momento de silencio sepulcral, durante el cual trato de decidir si debería arrancarle la cabeza o prenderle fuego, y luego un incrédulo: *"¿Qué..."*

—Dámelo —siseo, casi extendiéndome sobre su regazo para alcanzar el teléfono, y esta vez, me deja cogerlo, con un aire travieso invadiendo sus ojos, mientras me arrastro de regreso a mi asiento, y sujeto con fuerza mi botín.

—...estás haciendo con el teléfono de Emma? —pegunta Kendall con cautela mientras llevo el teléfono hasta mi oreja.

—Soy yo, hola. Lo siento. Marcus solo estaba siendo un imbécil. —Lo miro fijamente mientras lo digo, pero en lugar de ofenderse, comienza a reír nuevamente, con sus poderosos hombros temblando.

—¿Estás hablando de Marcus *Carelli*? —Kendall suena como si yo acabase de blasfemar sobre el Papa del Vaticano—. *Ese* Marcus Carelli? ¿Está contigo ahora?

—Sí. —Con toda la intención, le vuelvo la espalda a él—. Vamos en un coche rumbo a Brooklyn.

—Espera, ¿qué? ¿Desde dónde? Empieza desde el principio —me exige Kendall, y aprieto los dientes, lanzándole a Marcus una mirada furiosa por encima de mi hombro.

Ya ha dejado de reírse, pero sigue sonriendo, el muy cabrón.

—Ahora mismo no puedo hablar —le digo a Kendall, apartando la vista para no estamparle el teléfono—. Te llamo luego, ¿vale?

—¡Espera! Solo cuéntame si os habéis liado.

—Kendall...

—Solo un sí o un no, rápido.

—Sí, ¿vale? La respuesta es sí. —Cuelgo y me doy la

vuelta para encontrarme con la mirada divertida, y no arrepentida en lo más mínimo, de Marcus.

Mi genio se desborda.

—No tenías ningún derecho a hacer eso. Este es *mi* teléfono, y es *mi* amiga y...

—Tienes razón. —Él agarra la mano con la que estoy gesticulando, todavía con el teléfono cogido. Acercándola a sus labios, besa los nudillos con reverencia—. No debería haberlo hecho, gatita. Lo siento. Por si sirve de algo, estas muy mona cuando te enfadas. Lo he pensado desde nuestro primer encuentro.

—Oh, ahora estamos recurriendo a los clichés, ¿verdad? ¿Qué viene después? ¿Supiste que yo era la definitiva desde el primer instante en que pusiste los ojos en mí? —Para mi alivio, todavía sueno enfadada, en lugar de toda pegajosa y derretida, lo mismo que mis entrañas. Las traidoras se han vuelto puré con su tierno gesto *y* su cumplido de mierda.

—No —dice Marcus, sin rastro alguno del anterior regocijo—. No lo supe.

Ay. Parpadeo y trato de sonreír, como si todo lo que se me había derretido dentro no se hubiese esfumado en un instante, ni mi estómago hubiera encogido en una bola dura. Obviamente, no soy la indicada para él... esa sería Emmeline o alguien como ella, pero ¿tenía que ser tan directo al respecto? Estaba usando eso como un ejemplo de cliché, no buscando una propuesta de matrimonio.

Aun así, algo sobre mi reacción debe haberme

delatado porque la cara de Marcus se oscurece y su mano se aprieta alrededor de la mía...

—Emma, lo que he querido decir es...

—No lo vuelvas a hacer. —De alguna manera me las arreglo para sonar juguetona, y una sonrisa consigue brotar de mis labios—. Este es *mi* teléfono... —suelto mi mano— ...y no puedes simplemente cogerlo y mirar mis mensajes, sin importar cuántos piropos tipo cliché me lances después.

—¿Y si te lanzo unos que no sean tipo cliché? —pregunta con voz ronca, y la chispa de regocijo regresa a su mirada. Debo de ser mejor actriz de lo que pensaba—. ¿Puedo cogerlo entonces?

—No —digo con una firmeza exagerada, como si hablara con un niño o un perro—. Mi teléfono está fuera de los límites. —Con gestos deliberadamente exagerados, lo meto en mi bolso y cierro la cremallera para más énfasis.

Él saca el labio inferior para hacer pucheros, como un niñito decepcionado, y no puedo evitar echarme a reír de verdad, incluso cuando parte de la sensación de derretirme regresa, junto con el daño persistente que me han causado sus palabras.

Porque en ese puchero, por cómico que él pretendiese que fuera, veo al niño vulnerable que había sido una vez, y no puedo evitar desear lo imposible.

No puedo evitar desear que esto, lo nuestro, fuese real.

41

Marcus

ME QUEDO MIRANDO AL GATO QUE HAY EN LA CAMA, Y ÉL me responde con un gesto desdeñoso, mientras la punta de su cola se mueve adelante y atrás como una amenaza silenciosa.

—Así es —le dicen mis ojos—. Me la he follado toda la noche, y volveré a hacerlo una y otra vez. Será mejor que te acostumbres. Ahora ella es mía.

—Te destruiré —responden sus verdes ojos entornados—. Vas a morir una muerte lenta y dolorosa a causa de mis garras, igual que un ratón. No es que haya visto un ratón de verdad, pero aun así. Si alguna vez le pongo las patas encima a uno, estará jodido... lo mismo que lo estás tú.

—Bufidos, bájate de la ropa limpia —dice Emma,

reapareciendo del baño, y observo con torva satisfacción mientras quita a la criatura peluda de la ropa que está doblando en la cama, una tarea con la que la estoy ayudando.

Se sorprendió cuando me ofrecí, pero no debería.

No hay forma de que deje pasar la oportunidad de ponerle las manos encima a sus bragas.

Hablando lo cual, ella necesita otras nuevas. Junto con ropa nueva en general. Casi todo lo que posee está desgastado o es de mala calidad. Casi me queman las manos de ganas de levantar el teléfono y hacerle un pedido en Saks, pero resisto el impulso. Ella no aceptará ropa de mí todavía, y tengo batallas mayores que luchar.

Como conseguir que regrese a mi casa esta noche.

—Trae, esto ya está —dice, quitándome una pila de camisetas dobladas. Ella se apresura hacia el armario y mete la ropa dentro, luego regresa para coger un montón de calcetines. La dejo que guarde todas las cosas dobladas mientras clasifico sus sostenes, y en poco tiempo, terminamos con toda la colada.

—Vaya, qué poco hemos tardado —dice Emma, mirando a su alrededor como si esperara que un calcetín perdido le saltara encima—. No me puedo creer que lo hayamos hecho tan rápido. Cuando lo hago sola, me lleva *horas*.

—¿Qué puedo decir? Soy bueno con las manos —digo con la cara seria, y ella me dirige una sonrisa con hoyuelos.

—Lo eres. Gracias por tu ayuda.

—Ha sido un placer. —Lo digo en serio también, y no solo porque he podido tocar su ropa interior sin parecer un pervertido. No tiene lavadora y secadora en su estudio, y la lavandería que usa está a tres largas manzanas de distancia. No tengo ni idea de cómo ha arrastrado otras veces sus cosas sola hasta allí, pero me alegro de haber estado aquí para llevarle el pesado saco hoy.

Tendré que asegurarme de estar siempre con ella cuando lave la ropa en el futuro, o mejor aún, que Geoffrey lo haga por ella.

En mi casa.

Donde quiero que esté todo el tiempo.

Todavía no estoy listo para ponerle una etiqueta a ese deseo, pero definitivamente está ahí, y cuanto más miro alrededor, a su estrecho estudio, más fuerte se vuelve.

No la quiero aquí.

Su sitio está en casa, conmigo.

—¿Tienes hambre? —le pregunto cuando levanta un gato, el mediano, Bolita de algodón, y se sienta en la cama para acariciarlo. Podríamos cenar por aquí antes de regresar, o ir a algún sitio de Manhattan. Alternativamente, si no estás de humor para comer fuera, puedo pedirle a Geoffrey que nos prepare algo.

Ella parpadea a la vez que la gata más pequeña, Reina Isabel, salta sobre la cama y se une a su ronroneante hermano en el regazo de Emma. —¿Regresar? Quieres decir, ¿a tu casa? ¿Juntos?

—Por supuesto. Esta cama es demasiado pequeña

para los dos, ¿no crees? —Sin mencionar que está plagada de gatos, el tercero de los cuales se une a ella mientras yo hablo—. Puedes traerte una bolsa para pasar la noche si quieres, y así no tendrás que esperar a que Geoffrey haga la colada por la mañana. También quizás dejarles algo de comida extra a los gatos, para que no tengamos que volver aquí mañana para nada. Puedes ir al trabajo directamente desde mi casa el lunes; haré que Wilson te lleve.

Sus ojos se abren más con cada palabra que sale de mi boca, y sé, maldita sea, que estoy mostrando mis cartas, pero es demasiado tarde para tratar de ser suave y sutil. No es porque haya conseguido eso con ella antes... Cuando se trata de Emma, mis instintos se vuelven primitivos en grado máximo y mi necesidad de reclamar su posesión demasiado poderosa para negarla.

La quiero en mi casa, a mi lado, y no puedo fingir lo contrario.

—No creo que pueda... —Ella traga saliva—. No puedo dejar a mis gatos solos tanto tiempo. Ella está acariciando a las bestias peludas mientras dice esto, y nuevamente siento una extraña punzada de celos.

Quiero que ella me toque a *mí*.

Que se preocupe por *mí*.

—Bien —le digo con firmeza, refrenando ese deseo irracional—. Entonces volverás aquí mañana. Estoy seguro de que estarán bien hasta entonces. Les has dado de comer, cambiado su arena, jugado con ellos... ¿qué más les hace falta?

Tres pares de ojos verdes se entornan hacia mí, como si los gatos supieran lo que estoy diciendo, y Emma los mira, acariciándolos por turnos.

—Ven aquí —dice suavemente, levantando la vista—. Siéntate a mi lado.

Frunzo el ceño, confundido, pero me acerco a la cama.

—Siéntate. —Señala con los ojos el espacio justo a su derecha.

Le hago caso con cautela, no queriendo aplastar una cola o una pata. Puede que no me gusten sus mascotas, pero no quiero hacerles daño.

—Aquí. —Ella coge a Bolita de algodón y me lo pone en el regazo—. Acarícialo así. Me muestra cómo con su propia mano, que rasca ligeramente con sus uñas cortas y bien arregladas la piel del animal a la vez que le pasa la palma de la mano desde la coronilla hasta el principio de su cola.

Miro al gato, incapaz de creer que no haya escapado de un salto ni me haya arañado. En cambio, me está mirando, como si esperara a ver qué haré.

Con precaución, lo toco como Emma me ha enseñado, pasándole la mano por la espalda. Su pelaje es ridículamente suave, y puedo sentir su calor animal por debajo. Es como tener una almohadilla térmica en mi regazo, solo que una extremadamente esponjosa.

Intento recordar si alguna vez he tenido encima a un gato como este, pero no tengo ningún recuerdo al respecto. Ciertamente, no tuve mascotas en mi infancia, a menos que cuente los gatos callejeros que asaltaban los contenedores de basura del complejo de apartamentos donde vivíamos cuando tenía seis años. Durante un par de meses, les di los restos que pude encontrar en nuestra cocina, pero luego nos desahuciaron y nunca volví a ver a los gatos. En cualquier caso, habían sido gatos asilvestrados, demasiado asustados de los humanos para dejarme acariciarlos.

Después, estuvo el perro de un vecino, uno pequeño, una especie de chucho mestizo. Era sociable, y seguro que lo acaricié y jugué con él unas cuantas veces. De hecho, me gustaba tanto que le pedí a mi madre que me comprara un cachorro por mi séptimo cumpleaños. Ella se rio y rápidamente vomitó encima de la pasta a medio cocinar que se suponía que era nuestra cena, y eso fue todo. Pronto me di cuenta de la gran responsabilidad que supondría un cachorro, que requería comida y dinero que no podíamos permitirnos, y dejé de querer uno. También dejé de alimentar a los gatos callejeros.

—Le gustas. Los hoyuelos de Emma aparecen mientras me mira, y para mi sorpresa, me doy cuenta de que la criatura en mi regazo ronronea.

Ruidosamente.

Todo su cuerpo está vibrando con él y sus ojos están cerrados con gesto de aparente felicidad.

Vale, entonces. Supongo que *no* he tenido un gato encima antes, porque definitivamente es una experiencia memorable. Debo de haber acariciado al menos a un gato antes de hoy, recuerdo vagamente a un taimado siamés en casa de un amigo de la universidad, pero esto es algo completamente diferente.

Este animal está *confiando* en mí.

Según Emma, le gusto.

Con cuidado, intensifico la presión, acariciándolo con más firmeza, y el ronroneo se hace más fuerte y la vibración aumenta hasta que siento que estoy sosteniendo una motosierra en miniatura. El gato claramente disfruta lo que estoy haciendo, y no puedo negar que me siento bien al pasar la palma de la mano por su suave pelaje. Entre el ronroneo y el calor, la sensación es extrañamente relajante... casi hipnótica. Mi teléfono vibra en mi bolsillo, pero lo ignoro, extrañamente reacio a dejar que el trabajo se entrometa.

—Amor.

Mi cabeza se levanta, todo mi cuerpo se bloquea mientras miro a Emma. —¿Qué acabas de decir?

—Me preguntaste qué otra cosa necesitan —dice en voz baja, con sus ojos grises clavados en mi rostro mientras continúa acariciando a las dos mascotas en su regazo—. Y te estoy diciendo que necesitan amor. Atención. Que les cuiden. Igual que las personas.

Vale. Por supuesto.

Ella está hablando de los gatos, no de nosotros.

—Entonces supongo que no volverás a casa conmigo —le digo con forzada ligereza, y ella niega con la cabeza.

—Quiero, pero no puedo. Lo siento, Marcus. No

puedo dejarlos solos dos noches seguidas, especialmente si me voy a Florida el miércoles. Mi casera los cuidará, pero aun así estarán traumatizados por mi ausencia. —Hace una pausa, luego agrega vacilante—: ¿A lo mejor puedes quedarte aquí conmigo?

—Muy bien. —Las palabras escapan de mi boca antes de tomar conscientemente la decisión—. En ese caso, lo haré.

Y mientras el gato en mi regazo ronronea más fuerte, saco mi teléfono de mi bolsillo y le escribo a Geoffrey que no estaré en casa para desayunar.

42

Emma

Durante toda la noche, he sentido la necesidad de pellizcarme para asegurarme de que estoy despierta, porque ¿cuáles son las probabilidades de que mi ligue multimillonario me acompañe a Brooklyn, me ayude con la colada y acepte pasar la noche en mi minúsculo estudio antes de cenar pizza en Papa Mario's conmigo?

Antes de hoy, yo habría dicho que casi nulas.

Sin embargo, aquí estamos, con nuestros estómagos repletos de pizza, y conmigo haciendo todo lo posible para que mis viejas sábanas se vean semi-decentes, y sin pelo de gato, alisándolas con las palmas de las manos mientras Marcus se ducha en mi pequeño baño antes de unirse a mí en esta misma cama.

Mi teléfono suena con mensajes entrantes, luego

comienza a sonar, y cuando lo cojo, no me sorprende en lo más mínimo ver que es Kendall.

—¿Y bien? —suelta explosivamente en el momento en que la recojo—. No me has vuelto a llamar. ¿Qué está pasando contigo y con Míster Millonetis? Escupe. Ahora.

Miro hacia la puerta del baño, pero está cerrada y el agua sigue corriendo.

—No tengo mucho tiempo —digo en voz baja—. Marcus saldrá de la ducha en cualquier momento, así que solo escucha y no interrumpas, ¿de acuerdo?

—¿La ducha? ¿Dónde? ¡Hostia puta, Emi!

—Kendall...

—Vale, vale, me callo. Continúa. Cuéntamelo todo.

Y así lo hago, comenzando por los libros que me envió el viernes por la noche y concluyendo con nuestra situación actual. La única parte que dejo fuera es la conversación con mis abuelos, porque no quiero que Kendall se haga una idea equivocada.

Para ella, conocer a la familia es tan importante que estará convencida de que estamos a punto de casarnos.

—A ver si lo he entendido bien. —Mi amiga suena como si estuviera al borde de un aneurisma de todos modos—. ¿Vosotros dos habéis pasado las últimas veinticuatro horas juntos, literalmente, las veinticuatro horas enteras, y él quiere pasar la noche en tu casa? ¿Cómo, en serio quiere dormir en esa camita tamaño ataúd que tienes?

—Es del tamaño normal de cama individual...

—Lo que digas. Estoy segura de que *su* habitación es digna de un príncipe moderno.

—Bueno...

—Oh Dios mío. Estoy tan jodidamente celosa de ti en este momento, pequeña zorra astuta. Dime que al menos tiene la polla pequeña. *Es* pequeña, ¿verdad? ¿Torcida y arrugada y esas cosas?

Lucho por contener una risita histérica.

—No, lo siento. En realidad, la... —me detengo, porque de ningún modo voy a ir ahí, ni siquiera con Kendall.

—¡Oh, cállate la puta boca! Lo siguiente que me dirás es que ya te ha llevado media docena de veces al orgasmo.

Bueno, *más de* una docena, pero ¿quién los cuenta? Trato de pensar en una respuesta adecuadamente discreta, pero mi silencio debe hablar por sí solo porque Kendall deja escapar un gemido y escucho golpes en el fondo.

—¿Estás bien? —le pregunto, preocupada.

—Muy bien. —Su voz suena extrañamente lejana—. Solo me estaba dando con la cabeza contra la pared por no haber escuchado a Janie y apuntarme en la aplicación de citas contigo. Quizás yo también estaría ahora planeando veranos en los Hamptons y vacaciones navideñas en los Alpes.

Pongo los ojos en blanco.

—Algo prematuro, ¿no? Acabamos de empezar lo que sea que sea esto. Además, estoy segura de que pronto se aburrirá de mí y continuará con su plan de casarse con una hermosa socialité. Nos estamos divirtiendo, como me dijiste, y no, antes de que preguntes, no voy a sacar de esto un trabajo en la industria editorial.

—Esa es tu prerrogativa, siempre y cuando la conviertas en orgasmos múltiples, lo que parece que estás haciendo. Pero en serio, Emi, estás muy equivocada sobre sus intenciones. No has jugado mucho al juego de las citas, así que es posible que no te des cuenta de esto, pero ¿un chico que quiere pasar todo el fin de semana contigo *después* de haberte follado? Eso es más raro que los multimillonarios en Bay Ridge. ¿Y pasar la noche en tu casa porque no quieres dejar a tus gatos? Lo mismo podrías esperarte una propuesta de matrimonio la semana que viene. Está súper interesado en ti, a lo grande. Acuérdate de lo que te digo, dentro de nada...

—Tengo que colgar —siseo al teléfono, y los latidos de mi corazón se aceleran cuando el sonido del agua se detiene—. Él está saliendo de la ducha. Hablamos más tarde, ¿de acuerdo?

—No hay problema. Diviértete con Míster polla mágica. —Y con esa nota lasciva, cuelga, dejándome allí de pie sonrojada y nerviosa.

Y esperanzada.

Demasiado esperanzada.

Tan esperanzada que es casi un hecho que voy a salir tremendamente herida de esto.

43

Emma

ME DESPIERTO CON UN ESCALOFRÍO CUANDO UNOS cálidos labios tocan mi nuca. Su suavidad contrasta con el calor abrasador del aliento con aroma a menta y la aspereza de la incipiente barba matutina que raspa mi piel.

Me doy cuenta, aturdida, de que estoy acostada sobre mi estómago y Marcus me está besando el cuello, y aunque me encantaría volver a dormirme, las sensaciones son demasiado deliciosas para perdérmelas. Ahora también me está dando masajes, sus fuertes manos amasan los músculos de mis hombros, mis brazos, mi espalda, mi trasero... Oh, sí, definitivamente se está centrando en mis glúteos, y no tenía idea de cuánto necesitaban esos músculos que los mimaran. Sus labios siguen a sus manos por mi cuerpo, se arrastran por mi columna y me dejan la piel hormigueante.

Ahora centra su atención en mis piernas, y gimo sobre la almohada, manteniendo los ojos cerrados mientras las masajea, rebajando el dolor de los muslos y los tendones internos, áreas que lo necesitan con urgencia después de haber trabajado extra dos noches seguidas. Anoche prácticamente me hizo doblarme por la mitad en un punto, con los pies apoyados en sus anchos hombros mientras entraba y salía de mí, con el rostro tenso por la lujuria. Fue más que intenso, y me corrí a lo bestia, pero después, me sentía aún más dolorida, tanto por dentro como por fuera.

Voy a insistir seriamente en no tener sexo hoy, al menos de la variedad penetrante. El sexo oral es bueno en cualquier momento, igual que lo que sea que me está haciendo en este momento. En realidad, espera, pensándolo bien...

—Oh joder —jadeo, y mis manos se agarran a la manta mientras su lengua se sumerge entre mis nalgas, jugando con mi otra abertura. Nunca nadie me ha tocado allí antes, y la sensación es más que extraña, placentera pero tan sucia que me sonrojo por completo. De acuerdo, me duché después del sexo anoche, pero todavía está mal que me esté lamiendo allí... mal y perversamente excitante. Puedo sentir cómo me mojo, mi clítoris se hincha con excitación, y cuando su lengua profundiza, empujando el apretado anillo muscular, sus manos agarran mis nalgas y las separan, abriéndome de par en par.

—Tienes un ano tan jodidamente bonito... —gruñe, levantando la cabeza y, con una ola de mortificación ardiente, me doy cuenta de que está mirando directamente *dentro* de mi trasero. La vergüenza es tan intensa que siento que podría estallar en llamas, y al mismo tiempo, estoy tan caliente que mi excitación chorrea por mis muslos.

—Voy a joder tu pequeño agujero apretado. Pronto —promete con voz ronca, y antes de que pueda reaccionar, baja la cabeza y empuja su lengua dentro de mí, y mis nalgas separadas me impiden tensarme para resistirme su entrada. Su lengua me penetra, gruesa, resbaladiza y extrañamente musculosa, y cuando empuja profundamente, siento que podría explotar por la vergüenza... y por el oscuro, oscuro placer que recorre mi cuerpo.

No siento dolor, pero hay una plenitud desconcertante, una sensación de que algo está mal que solo exacerba el erotismo perverso de todo el asunto. Gimiendo contra la almohada, presiono mis caderas contra la manta, necesitando desesperadamente frotar mi clítoris palpitante contra algo... cualquier cosa. Solo la más mínima presión me lanzaría al vacío, disolviendo esta enloquecedora y deliciosa tensión. Su lengua está entrando y saliendo, jodiéndome como si lo hiciera una polla, y es demasiado y sin embargo no lo suficiente. Me estoy muriendo, quemándome por la necesidad mortificante, y es casi un alivio cuando la lengua resbaladiza se retira y un dedo grande y áspero empuja, usando la lubricación que queda.

No es tan grueso como su lengua, pero es más largo, y siento la conmoción, la resistencia inmediata de mi cuerpo a la intrusión de un objeto extraño. Mi interior se aprieta, e incluso con las nalgas abiertas, los bordes duros de la uña se clavan en mis sensibles tejidos, haciendo que mis terminaciones nerviosas griten de dolor. Excepto que no todo es dolor, de alguna manera, también es placer, y yo también grito a medida que la tensión crece insoportablemente y todos mis músculos se tensan en una espiral de deseo.

—Sí, eso es... —La voz de Marcus es ronca y oscura, y su dedo se curva dentro de mí—. Córrete para mí, gatita. Y cuando suelta mis nalgas para pellizcar mi dolorido clítoris, yo estallo, y los espasmos invaden mi cuerpo con el agonizante placer de la liberación. Es tan intenso que pierdo la vista un brumoso instante, y cuando vuelvo en mí, le escucho gemir a mis espaldas y siento la salpicadura caliente de su semilla en mi trasero.

TODAVÍA SIGO RUBORIZADA DURANTE EL DESAYUNO, EN parte porque no puedo mirar la boca de Marcus sin pensar en dónde ha estado su lengua. Estamos de pie en mi cocina, comiendo avena con nueces y bayas, y cada vez que Marcus muerde una fresa y lame los jugos de sus labios, siento que el calor me sube por las mejillas.

No ayuda mucho que mis tres gatos me estén mirando con gesto de crítica, como lo han estado haciendo toda la mañana.

—¿Qué? —le grito al Sr. Bufidos cuando ya no lo soporto más, y él agita la cola y se aleja, dejando a que sus hermanos me proporcionen la dosis adecuada de miradas de "avergüénzate, putón".

—No están acostumbrados a que practiques sexo delante de ellos, ¿verdad? —dice secamente Marcus, y me río, dándome cuenta de que no soy la única que percibe el peso del juicio felino esta mañana.

—No, no lo están —admito, sonriendo—. De hecho, puede que esta sea su segunda exposición al sexo humano, y la primera fue la del viernes por la noche.

—Bien. Me alegro. —Su voz se vuelve ronca y deja su bol vacío en la encimera—. No quisiera que estuvieran traumatizados por haberlo visto hacer de manera incorrecta.

Siento que otro sonrojo se acerca, pero levanto las cejas, decidida a mantener la calma.

—¿Quién dice que se habría hecho de la manera incorrecta? He tenido buen sexo antes. —O lo que *pensé* que era buen sexo antes de conocer a Marcus, pero no voy a ponerme a inflar su ego ahora mismo.

Ya es tan grande que hace juego con el tamaño de su apéndice "mágico".

—Oh, ¿en serio? —Sus ojos azules se estrechan—. Cuéntamelo.

Dejo mi bol y cruzo los brazos sobre el pecho.

—Tú primero. —No es que realmente quiera saber de los cientos de mujeres hermosas con las que se ha acostado, pero no pienso hablar de mi historial sexual lamentablemente corto sin hacer que sufra al menos un poco.

Para mi sorpresa, él no se ríe de mis demandas ni responde con nada chulesco. Tampoco parece incómodo en lo más mínimo con el tema.

—Desde que perdí mi virginidad a los quince años, he tenido relaciones sexuales con varias compañeras —dice con calma, recogiendo su café—. Principalmente en el contexto de relaciones informales, pero también ha habido algunas aventuras de una noche. Mi relación más seria hasta la fecha la tuve en la universidad, donde salí con la misma chica durante dos años y medio. Nos separamos cuando nos graduamos, cuando yo me mudé a Nueva York y ella quiso vivir en Los Ángeles. Después de eso, estuve demasiado concentrado en mi carrera para dedicar mucho tiempo a las citas, por lo que mis relaciones posteriores han sido superficiales y de corta duración, oscilando desde un par de semanas hasta un par de meses. —Él toma un sorbo de café y luego añade, con ojos chispeantes—: Y sí, la mayoría de las veces el sexo fue bueno, aunque no había tenido ni punto de comparación con esto.

Dejo caer los brazos a los costados y mi corazón, que se había encogido formando un pequeño alfiletero al imaginarlo con otras mujeres, se lanza a un descontrolado galope.

—¿No había tenido punto de comparación?

—No. —Él deja su café, y las llamas de sus ojos me atraviesan—. Lo creas o no, normalmente no me apetece follar cinco veces al día.

—Oh. —Se me seca la garganta cuando él se acerca a mí—. Yo... ya veo.

—¿Y qué hay de ti? —Coloca sus manos a ambos lados de mí sobre la encimera, encerrándome con su gran cuerpo. Sosteniendo mi mirada, dice suavemente —: Háblame de tus experiencias sexuales, gatita.

Trago saliva, sintiéndome tan incómoda como una presa capturada.

—Eh... no ha habido tantas, de verdad. Solo un par. Un novio en la universidad, otro en el instituto. Y un puñado de citas que no me llevaron a ninguna parte. Nunca he sido demasiado popular.

Me estremezco internamente por lo patético que suena todo eso, pero los ojos de Marcus se estrechan de nuevo y sus fosas nasales se dilatan cuando se inclina acercándose.

—¿Y eran buenos en la cama, esos dos novios tuyos? —Hay algo oscuro y peligroso en su voz, casi amenazante.

Si no supiera lo que hay, habría creído que estaba celoso.

Aun así, estoy tentada de mentir, para no parecer tanto una perdedora. Pero cuando abro la boca, la verdad aflora en su lugar.

—No, no lo eran —admito, sosteniéndole la mirada —. Arthur tenía diecisiete años y no sabía lo que estaba haciendo, y Jim... bueno, Jim no estaba mal, supongo. Pero no era así con él. No es como es entre tú y yo.

Contrariamente a lo que yo esperaba, esta confesión no apacigua a Marcus. En todo caso, su rostro se oscurece aún más. Bajando la cabeza para que sus labios rocen mi oreja, dice en voz baja y ronca:

—Me alegro de que no fueras popular, gatita... porque si lo hubieses sido, tendría un montón de Jims y Arthurs a los que destruir.

Y mientras estoy procesando esa rocambolesca afirmación, él me sube a la encimera y se adueña de mi boca con un beso profundo y oscuramente posesivo.

44

Marcus

—No, ya no más. Estoy tan dolorida... —gruñe Emma, saliendo de la cama cuando le cojo un pecho, y yo la dejo ir de mala gana, aunque podría con mucho gusto lanzarme a por la segunda ronda. O a por la tercera, dependiendo de si correrme en su culo esta mañana cuenta.

Joder, no es de extrañar que esté pidiendo piedad. Tengo cero control cuando estoy a su lado. Y oír hablar de sus ex novios no ha sido de ayuda. Casi se me va la cabeza al imaginarme a esos idiotas con la cara llena de granos, y así es como hemos acabado de vuelta en la cama a pesar de mis mejores intenciones.

Iba a comportarme como un caballero y mantener las manos alejadas de ella hasta la noche.

De verdad que sí.

Ella sabiamente ha decidido eliminar la tentación desapareciendo en el baño, así que me levanto y me visto, ignorando las miradas despectivas de los gatos. Bueno, de dos de los gatos; Bolita de algodón parece haberme cogido algo de cariño, y *su* mirada verde es simplemente una reprimenda.

Al igual que sus hermanos, él piensa que soy una bestia loca por el sexo.

—Ven aquí, amigo —murmuro, sentándome en la única silla y dando unos golpecitos a mi rodilla mientras Emma se toma su tiempo en el baño—. Necesito una distracción para no atacar a tu linda dueña otra vez.

El gato me mira dubitativo, y luego se acerca y salta a mi regazo. Sacudo la cabeza y empiezo a acariciarlo, todavía sorprendido de que él confíe en que yo lo sostenga. ¿No se supone que los animales pueden saber cuándo gustan a la gente? No es que no me guste este gato en particular; parece ser más amable que la mayoría.

Cuando Emma sale del baño vestida corto albornoz rosa, Bolita de algodón ronronea tanto como para despertar al vecindario, y no puedo negar que me estoy divirtiendo. En teoría, debería odiar todo esto: los gatos, el desastrado apartamento, la cama llena de bultos que es quince centímetros demasiado corta para mí... pero en cambio, me siento bien, demasiado bien considerando lo poco que dormí anoche y cuantísimo trabajo debe de estar esperándome en la oficina.

Normalmente, me pasaría gran parte del fin de semana mirando los informes de mis analistas y revisando nuestras posiciones más importantes, pero lo único que he hecho en los últimos dos días es pasar tiempo con Emma... y es todo lo que quiero hacer. Casi ni he mirado mi correo hoy. De hecho, puede que este sea el domingo más relajante que he tenido desde... bueno, desde la escuela primaria.

Empecé a administrar dinero, el mío y el de mis compañeros, en la universidad, y no he estado así de tranquilo desde entonces.

En ese preciso momento, mi teléfono comienza a sonar en mi bolsillo. Por un instante, me siento tentado a dejar que salte el buzón de voz, pero luego entra en juego mi sentido de la responsabilidad. Hay miles de millones de dólares y cientos de trabajos en juego. No puedo ignorar eso solo porque quiera pasar el resto del día con Emma.

Poniendo al gato ronroneante en el suelo, saco el teléfono.

Efectivamente, es Jarrod, que solo me llama los fines de semana en caso de grandes cagadas.

—¿Qué? —ladro, y mi adrenalina ya está subiendo.

No tengo un buen presentimiento sobre esto.

Mi director de operaciones no se anda por las ramas.

—Es malo. El equipo municipal acaba de llamarme. ¿Recuerdas ese bono de alto riesgo que compramos hace un par de semanas? Bueno, el aumento de capital del municipio simplemente ha fracasado... por algo sobre un político local al que han pillado con su mano en el bote de las galletas. Ahora mismo está llegando a los medios.

Mierda. Me pongo de pie de un salto.

—¿Cómo de hundidos en el hoyo estamos?

—¿Ahora mismo? Trescientos mil, pero se rumorea que se declararán en bancarrota el lunes.

Haciendo con ello que nuestra inversión total de 700 millones de dólares pierda todo su valor.

Hijo de puta. Estamos a punto de tener nuestro primer mes de pérdidas este año, y justo antes de lo de la Alpha Zone, encima.

—Diles que liquiden lo que puedan —ordeno, y mi mente ya busca soluciones—. Y convoca una reunión de emergencia de los gestores de carteras. Necesitamos ideas ejecutables a corto plazo.

—Me pongo a ello —responde Jarrod, y cuelga.

Emma ahora está frente a mí, mirándome con gesto de preocupación.

—¿Qué sucede? ¿Ha pasado algo en tu fondo?

Asiento, cogiendo mi abrigo del respaldo de la silla...

—Un negocio ha ido mal. Tengo que ir a la oficina. —Sé que sueno brusco, pero no puedo evitarlo.

Estamos a punto de perder 700 millones de dólares, y casi no cojo el teléfono, demasiado atrapado en su hechizo para pensar con claridad. Joder, ¿qué estoy diciendo? Debería de haber repasado la inversión con lupa este sábado, como estaba planeando hacer antes de que Emma terminara en mi cama. El gestor de carteras municipales es bueno, pero yo soy mejor viendo el panorama general. Podría haber visto una bandera roja con respecto al político, y podríamos haber liquidado ayer, antes de que llegara la noticia de la malversación. Pero no. Estaba con mi obsesión pelirroja, y no podía apartarme de ella. En un corto fin de semana, me he vuelto tan adicto a ella que he perdido de vista lo que es importante. Incluso ahora, sabiendo que el fondo está en problemas, una parte de mí quiere quedarse con Emma en lugar de ir corriendo a la oficina, para dejar de lado mis preocupaciones en lugar de lidiar con las consecuencias de mi error.

Estaba equivocado. Ella no es chocolate y Netflix.

Ella es jodida heroína, y me estoy muriendo por otro chute.

—Oh, qué asco, lo siento —dice ella, con una mirada comprensiva en sus ojos grises, e incluso ahora, estoy tentado de robarle un beso mientras paso a su lado para marcharme.

—Te llamo más tarde —digo secamente en vez de eso, y salgo, cerrando la puerta de un portazo antes de que los gatos puedan escapar.

Necesito poner algo de distancia entre Emma y yo.

Necesito desintoxicarme antes de estar hundido hasta el fondo.

45

Emma

SE HA MARCHADO TAN DEPRISA QUE ES COMO SI ME hubiese imaginado que ha estado aquí. Solo las sábanas arrugadas proporcionan pruebas de su reciente presencia... eso y la persistente molestia de entre mis piernas. De alguna manera, todavía terminamos teniendo sexo después del desayuno, y ahora estoy *realmente* dolorida.

Entonces, sí, probablemente haya sido lo mejor que se haya marchado tan abruptamente. Bueno, no lo mejor, me siento mal porque algo ha ido mal en su fondo, pero ciertamente no debería sentirme abandonada ni nada. ¿Y qué si él no se despidió con un beso? No somos novios. Probablemente aparecerá cuando termine en la oficina, y tendremos una cantidad ridícula de sexo otra vez.

Es decir, suponiendo que todavía me desee. No hay ninguna garantía con respecto a eso.

Esa idea es extrañamente deprimente. Solo saber que es posible que no vuelva a ver a Marcus hace que mi pecho se sienta constreñido y pesado, como si estuviera siendo aplastado en una prensa.

—Volverá, ¿verdad? —le pregunto a Reina Isabel, y ella me obsequia con el equivalente a un encogimiento de hombros de gato: una mirada en blanco, seguida de un diminuto latigazo con la cola.

Suspiro y camino hacia mi escritorio. Me lo estoy imaginando, seguro, pero por un momento, parecía como si Marcus se hubiera enfadado conmigo... como yo si hubiera hecho algo malo. Pero eso es una tontería. Recibió malas noticias del trabajo, eso es todo. Lo que sea que esté pasando en su fondo no tiene nada que ver conmigo. Lo único que se me ocurre en cuanto a algo que *yo* podría haber hecho es decirle que estoy demasiado dolorida para tener aún más sexo.

Espera un segundo.

¿Es por eso?

¿Lo ofendí al rechazar sus intentos?

No, eso no me parece que sea cierto. Marcus es demasiado confiado, demasiado hombre para tener un ego tan frágil. Sin embargo, es factible que con la posibilidad de tener más sexo fuera de la mesa, él no viera motivos para quedarse.

Pero no. Hubo esa llamada telefónica. No se lo ha

inventado. Vi su cara; la noticia que recibió fue realmente mala. Puede haber cientos de miles o incluso millones de dólares en juego... o decenas de millones, por lo que sé. Es ridículo imaginar que él pensara en mí siquiera durante un momento tan crítico; lo más probable es que pareciese seco porque estaba preocupado por el negocio que había ido mal.

En cualquier caso, dijo que llamaría más tarde, así que estoy segura de que tendré noticias suyas esta noche. O si no esta noche, mañana.

Mientras tanto, debería aprovechar esta oportunidad para ponerme al día con mis ediciones.

Tal como han ido las cosas, ya llevo un fin de semana de retraso.

46

M arcus

Con los ojos llorosos, me froto la cara con la palma de la mano y miro el reloj.

Las 3:05 am.

Hemos estado trabajando en esto más de doce horas.

Me levanto, tiro mi vaso de café desechable a la basura y miro alrededor de la sala de conferencias con paredes de vidrio. Jarrod y todos mis gerentes de carteras están aquí, sentados alrededor de la larga mesa rectangular, rodeados por montañas de informes. Al igual que yo, han estado repasando las ideas de inversión que los analistas han estado aportando, tratando de descubrir cómo podemos recuperar una pérdida de 700 millones de dólares durante una semana ya acortada por las vacaciones.

Si todavía estamos en el hoyo a 30 de noviembre, nos quedaremos con unos resultados negativos este mes, y eso supondrá una mancha negra indeleble en el historial del fondo, sin mencionar también que será una fuente de vergüenza en la próxima conferencia de la Zona Alfa.

Hasta ahora, hay una serie de ideas prometedoras a corto plazo, pero nada lo suficientemente grande como para tapar un agujero de 700 millones. Y lo más probable es que no vayamos a encontrar esa pepita de oro esta noche.

Golpeo con la palma de mi mano sobre la mesa y todos se ponen firmes.

—Ya basta —digo—. Todos, marchaos a casa. Reanudaremos esto a primera hora de la mañana.

No quiero que su juicio se vea comprometido por la falta de sueño.

Ya es bastante malo haber dejado que mi polla pensara por mí.

—¿Nos vemos aquí a las siete? —dice Jarrod al pasar por mi lado, y yo asiento. No estaría de más ponerme al día con mi director de sistemas antes de que lleguen los gerentes de carteras en tromba. Tiene solo veintisiete años, pero posee un don para ver el panorama general, al igual que yo. Un día de estos, él se establecerá por su cuenta, pero hasta entonces, me beneficio de su cerebro inteligente para intercambiar ideas.

Todos salen de la sala de conferencias y yo los sigo, con un dolor de cabeza por la tensión que me aprieta las sienes mientras cierro la puerta detrás de nosotros. En el piso principal, los analistas están encorvados sobre sus ordenadores, calculando números y clasificando datos, buscando algo para llevar a sus gestores.

Estoy tentado de enviarlos a casa también, pero como ellos no toman las decisiones, tener la mente despejada es menos crucial para ellos. Decido dejar eso en manos de cada gestor individual y marcharme, y mi dolor de cabeza empeora con cada paso que doy.

Tardo menos de veinte minutos en llegar a casa (el tráfico es inexistente a esta hora) y cuando caigo en la cama, mis pensamientos se vuelven hacia Emma por quincuagésima vez esta noche. Probablemente ya lleve mucho rato dormida. Puedo imaginarla acurrucada con sus gatos en su cama corta y estrecha, con sus rizos rojos salvajes extendidos sobre la almohada y su pequeño cuerpo exuberante apenas cubierto por sus bragas y la camiseta de tirantes que usa como pijama. Incluso con el dolor de cabeza golpeándome, la imagen me aprieta la ingle y hace que el calor se enrosque en mi pecho.

Daría cualquier cosa por abrazarla ahora mismo.

Cualquier cosa.

Mi mano ya está alcanzando mi teléfono cuando me doy cuenta de lo que estoy haciendo. Jurando por lo bajo, la aparto del móvil, furioso conmigo mismo. Esta es la décima vez que casi la llamo o le envío un mensaje de texto esta noche, a pesar de mi resolución de hacer una desintoxicación de Emma.

Ni verla ni pensar en ella, ese es el objetivo que me he propuesto. Y eso significa que nada de llamadas ni de mensajes de texto. Necesito tomar el control sobre esta adicción, para demostrarme a mí mismo que puedo funcionar sin mi chute al menos durante un tiempo.

Que puedo funcionar en el trabajo y en otros lugares incluso con esta obsesión.

Cierro los ojos con fuerza y trato de concentrarme ideas de inversión, de modo que mientras duermo, mi cerebro pueda procesar toda la información que he acumulado en las últimas doce horas. A menudo es la mejor manera de hacerlo, simplemente dar un paso atrás y dejar que las conexiones se formen por sí solas, sin forzar el proceso. Sin embargo, cuando me estoy quedando dormido, no son los índices de cobertura de la deuda y las coberturas de volatilidad las que ocupan mi mente.

Es ella.

Emma.

El deseo del que no puedo librarme.

47

*E*mma

MARCUS NO CONTACTA CONMIGO DURANTE EL RESTO DEL domingo, pero no me preocupo mucho por eso. Después de todo, probablemente esté ocupado con su emergencia. Sin embargo, para el lunes por la tarde, reviso mi teléfono cada cinco minutos, temiéndome que de alguna manera me haya perdido una llamada o un mensaje de texto.

Sin embargo, no hay nada.

Ni siquiera un rápido, "hola".

A la hora de la cena, mi teléfono suena por fin. Lo agarro ansiosamente, y mi pulso da saltos de emoción, pero es solo Kendall, sin duda llamando para obtener todos los detalles jugosos sobre mi lío. Tragándome mi decepción, muevo el dedo para aceptar la llamada, pero en el último segundo, la envío al buzón de voz.

No quiero hablar de Marcus con ella, no hasta que sepa lo que está pasando entre nosotros.

Asumiendo que algo todavía haya algo, eso es.

Me debato sobre contactar con él yo misma, enviándole un breve mensaje de texto para ver cómo está, pero decido no hacerlo. Podría enfadarse si le molesto en medio de su emergencia, o peor aún, podría no responder, y entonces me sentiría *realmente* fatal. En cualquier caso, Marcus no es un estudiante inseguro de primer año de universidad que necesita ser empujado a contactar a una chica que le gusta. El hecho de que no haya tenido noticias suyas significa que no quiere hablar conmigo.

Es así de simple.

Me paso el lunes por la noche dando vueltas en la cama, sin conseguir ponerme cómoda. Incluso con mis gatos a mi lado, mi cama me parece vacía y fría, y mi manta demasiado delgada para repeler el frío invernal que se filtra por la ventana mal aislada. Mi jefe me dijo que viene una gran tormenta de nieve mañana por la noche, y parece que sí, con el viento soplando fuerte y las temperaturas comenzando desplomarse hoy.

Espero poder volar el miércoles. Sería básicamente una mierda que la aerolínea cancelara mi vuelo.

Finalmente me quedo dormida después de las dos, y cuando suena la alarma a las siete, inmediatamente alcanzo mi teléfono.

Todavía nada.

Ni llamadas, ni textos.

Se me encoge el estómago y la fuerte opresión vuelve a mi pecho. Es posible que Marcus todavía esté increíblemente ocupado en el trabajo, pero enviar mensajes de texto con el mensaje de "hola, pienso en ti" le costaría menos de tres segundos. A menos, por supuesto, que no esté pensando en mí en absoluto, lo que parece cada vez más probable.

Es posible que haya tenido suficiente sexo conmigo y haya seguido adelante, en cuyo caso nunca volveré a saber de él.

Intento no pensar en ello, pero para el martes por la tarde, ya no puedo descartar la posibilidad. Tal vez con otro tío, una desaparición de dos días no habría significado mucho, pero Marcus nunca ha jugado con las reglas del cortejo moderno, incluyendo los jueguecitos de "déjala que te eche de menos". Desde el principio, ha sido muy claro acerca de sus intenciones, yendo tras lo que quería: yo en su cama, con el mismo tipo de intensidad que debe aplicar a todas las áreas de su vida. Citas diarias, obsequios exagerados, conocer a mis abuelos por Skype, pasar la mayor parte del fin de semana conmigo... lo hizo todo aparte de abrirse camino con una apisonadora en su ruta hacia mi cuerpo y mi vida. No tuve ninguna oportunidad una vez que me puso en su punto de mira... y tal vez ese es el problema.

Tal vez era un desafío lo que él quiso todo el

tiempo, y como yo he dejado de serlo, me ha cambiado por algo, o alguien, más emocionante.

Alrededor de las cuatro, Kendall me vuelve a llamar, y nuevamente la envío al buzón de voz. Me imagino lo emocionada y alegre que sonará, con ganas de escuchar todo sobre mi aventura con un multimillonario, y simplemente no tengo ganas de diseccionar las acciones de Marcus con ella. Tal vez es porque anoche dormí muy poco, pero me siento completamente agotada, tan desganada como si estuviera cogiendo la gripe.

Y tal vez sea así.

Tal vez eso explique este dolor opresivo en mi pecho.

—Deberías irte temprano a casa —me aconseja el Sr. Smithson cuando he terminado de colocar en los estantes el pedido de novelas románticas de esta semana—. Ya está empezando a nevar.

—Oh, es verdad. Casi me había olvidado de la tormenta. Echo un vistazo afuera, donde el viento aullante está llevando a las primeras ráfagas a patrones parecidos a un tornado. —Tendré que comprobar mi vuelo.

Mi jefe hace una mueca...

—No tiene buena pinta, Emma, lo siento. Han dicho en las noticias que las aerolíneas ya empiezan a anunciar cancelaciones.

Genial. Simplemente genial. Me empiezan a escocer los ojos y tengo que alejarme, parpadeando rápidamente para mantener a raya la afluencia repentina de lágrimas. Hasta ahora no me había dado cuenta de cuánto había deseado hacer este viaje... tanto porque extraño mucho a mis abuelos como porque necesito alejarme.

Me muero por escapar de este horrible clima... y del creciente dolor de constatar que quizás nunca vuelva a ver a Marcus.

LLEGO A CASA ANTES DE QUE COMIENCE LO PEOR DE LA nevada, con el cuello tapado y calentito gracias a la bufanda que Marcus me regaló. No quería ponérmela esta mañana, pero el viento era demasiado fuerte como para ignorarlo.

Desanimada, me la quito y la pongo en una caja de zapatos para mantenerla a salvo del Sr. Bufidos. Luego cuelgo mi abrigo y les doy la cena a los gatos antes de acercarme sin muchas ganas hasta mi portátil para verificar mi vuelo.

Para mi alivio, la aerolínea solo ha cancelado los vuelos de esta noche y mañana por la mañana hasta ahora. Deben esperar que el clima mejore para mañana por la tarde.

—Bueno, eso es algo —les digo a los gatos, volviendo a la cocina para preparar mi propia cena—. Debería poder llegar a Florida, después de todo. Sin embargo, incluso para mis propios oídos, mi voz suena desinflada, sin ningún indicio de emoción.

Porque, por mucho que quiera ver a mis abuelos y

tomar el sol de Florida, sé, lo sé en lo profundo de mis huesos, que nada de eso hará desvanecerse la sensación de vacío que me crece por dentro.

La creciente convicción de que Marcus y yo hemos terminado.

Marcus

AL CIERRE DEL MERCADO EL MARTES, TODO EL FONDO está agotado hasta la extenuación, pero hemos obtenido 580 millones a través de una combinación de diferentes operaciones, incluida una apuesta en el día de 100 millones en la lira turca. El equipo de transporte también ha aprovechado las posiciones cortas de sus aerolíneas; han estado apostando durante semanas que el clima invernal temprano golpeará duro a esas acciones y, con el advenimiento de la tormenta de esta noche, el resto del mercado finalmente ha estado de acuerdo con ellos.

Con todo, salvo que sobrevenga algún desastre mayúsculo en los próximos días de mercado, podemos terminar teniendo un noviembre decente. No es excelente, pero es lo suficientemente bueno como para que no tengamos que explicar un mes negativo a nuestros inversores. O para los asistentes a la Zona Alfa: esos imbéciles habrían sido despiadados.

Debería sentirme bien, arrebatando esta victoria de las fauces de la derrota, pero lo único en lo que puedo pensar es en que no he visto a Emma desde el domingo. Y mañana por la noche, se irá a Florida, lo que significa que no la veré durante el resto de la semana.

Por enésima vez, intento coger el teléfono, solo para apartar la mano con un esfuerzo hercúleo de voluntad. El anhelo sigue ahí, más fuerte que nunca, y sé que si me rindo ahora, no habrá vuelta atrás.

Esta obsesión crecerá hasta consumirme.

No es que esté planeando alejarme mucho más de Emma. Por un lado, no estoy seguro de poder hacerlo, pero tampoco de querer. Por peligrosa que sea mi adicción a ella, es lo más emocionante que he sentido en años. Nunca he sentido este tipo de química sexual con una mujer, nunca he deseado, o disfrutado, a una mujer tan intensamente. Quiero despertarme con sus rizos brillantes como el fuego en mi almohada y ver su sonrisa con hoyuelos cuando llego a casa del trabajo; enterrar mi polla en su dulce y exuberante cuerpo todas las noches y tantas veces durante el día como ella me lo permita.

La deseo y la voy a tener, pero primero, tengo que saber que soy más fuerte que mi adicción.

He de pasar esta semana sin ella, para probarme a mí mismo que tengo el control.

49

Emma

COMO MI VUELO NO ES HASTA LAS 6:25 PM, HABÍA planeado ir a trabajar hasta el mediodía del miércoles. Sin embargo, viendo la furia aullante de la tormenta a través de mi ventana estrecha, sé que eso no va a suceder, y muy probablemente, tampoco mi vuelo.

Ya es medianoche, pero no puedo dormir, siento mi cama de nuevo incómodamente fría y vacía. Y llena de bultos. ¿Por qué nunca antes me había dado cuenta de los bultos que tiene mi colchón? No tiene nada que ver con el de Marcus, una amplia extensión de lujosa espuma con efecto memoria en una cama de tamaño gigante. Era tan cómodo, suave y cálido... especialmente con su cuerpo grande y poderoso rodeándome...

No. Para. Cierro los ojos con fuerza para mantener alejados los recuerdos, que me invaden de todos modos, lo que aumenta el dolor hueco en mi pecho. Le echo de menos. De verdad, de verdad le echo de menos. Solo hemos pasado dos noches juntos, pero me había parecido más como un mes, como una docena de citas en un fin de semana increíble de los que cambian la vida. Sigo imaginando sus ojos, su sonrisa, su risa... el asombro silencioso en su rostro cuando le puse a Bolita de algodón en el regazo. Había manejado al gato con tanto cuidado como a un bebé recién nacido, con sus grandes manos siendo extraordinariamente delicadas al pasar sobre su piel. Al observarlo, sentí que mi corazón se hinchaba y se rompía un poco, abriendo una fisura para dejarlo entrar.

Dios, ¿por qué me había hecho esto? ¿Por qué perseguirme tanto, hacerme pensar que podría haber algo real entre nosotros, solo para dejarme con tanta crueldad?

Lo esperaba, por supuesto, me dije a mí misma que iba a suceder, pero eso no hace que duela menos. En todo caso, me siento extra idiota. No tendría que haber aceptado verle cuando me envió esos regalos.

No, borra eso. No tendría que haber aceptado salir con él para empezar. Todo el tiempo, sabía que estaba jugando con fuego, y lo hice de todos modos.

Le permití dejarme una quemadura de tercer grado en el corazón.

La tormenta afuera ahora se parece más a un huracán; el viento ruge y la nieve se acumula en mi única ventana bloqueando la poca luz que entraba de las farolas. Y mientras miro a la oscuridad, con los ojos ardiendo por las lágrimas no derramadas, me hago una promesa.

Nunca más volveré a salir con un hombre que esté fuera de mi alcance.

50

Marcus

La tormenta sigue descargando con furia ahí afuera cuando mi alarma suena a las 5:30 de la mañana, así que envío un correo indicándoles a todos los del fondo que trabajen desde casa y luego me levanto para hacer lo mismo. Geoffrey tiene el día libre, pero me ha preparado las comidas de hoy con antelación, y solo me cuesta unos minutos calentar la quiche que hizo y tomarla con una taza de café antes de dirigirme al despacho que tengo en casa.

Mientras respondo correos y reviso informes de investigación, mis pensamientos regresan a Emma. Han dicho en las noticias que algunas zonas de Queens y Brooklyn se han quedado sin electricidad. ¿Puede haber sido en su barrio? En general, ¿cómo le estará yendo en su estudio del sótano? Ya han caído algo así como treinta centímetros de nieve, lo suficiente como para bloquear esa ventana justo por encima del nivel del suelo que tiene en su apartamento.

¿Podría estar atrapada allí en la oscuridad, sin electricidad ni calefacción?

No, eso es ridículo. Está en Brooklyn, no en una cabaña en las montañas, y es una tormenta de principios de invierno, no el Armagedón. Seguro que está bien. Lo más probable es que esté dormida, disfrutando de un inesperado día libre, como la mayoría de la ciudad. O si está despierta, podría estar haciendo las maletas para su vuelo a Florida esta noche. Hablando de lo cual...

Saco mi teléfono y verifico la situación de su vuelo, como lo he estado haciendo cada dos horas desde que empezó tormenta.

Todavía no lo han cancelado.

Joder.

No planeo verla esta semana, así que no sé por qué eso me molesta, pero lo hace. Tal vez sea porque no quiero que vuele con esta tempestad. Se supone que la nevada se detendrá al mediodía, pero el hielo en las alas de los aviones podría seguir siendo un problema por algún tiempo. No es que las aerolíneas vuelen si no creen que sea seguro, pero aun así.

No quiero que suba a ese avión.

Joder, de verdad que no.

Al darme cuenta de que estoy obsesionándome con ella otra vez, me obligo a centrar mi atención de nuevo en la pantalla de mi ordenador y logro concentrarme otro par de horas. Luego compruebo su vuelo otra vez.

Sigue todavía en pie. Ni siquiera un pequeño retraso.

Maldiciendo, me levanto y me dirijo al gimnasio de mi casa. Casi deseo que su número de vuelo no hubiese aparecido en el informe del detective. Si no lo supiera, no estaría revisando la aplicación de la aerolínea con la frecuencia de una colegiala que actualiza su Instagram. Con suerte, un buen entrenamiento duro me aclarará la mente. Con la carga de trabajo de los últimos dos días, he estado haciendo carreras rápidas antes del desayuno, pero no he levantado pesas desde el sábado por la mañana, cuando Emma yacía durmiendo en mi cama.

Joder, estoy pensando en ella otra vez.

Con esfuerzo, me concentro en mi rutina de gimnasia, llevándome al límite con cada serie. Cuando termino, estoy empapado de sudor y mis músculos tiemblan de agotamiento. Pero todavía sigo inquieto y mis dedos se crispan por las ganas de coger mi teléfono y ver cómo está su vuelo.

Y tal vez ella misma.

Solo un breve mensaje de texto para asegurarme de que está bien aun con esta tormenta.

Pero no. Eso parecerá extraño ya que no he contactado con ella desde el domingo. En este punto, le debo una explicación, si no una disculpa, por mi desaparición. No es piense hablarle sobre la batalla privada que he estado librando; el trabajo será suficiente como excusa. Y para suavizar aún más sus ánimos alterados, la invitaré a cenar esa misma noche, para que podamos continuar donde lo dejamos.

Todo esto una vez que regrese de Florida, naturalmente. Tengo que pasar al menos una semana sin ella, para asegurarme de que puedo.

Para evitar hacer algo estúpido, me sumerjo en mi piscina y hago tres docenas de largos. Luego me ducho y me dirijo a la cocina para almorzar, notando al pasar por la ventana que la nevada se ha detenido y las quitanieves funcionan a pleno rendimiento.

Eso es bueno. Con suerte, eso significa que pronto restablecerán la electricidad en los vecindarios que se habían quedado sin ella. Especialmente si Emma...

Basta. Ni se te ocurra pensar en ella.

Abro la nevera, saco un sándwich de ensalada de atún y me siento en la barra a comérmelo. Mientras mastico, miro el reloj de microondas.

Las 11:43 am.

Emma definitivamente estará despierta a estas horas.

Maldición. Realmente no puedo controlarme, ¿verdad? Si voy a pasar tanto tiempo pensando en ella, bien podría estar con ella.

Me detengo, con un sándwich a medio comer en la mano mientras proceso ese pensamiento. Tal vez lo he estado haciendo todo mal. Quizás al tratar de no pensar en Emma, me he asegurado de que ella esté todo el tiempo en primera línea de mis pensamientos. Es como el clásico "experimento del oso blanco" de la clase de psicología: si le dicen a uno que no piense en un oso blanco durante un período específico de tiempo, será lo único que ocupará sus pensamientos.

Sí, por supuesto, eso es. Tendría que haberlo visto antes.

Emma es mi oso blanco.

Al tratar de resistirme a mi adicción a ella, la he estado haciendo infinitamente peor.

Lo que necesito es el enfoque completamente opuesto: atiborrarme de ella. No en la forma en que lo hice este fin de semana, hasta el punto de descuidar mi trabajo, sino de una manera más controlada. Y sé exactamente cómo hacerlo realidad.

Tengo que hacer que se mude conmigo.

La solución es tan evidente que no sé por qué no se me ha ocurrido antes. Es más bien un problema de primero de Economía. El problema ahora es que Emma es un recurso escaso. Con ella viviendo en Brooklyn y sin querer dejar a sus gatos solos por mucho tiempo, simplemente no puedo tener suficiente de ella en el tiempo limitado que tenemos juntos. No es de extrañar que bajara la guardia en el trabajo el pasado fin de semana: con su viaje inminente y la negativa a pasar dos noches seguidas en mi casa, era inevitable que me concentrara en ella, excluyendo todo lo demás.

Porque así es como funciona la escasez.

Hace que el artículo escaso sea más deseable... prácticamente irresistible.

Por supuesto, vivir juntos es un gran compromiso, por lo que probablemente no pensé en ello antes. En realidad, no, lo hice de alguna manera. Mi deseo de que ella estuviera en mi casa todo el tiempo probablemente era mi subconsciente proponiendo esta solución. Y cuanto más lo pienso, más me gusta.

Todas las cosas que quiero: tenerla conmigo todas las noches, verla tan pronto como llegue a casa del trabajo... serán mucho más fáciles si ella vive en mi ático. Y en cuanto al compromiso, no es tan importante para mí como lo es para la mayoría de las personas. Parcialmente, es toda la logística financiera lo que hace que vivir juntos sea un gran paso. Una pareja que empieza a compartir casa a menudo tiene que alquilar o comprar una nueva vivienda, además de cubrir los gastos de la mudanza de una o ambas personas. Sin embargo, mi ático es lo suficientemente grande para una familia, aún más para nosotros dos solos, y puedo cubrir los costes de la mudanza de Emma con lo que llevo encima de calderilla. También puedo alquilar otro apartamento para ella si terminamos yendo por caminos separados en el futuro.

El único inconveniente, hasta donde puedo ver, es que los gatos también se mudarán aquí, pero ese es un pequeño precio a pagar por una solución tan buena.

Sí, eso es todo, decido, y mi corazón se acelera con oscuras expectativas. Voy a terminar mi almuerzo, luego la llamaré y me disculparé por mi desaparición. Después, tan pronto se despejen las calles, haré que Wilson me lleve a su casa, y hablaremos antes de que ella salga para su vuelo, o tal vez lo hagamos mientras la llevo al aeropuerto, en caso de que quiera llegar temprano. La parte más complicada será convencer a Emma de superar sus problemas acerca del dinero, pero tengo algunas ideas al respecto.

Si todo va bien, la próxima semana a estas horas, ella estará segura en mi guarida, y tendré exactamente lo que deseo.

A Emma siempre a mi alcance.

mma

Mɪ ᴛᴇʟÉꜰᴏɴᴏ sᴜᴇɴᴀ ᴄᴜᴀɴᴅᴏ ᴇsᴛᴏʏ ᴇɴ ᴇʟ sᴜᴇʟᴏ, luchando con la cremallera de la maleta. Pensando que son mis abuelos, cojo el teléfono de la cama sin mirar y le doy a "Aceptar" solo para quedarme petrificada por la incredulidad, mirando el nombre en la pantalla.

Es Marcus.

Me está llamando.

Justo ahora.

—¿Emma? —Su voz es profunda y cargada de armónicos, audible incluso sin el altavoz encendido—. Emma, gatita, ¿puedes oírme?

Poniéndome de pie, cuelgo. Mi dedo toca el botón rojo en la pantalla sin decidirlo de forma consciente.

Luego, con la sangre tamborileando en mis sienes, miro el teléfono que tengo en la mano.

¿Ha sido una alucinación o ha pasado de verdad?

El teléfono vuelve a sonar y el nombre de Marcus aparece en la pantalla.

Toco "Rechazar" otra vez, y mi corazón late tan rápido que apenas puedo pensar.

¿Qué es lo que quiere?

¿Por qué llamarme ahora, después de desaparecer durante días?

Anoche estuve llorando. A las tres de la mañana, cuando seguía sin poder dormirme, lloré porque me dolía tanto saber que nunca volvería a escuchar esa voz… Y aquí está él llamándome, "gatita", como si nada hubiera pasado.

A menos que… a menos que algo hubiese sucedido.

Mis venas se llenan de cristales de hielo, me da un vuelco el estómago, y me invade un terrible miedo cuando se me ocurre que la falta de interés no es la única razón por la que alguien podría desaparecer.

¿Y si Marcus ha tenido un accidente?

¿Y si está en el hospital, tan mal que no ha podido enviar mensajes de texto ni hablar?

Ya estoy presionando el botón para devolverle la llamada cuando aparece su nombre por tercera vez.

—¿Marcus? —sueno un poco histérica, pero no puedo evitarlo. Pensar en él herido, en su cuerpo grande y fuerte roto y cubierto de sangre…—. Marcus, ¿estás bien?

—¿Yo? —Para mi alivio, parece sorprendido—. Sí,

por supuesto. Hoy trabajo desde casa y no había líneas eléctricas averiadas en Manhattan. ¿Y qué hay de ti? ¿Tienes electricidad y calefacción?

Por un momento, no tengo idea de qué está hablando, pero luego me acuerdo de la tormenta.

¿Es él de verdad?

Anoche lloré por él, ¿y estamos hablando del maldito *tiempo*?

—¿Entonces no estás herido? —le aclaro, con voz tensa—. ¿No estabas en el hospital o en la cárcel o retenido de alguna otra forma contra tu voluntad?

—No, por supuesto que no. —Ahora hay una nota cautelosa en su tono—. Pero he tenido unos días locos en el trabajo. Te lo contaré todo cuando nos veamos. Hablando de lo cual...

—¿Lo arreglaste? —le interrumpí—. ¿El negocio que iba mal, quiero decir?

Él inhala dc forma audible...

—Sí, casi del todo. Escucha, Emma, siento haber...

—Genial, me alegro por ti. Adiós. —Cuelgo antes de que mi voz se rompa. Estoy temblando por el exceso de adrenalina, por mi inmenso alivio al saber que él está bien combinado con un dolor y una furia crecientes. No he estado enfadada con él, solo conmigo misma, por ser tan tonta como para jugar con fuego, pero ahora sí lo estoy.

Una cosa es entrar arrasando en mi vida, jugar con mis sentimientos y desaparecer, y otra distinta es esperar alegremente volver a hacerlo.

El teléfono vuelve a sonar y lo mando al buzón de

voz con un brusco barrido de la pantalla. Mi pulso es tan rápido que estoy mareada y mi respiración agitada e irregular, cuando tiro el teléfono en la cama y empiezo a caminar por el piso.

¿Por qué me ha llamado? ¿Por qué ahora?

¿Por qué reaparecer justo cuando me había convencido de que nunca iba a hacerlo?

No es que eso importe mucho.

Cualesquiera que sean sus razones, simplemente no puedo hacer esto. Tal vez otras mujeres puedan soportar que sus amantes se calienten y se enfríen según sople el viento, pero yo no. No estoy hecha para estos juegos. Kendall tenía razón: Marcus no es como otros los chicos inofensivos con los que he salido. Hace poco que lo conozco y ya ha puesto mi vida patas arriba. Nunca había llorado por ninguno de mis dos novios, y, ahora que lo pienso, por ningún otro hombre.

Y ese es el quid de la cuestión, me doy cuenta con un dolor punzante.

Marcus no es como ningún otro hombre al que haya conocido. Con mis ex, pude mantener una cierta distancia, dar una parte de mí misma mientras retenía el resto. Sin embargo, no con él. En solo un par de citas y en un fin de semana jodiéndome hasta el cerebro, había diezmado todas mis defensas, entrando como una apisonadora directamente en mi corazón.

Incluso sabiendo que lo que teníamos era temporal, me enamoré de él, y me enamoré profundamente.

Al darme cuenta de eso siento como si tuviese una

bola de demolición dentro del estómago.

Estoy enamorada de él.

De Marcus.

Por eso esto me duele tanto.

Desencajada, me siento en la cama, dejando que Bolita de algodón se suba a mi regazo mientras miro fijamente mi teléfono.

Estoy enamorada de Marcus. No del apuesto multimillonario que me proporcionó más orgasmos de los que puedo contar, sino del hombre que habló con profunda gratitud sobre su maestro de segundo grado y respondió a las preguntas de mis abuelos con calma, paciencia y respeto.

El hombre que me dijo que no soy como mi madre antes de compartir sobre su propio pasado doloroso.

Mi teléfono suena tres veces, la pantalla se ilumina con mensajes de texto entrantes.

¿Qué quieres decir con adiós?

¿Me has colgado?

Emma, llámame ahora mismo. Puedo explicártelo.

Cada palabra es como una cuchilla perforando mis pulmones, robando mi aliento con cada golpe.

Porque quiero devolverle la llamada.

Lo quiero más que nada en el mundo.

Pero si lo hago, si cedo de nuevo, la próxima vez que se vaya, me dejará hecha pedazos.

Y habrá una próxima vez... porque yo no soy Emmeline.

No soy la candidata perfecta a esposa que él necesita.

ME QUEDO MIRANDO MI TELÉFONO, CON EL CORAZÓN golpeteando con una mezcla de disgusto y furia.

Ella me ha colgado.

Ha interrumpido mi disculpa con un "adiós" y ha colgado.

Vuelvo a llamarla por si ha sido cosa de una mala conexión, pero me sale directamente el buzón de voz.

Jurando por lo bajo, disparo tres mensajes de texto y espero.

Nada.

No hay puntos en movimiento que me digan que está en proceso de responder, nada que indique su intención.

Reuniendo cada gramo de mi paciencia, llamo de nuevo.

Buzón de voz

Directo al maldito buzón de voz.

O ha apagado el teléfono, o está rechazando mis llamadas.

El móvil que tengo en la mano me parece como una granada lista para estallar, o tal vez lo sea la bola de furia que hay en mi pecho. Ya me lo ha hecho dos veces.

Ya ha intentado librarse de mí dos veces.

Y la última vez, me fui. Como un maldito idiota, me alejé, casi dejándola arruinar lo que tenemos.

Pues no esta vez.

No va a subirse a ese al avión hasta que retire ese puto "adiós".

* * *

Para cuando Wilson me conduce por las calles recién limpiadas de nieve de Brooklyn, me he calmado un poquito. En retrospectiva, tal vez no contactar con Emma desde el domingo no estuviese bien por mi parte. Puede que hayan sido solo tres días, pero si ella siente nuestra conexión tan intensamente como yo, se le habrán hecho infinitamente más largos.

Todavía estoy molesto porque me haya colgado, pero puedo entenderlo.

En cualquier caso, a medida que el auto se acerca a los montones de nieve que dejó la quitanieves en la acera, estoy completamente preparado para arrastrarme. Además de explicar lo locas que han sido las cosas en el trabajo, voy a ofrecerle mis más sinceras disculpas y jurar que nunca volveré a ignorarla otra vez. No es que haya hecho eso, simplemente dejé de contactar con ella un tiempo breve, pero así es como ella debe de haberlo percibido.

Es la única explicación para ese "adiós" salido de la nada.

Llevo puestas mis botas impermeables, pero la nieve entra a través de las aberturas de las piernas mientras camino entre la nieve amontonada hasta la puerta de Emma. Ignorando la humedad helada que me empapa los pies, toco el timbre.

Nada.

No recibo respuesta.

Le doy un par de minutos, luego vuelvo a tocar el timbre.

Todavía nada.

Frustrado, me acerco a la ventana del sótano a la vuelta de la esquina. Como era de esperar, está cubierta de nieve, así que me agacho y comienzo a quitarla con las manos desnudas.

No va a librarse de mí tan fácilmente.

No voy a permitírselo.

—Disculpe. ¿Qué está haciendo usted?

Sobresaltado por esa aguda voz, levanto la vista.

Una mujer delgada y mayor envuelta en un chaquetón acolchado está de pie a unos metros de distancia, con su permanente rubio ceniza formando un halo rizado alrededor de su cabeza.

—¿Y bien? —exige con el ceño fruncido—. Está usted invadiendo mi propiedad. Explíquese, o llamaré a la policía.

Ella debe de ser la casera de Emma.

Me levanto, limpiándome la nieve de mis palmas en el abrigo.

—Discúlpeme. Busco a Emma. No sé por qué, no está respondiendo a la puerta.

Ella parpadea hacia mí, y su ceño desaparece.

—¿Está usted buscando a Emma?

—Sí. ¿Sabe dónde está? No puedo contactar con ella.

—Oh, ya veo. —Me mira de arriba a abajo, deteniéndose, en mi abrigo italiano como si tratara de ponerle precio—. ¿Eres su novio o algo así?

Reúno toda la paciencia de la que soy capaz.

—Sí, estamos saliendo. ¿Sabe por qué no contesta a la puerta?

—Claro, por supuesto, querido. Se ha ido al aeropuerto más temprano de la cuenta... ya sabes, por todo esto de la nieve en las carreteras.

Joder.

—¿Cuándo ha salido?

—No estoy segura. ¿Hará una media hora? ¿Veinte minutos, tal vez? —Ella ladea la cabeza—. ¿Cuánto tiempo lleváis saliendo? Estoy cuidando de sus gatos, y Emma no me ha mencionado ningún nov...

—Es reciente —le interrumpo, y vuelvo rápidamente hacia el coche antes de que la señora pueda lanzarse a un interrogatorio completo.

No hay tiempo que perder.

Tengo que atrapar a una pelirroja obstinada antes de que coja un avión.

EL TRÁFICO HACIA EL AEROPUERTO ES HORRIBLE, TAN malo que ni las habilidades de conducción de Wilson son de ayuda. Después de dos horas y media de circular a un palmo por minuto, finalmente veo la causa del atasco: un accidente en el carril izquierdo. Tan pronto como lo pasamos, el tráfico comienza a moverse más rápidamente, pero el daño ya está hecho.

El embarque para el vuelo de Emma se abre en media hora.

Respirando hondo para combatir mi frustración, trato de llamarla nuevamente.

El buzón de voz. Igual que las otras cinco veces que he probado.

Le escribo de nuevo.

Nada. No recibo respuesta.

Luchando contra el impulso de golpear el teléfono contra la ventana, reviso la aplicación de la aerolínea.

El puto vuelo sale a tiempo y el embarque comienza en veintitrés minutos.

Incluso si estuviera en el aeropuerto en este momento, necesitaría más tiempo para cruzar los controles de seguridad.

Ella va a subirse al avión con esta jodida historia de mierda sin resolver.

A menos que...

Sin darme la oportunidad de pensarlo dos veces, llamo a mi gestor de la cartera de transporte.

—Richard, soy Carelli —le digo en cuanto contesta—. Necesito que hagas que el CEO de United Airlines me llame ahora mismo. Es urgente.

Sé que el gerente de la cartera se muere por preguntarme por qué, las acciones de las aerolíneas son su feudo, pero entiende el concepto de urgencia.

Cinco minutos después, tengo al CEO de United Airlines al teléfono. Seis minutos después de eso, cuando cuelgo y reviso la aplicación nuevamente, el vuelo está retrasado una hora, y he prometido abstenerme de jugar en corto con las acciones de United durante seis meses, para evitar que el CEO tenga que explicarle a su junta directiva por qué hay un importante fondo de cobertura apostando contra ellos.

El tráfico se despeja aún más cuando nos acercamos al aeropuerto, y casi me siento mal por retrasar el avión una hora entera. Con media hora podría haberme bastado. Cuando entro al aeropuerto, sin embargo, me alegro por el extra sobrante.

El lugar está invadido por viajeros frenéticos intentando irse de vacaciones y pasajeros enojados atrapados por la tormenta. Está tan mal que para cuando cruzo la línea de seguridad tras una cola kilométrica, el embarque de primera clase y prioritario para el vuelo de Emma ya ha comenzado.

Empiezo a abrirme paso entre la multitud reunida en la puerta, buscando su cabello brillante.

Ahí está. Una figura pequeña y curvilínea hacia el principio de la fila de la clase turista. Vestida con un par de vaqueros y una sudadera blanca con capucha, sostiene una tarjeta de embarque en una mano y el asa de una pequeña maleta de aspecto desastrado en la otra.

Mi pulso se acelera, mi piel se eriza con un calor salvaje.

Joder, la cuánto la he echado de menos.

He sido un idiota apartándome de ella.

Sintiéndome como un cazador apuntando a su presa, me dirijo directamente hacia ella. Las otras personas deben sentir mi sombría determinación, porque se apartan de mi camino. Está mirando al frente, así que no me ve hasta que me detengo a su lado.

Y para entonces, es demasiado tarde.

—Emma. —Extiendo la mano para agarrarle por la muñeca justo cuando su mirada salta a mi cara, con sus ojos grises muy abiertos por la sorpresa—. Tenemos que hablar.

Está tan aturdida que me permite sacarla de la multitud sin protestar. Solo cuando estamos de pie junto a los asientos vacíos en la esquina, recupera el uso de su lengua.

—¿Qué estás haciendo aquí? —su voz es más aguda de lo normal—. ¿Cómo has pasado por el control de seguridad?

Le libero la muñeca para sacar una tarjeta de embarque de mi bolsillo.

—Compre esto por el camino. Es para un vuelo a Omaha, el único que tenía un asiento disponible para hoy. Metiéndolo de vuelta en mi bolsillo, digo—: Escucha, tenemos que hablar sobre...

—No, no tenemos. Ella intenta rodearme y marcharse, pero me pongo delante de ella, bloqueándole el paso.

—Sí, si tenemos.

Su cara se sonroja de furia.

—Mi vuelo está embarcando...

—Acaban de empezar. Tienes tiempo.

Aparentemente dándose cuenta de que no me voy a mover, ella suelta el asa de la maleta y cruza los brazos sobre el pecho.

—Bien. Habla.

A pesar de la gravedad de la situación, casi me echo a reír por el ceño fruncido que me dirige. Con todos esos rizos desbocados, ella realmente está ridículamente bonita cuando se enfada. Adorable, de hecho. Por supuesto, ella también me parece adorable cuando sonríe, y cuando se sonroja, y cuando está acostada en mi cama, toda calentita, somnolienta y satisfecha... Joder, tengo que centrarme.

—Lo siento, Emma —digo tan sinceramente como puedo—. Debería haberte llamado antes. *Estaba* trabajando día y noche, pero eso no es excusa. Te lo prometo que no volverá a suceder—. Estoy a punto de detenerme allí, pero algún ser maléfico me empuja y me saca las palabras de la boca—. La verdad del asunto es que sentí que estábamos llegando demasiado lejos, demasiado rápido, y aproveché la emergencia en el fondo de inversiones para poner un poco de distancia entre nosotros. Pero eso fue un error. Ahora me doy cuenta. *Quiero* que lleguemos más lejos. —Tomo aliento—. De hecho, estaba pensando que cuando regreses de este viaje, me gustaría que te mudaras a mi casa.

Sus brazos caen a los costados mientras la conmoción borra cualquier otra expresión de su rostro...

—¿Que tú *qué*? —Su voz es apenas un susurro.

—Quiero que vengas a vivir conmigo —repito, cogiendo sus pequeñas manitas en las mías—. Quiero que vivas conmigo... tú y tus tres gatos. Sé que parece rápido, pero me gano la vida tomando riesgos calculados, y créeme, este vale la pena. Si quieres seguir manteniendo tu apartamento por ahora, no me opondré, pero te quiero conmigo todas las noches.

Sus manos están heladas en mi agarre mientras me mira fijamente.

—¿Por qué?

—Porque te deseo, y tú también me deseas a mí. —¿No es obvio para ella?— La química que tenemos es poco frecuente, gatita. Tan especial que nunca la había sentido antes. Te deseo todo el tiempo, hasta el límite de la obsesión. He luchado contra eso, he intentado resistirme, pero es inútil. Te deseo, y no quiero que haya puentes y túneles que se interpongan en nuestro tiempo juntos. Ven a vivir conmigo, Emma. Tiene tanto sentido.

Por el rabillo del ojo, veo a dos hombres con traje de

ejecutivos susurrándose el uno al otro a unos metros de distancia, y a una mujer que me apunta con un teléfono por detrás de ellos. Probablemente me hayan reconocido de verme en la CNBC o de algún otro lado. Normalmente, me molesto y me aparto, pero esto es demasiado importante para distraerme.

—Vive conmigo —digo otra vez mientras Emma permanece en silencio, mirándome con muda sorpresa —. Estará bien, lo sabes. Me encargaré de toda la logística de la mudanza. Tú lo único que tienes que hacer es decir que sí. Y para recordarle lo bueno que será, doblo la palma de la mano sobre su mandíbula y bajo la cabeza para besarla.

Quería que fuera un beso ligero y casual, algo apropiado para lo público del lugar, pero en el momento en que nuestros labios se tocan, un ansia violenta se apodera de mí. Tres días sin probar su sabor, tres noches que me he mantenido alejado. Olvidándome del todo acerca de los espectadores, envuelvo mi brazo alrededor de su cintura, acercándola, y deslizo mi otra mano en su cabello, agarrando los rizos para mantenerla en su lugar mientras mi lengua se desliza en su boca. Ella sabe a chicle y calor delicioso, como todos mis sueños envueltos en un pequeño paquete dulce. Mi sangre es como lava en mis venas, y mi polla palpita en mis vaqueros, desesperada por su húmeda calidez. No puedo tener suficiente de ella, nunca tendré suficiente de ella, y por primera vez, eso no me asusta.

Voy a disfrutarla, toda ella, mientras dure esto.

Un pequeño gemido escapa de sus labios, lo que aumenta el hambre oscura que me golpea, y profundizo el beso, devorándola, compartiendo su aliento. Puedo sentir sus pequeñas manos agarrando mis hombros, puedo sentir su excitación en la forma en que se arquea contra mí, y...

—Última llamada. Última llamada para los pasajeros del vuelo de United 1528 a Orlando. Todos los pasajeros, por favor diríjase a la puerta de embarque.

La voz estridente de la megafonía es como una bola de nieve que me golpea en la cara. Saliendo de golpe del trance, levanto la cabeza y, recordando a los espectadores, dejo ir a Emma. Ella retrocede temblorosa, con los dedos apretando sus labios hinchados.

Respirando pesadamente, nos miramos el uno al otro. Entonces su mano izquierda tiembla bruscamente en el aire, aterrizando en el asa de su maleta.

—No puedo —dice con voz entrecortada—. Marcus, lo siento, pero no puedo.

Una niebla oscura cubre mi visión mientras un zumbido sordo comienza en mis oídos. Debo haber entendido mal lo que acaba de decir.

—¿Qué coño quieres decir con que no puedes? —Mi voz es baja y tensa, con una advertencia en cada sílaba.

Su rostro se desencaja, y sus ojos brillan con un doloroso resplandor.

—No puedo hacerlo. No puedo... no puedo mudarme contigo. Lo siento, Marcus. Lo que dije antes, lo dije en serio. Se acabó. No quiero volver a verte nunca más.

Y mientras me tambaleo por el golpe desgarrador, ella sale corriendo, arrastrando su maleta hacia la puerta.

No sé cuánto tiempo me siento en la puerta, mirando ciegamente el acceso por el que desapareció. Toda mi vida, he establecido objetivos y los he logrado, negándome a aceptar el fracaso como una opción. He perseguido lo que deseaba con determinación y sin escrúpulos, y siempre me ha dado resultados.

Excepto con Emma.

He luchado por ella como no lo he hecho por ninguna otra mujer, y nada.

Se lo he ofrecido todo, y me lo ha tirado a la cara.

El dolor del rechazo es impresionante, como si alguien me arrancara los pulmones. Cuando me dijo que me fuera después del incidente de la puerta rota, apenas la conocía, y lo único que buscaba era sexo. Aun así me había dolido que me hiciera marchar después de esos besos ardientes y sensuales, pero no había sido nada comparado con la devastación que siento ahora.

Había estado tan seguro de que aceptaría mi propuesta de mudarse que nunca había considerado la alternativa, y mucho menos que se negara a salir conmigo.

A medida que la conmoción de sus palabras

retrocede, el dolor se intensifica y con ello viene la ira. Oscura y caliente, se acumula dentro de mí, hasta que siento que me está hirviendo vivo. Quiero hacerle daño, hacerla sentir algo del dolor que ha infligido, y al mismo tiempo, la deseo a ella.

La echo tanto de menos que mataría por abrazarla una noche más.

Cierro los ojos con fuerza y respiro profundamente, tratando de pensar más allá del burbujeante caldero de emociones enredadas, para analizar esto como lo haría con cualquier otra inversión que hubiese salido mal.

¿Por qué? ¿Por qué ha hecho esto?

Sé que no la he leído mal, no he juzgado mal su respuesta.

Ella me desea tanto como yo a ella.

Ella se entregó a mí, solo para cambiar de opinión y salir corriendo.

Tiene que haber una razón para sus acciones, algo aparte de mi estúpido error de alejarme. La Emma que conozco no es superficial ni voluble, y ciertamente no es indiferente hacia mí.

Algo ha ocurrido entre el domingo y ahora, algo que la asustó.

Sí, eso es. Eso suena bien. Algo ha ocurrido, algo que le ha hecho hacer esto y no pienso rendirme hasta que llegue al fondo del asunto.

No, al diablo con eso.

No me rendiré hasta que no lo solucione.

Deseo a Emma, y me niego a aceptar la derrota.

Resuelto, me pongo en pie y empiezo a caminar, sacando mi teléfono mientras lo hago.

—Prepara el jet —le ordeno a mi piloto—. Tienes una hora. Volaremos a Orlando esta noche.

Y colgando, sonrío con gesto amenazante.

Si Emma piensa que la dejaré ir tan fácilmente, no me conoce en absoluto.

Puede correr, pero no va a llegar muy lejos. No voy a permitírselo.

Emma, gatita, eres mía. Y voy a ir tras de ti con todas mis fuerzas.

ANTICIPO

¡Gracias por leer esta historia! Si quieres dejarme una reseña, te lo agradecería muchísimo. La historia de Marcus y Emma continúa en *La adicción del titán*.

¿Quieres que te avise de mis novedades? Inscríbete en mi lista de correo electrónico en www.annazaires.com/book-series/espanol.

¿Quieres leer mis otros libros? Puedes echarle un vistazo a:

- *La trilogía Secuestrada*: la oscura historia de cómo Julian Esguerra secuestró a su esposa, Nora.
- *La trilogía Atrápame:* el romance cautivo de los enemigos a los amantes de Lucas y Yulia.
- *La trilogía Mia & Korum*: la historia futurista

de ciencia ficción de Korum, un poderoso alienígena, y Mia, la tímida estudiante que él está decidido a poseer.

Y ahora, pasa la página y disfruta de un avance de *Secuestrada* y *Contactos Peligrosos*.

Nota del autor: *Secuestrada* es una oscura trilogía erótica sobre Nora y Julian Esguerra. Los tres libros se encuentran ya disponibles.

Me secuestró. Me llevó a una isla privada.

Nunca pensé que pudiera pasarme algo así. Nunca imaginé que ese encuentro fortuito en la víspera de mi decimoctavo cumpleaños pudiera cambiarme la vida de una forma tan drástica.

Ahora le pertenezco. A Julian. Un hombre que tan despiadado como atractivo, un hombre cuyo simple roce enciende la chispa de mi deseo. Un hombre cuya ternura encuentro más desgarradora que su crueldad.

Mi secuestrador es un enigma. No sé quién es o por qué me raptó. Hay cierta oscuridad en su interior, una oscuridad que me asusta al mismo tiempo que me atrae.

Me llamo Nora Leston, y esta es mi historia.

Está empezando a atardecer y con el paso del tiempo, estoy cada vez más nerviosa por la idea de volver a ver a mi secuestrador.

La novela que he estado leyendo ya no consigue distraerme, así que la dejo y comienzo a andar en círculos por la habitación.

Llevo puesta la ropa que Beth me ha dejado antes: un vestido veraniego azul que se abrocha por delante, bastante bonito. No es exactamente el estilo de ropa que me gusta, pero es mejor que un albornoz. De ropa interior hay unas braguitas blancas de encaje sexis y un sujetador a juego. Sospechosamente, toda la ropa me queda bien. ¿Habrá estado espiándome todo este tiempo? ¿Estudiándolo todo sobre mí, incluida mi talla de ropa?

Este pensamiento me revuelve el estómago.

Intento no pensar en lo que va a suceder a continuación, pero es imposible apartarlo de mi mente. No sé por qué, pero estoy segura de que vendrá a verme esta noche. Puede que tenga todo un harén de mujeres ocultas en esta isla y que vaya visitándolas un día a la semana a cada una, como hacían los sultanes.

Aun así, presiento que llegará pronto. Lo que pasó anoche no hizo más que abrirle el apetito, por eso sé que aún no ha terminado conmigo, ni mucho menos.

Finalmente, la puerta se abre.

Camina como si toda la estancia le perteneciera. Bueno, en realidad, le pertenece.

De nuevo, me veo absorta en su belleza masculina. Podría ser modelo o estrella de cine con esas facciones. Si hubiera justicia en este mundo, sería bajito o tendría algún defecto que compensara la perfección de sus facciones.

Pero no, no tiene ninguno. Es alto y su cuerpo musculado hace que esté perfectamente proporcionado. Recuerdo lo que es tenerlo dentro y siento a la vez una molesta sacudida de excitación.

Como las otras veces, lleva unos vaqueros y una camiseta de manga corta. Una gris esta vez. Parece que le gusta la ropa sencilla, y acierta. No necesita realzar su aspecto físico.

Me sonríe. Lo hace con esa sonrisa de ángel caído, misteriosa y seductora al mismo tiempo.

—Hola, Nora.

No sé cómo contestarle, así que le suelto lo primero que se me viene a la mente.

—¿Cuánto tiempo me vas a tener retenida aquí?

Ladea la cabeza ligeramente.

—¿Aquí en la habitación? ¿O en la isla?

—En las dos.

—Beth te enseñará la isla un poco mañana. Podrás darte un baño si te apetece —me dice, acercándose un poco más—. No te quedarás aquí encerrada, a no ser que hagas alguna tontería.

—¿Alguna tontería? ¿Cómo cuál? —pregunto. Me empieza a latir el corazón a toda velocidad al tiempo que él se para justo enfrente y alza la mano para acariciarme el pelo.

—Intentar hacer daño a Beth o incluso a ti misma. —Su voz es dulce y su mirada me tiene hipnotizada mientras me observa.

Parpadeo para tratar de romper su hechizo.

—Entonces, ¿cuánto tiempo me vas a tener aquí en la isla?

Me acaricia la cara con la mano y la curva alrededor de la mejilla. Me descubro apoyándome en su roce, al igual que un gato cuando lo acarician, pero trato de recomponerme inmediatamente.

Esboza una sonrisa de suficiencia. El cabrón sabe el efecto que tiene sobre mí.

—Espero que durante mucho tiempo —me contesta.

Por alguna extraña razón, no me sorprende. No se hubiera tomado tantas molestias en traerme aquí si solo quisiera acostarse conmigo unas pocas veces. Estoy aterrada, pero tampoco me sorprende mucho.

Me armo de valor y le hago la siguiente pregunta:

—¿Por qué me has secuestrado?

De repente la sonrisa desaparece. No responde; se limita a observarme con su inescrutable mirada azul.

Comienzo a temblar.

—¿Vas a matarme?

—No, Nora. No voy a matarte.

Su respuesta me tranquiliza, aunque obviamente puede que me esté mintiendo.

—¿Vas a venderme? —consigo articular palabra con dificultad—. ¿Como si fuera una prostituta o algo así?

—No —me responde dulcemente—. Nunca. Eres mía y solo mía.

Me siento algo más aliviada, pero aún hay algo más que tengo que averiguar.

—¿Me harás daño?

Por un momento, vuelve a dejarme sin respuesta. En sus ojos se adivina un halo de oscuridad.

—Probablemente —responde con voz queda.

Y de repente se acerca a mí y me besa, esta vez de manera dulce y suave.

Permanezco allí, petrificada, sin reaccionar durante un segundo. Lo creo. Sé que me dice la verdad cuando afirma que me hará daño. Hay algo en él que me pone los pelos de punta, que me ha alarmado desde la noche que lo conocí.

No es como los otros chicos con los que he salido. Es capaz de cualquier cosa. Y yo me veo totalmente a su merced.

Pienso en enfrentarme a él de nuevo. Sería lo normal en mi situación, lo más valiente. Y aun así no lo hago.

Siento la oscuridad que hay en su interior. Hay algo

que no me encaja de él. Su belleza exterior esconde dentro algo monstruoso.

No quiero provocar esa oscuridad. No quiero descubrir lo que pasaría si lo hago.

Así que permanezco metida en su abrazo y dejo que me bese. Y cuando me agarra y me lleva hacia la cama de nuevo, no trato de resistirme de ningún modo.

En lugar de eso, cierro los ojos y me entrego por completo a esa sensación.

Secuestrada ya está disponible. Para saber más y registrarte para mi lista de nuevas publicaciones, visita www.annazaires.com/book-series/espanol.

Nota del autor: *Contactos Peligrosos* es el primer libro de la trilogía de las Crónicas de Krinar Los tres libros se encuentran ya disponibles.

En un futuro cercano, la Tierra está bajo el dominio de los Krinar, una avanzada raza de otra galaxia que es todavía un misterio para nosotros…y estamos completamente a su merced.

Tímida e inocente, Mia Stalis es una estudiante universitaria de la ciudad de Nueva York que hasta ahora había llevado una vida normal. Como la mayoría de la gente, ella nunca había interaccionado con los invasores, hasta que un fatídico día en el parque lo cambia todo. Después de llamar la atención de Korum, ahora debe lidiar con un krinar poderoso y peligrosamente seductor que quiere poseerla y que no se detendrá ante nada para hacerla suya.

¿Hasta dónde llegarías para recuperar tu libertad? ¿Cuánto te sacrificarías para ayudar a los tuyos? ¿Cuál será tu elección cuando empieces a enamorarte de tu enemigo?

Respira, Mia, respira. Algo en el fondo de su mente, una pequeña voz racional, repetía sin cesar esas palabras. Esa misma parte extrañamente objetiva de ella notó la simetría de su rostro, la piel dorada que cubría tersamente sus pómulos altos y su firme mandíbula. Las fotos y vídeos de los K que ella había visto no les hacían justicia en absoluto. Vista a unos diez metros de distancia, la criatura era simplemente impresionante.

Mientras seguía mirándolo fijamente, todavía paralizada en el sitio, él dejó de apoyarse y empezó a andar hacia ella. O mejor dicho, a rondar con movimientos acechantes en su dirección, pensó ella estúpidamente, porque cada uno de sus pasos le recordaba a los de un felino selvático aproximándose con andares sinuosos a una gacela. Sus ojos no dejaban de sostenerle la mirada. Según él se iba acercando, ella podía distinguir unas motas amarillas tachonando sus ojos de un dorado claro, y unas tupidas y largas pestañas que los rodeaban.

Ella lo miró entre incrédula y horrorizada cuando se sentó en su banco, a menos de medio metro de ella, y le sonrió, mostrando unos dientes blancos y perfectos. "No tiene colmillos", advirtió alguna parte de su cerebro que aún funcionaba, "ni rastro de ellos". Ese era otro mito sobre ellos, igual que el que supuestamente odiaran la luz del sol.

—¿Cómo te llamas? —Fue como si la criatura prácticamente hubiese ronroneado la pregunta. Su voz era grave y sosegada, sin ningún acento. Le vibraron ligeramente las fosas nasales, como si estuviera captando su aroma.

—Eh... —Ella tragó saliva con nerviosismo—. M-Mia.

—Mia —repitió él lentamente, como saboreando su nombre—. ¿Mia qué?

—Mia Stalis. —Oh, mierda, ¿para qué querría saber su nombre? ¿Por qué estaba aquí, hablando con ella? En suma: ¿qué estaba haciendo en Central Park, tan lejos de cualquiera de los Centros K? *Respira, Mia, respira.*

—Relájate, Mia Stalis. —Su sonrisa se hizo más amplia, haciendo aparecer un hoyuelo en su mejilla izquierda. ¿Un hoyuelo? ¿Tenían hoyuelos los K?

—¿No te habías topado antes con ninguno de nosotros?

—No, nunca. —Mia soltó aire de golpe, al darse cuenta de que estaba aguantando la respiración. Estaba orgullosa de que su voz no sonara tan temblorosa como ella se sentía. ¿Debería preguntarle? ¿Quería saber? Reunió el valor—: ¿Qué, eh... —y tragó de nuevo — ¿qué quieres de mí?

—Por ahora, conversación. —Parecía como si estuviera a punto de reírse de ella, con esos ojos dorados haciendo arruguitas en las sienes.

De algún modo extraño, eso la enfadó lo suficiente para que su miedo pasara a un segundo plano. Si había algo que Mia odiaba era que se rieran de ella. Siendo bajita y delgada, y con una falta general de habilidades sociales causada por una fase difícil de la adolescencia que contuvo todas las pesadillas posibles para una chica, incluyendo aparatos en los dientes, gafas y un pelo crespo descontrolado, Mia ya había tenido más que suficiente experiencia en ser el blanco de las bromas de los demás.

Levantó la barbilla, desafiante:

—Vale, entonces, ¿Cómo te llamas *tú*?

—Korum.

—¿Solo Korum?

—No tenemos apellidos, al menos no tal como vosotros los tenéis. Mi nombre es mucho más largo, pero no serías capaz de pronunciarlo si te lo dijera.

Vale, eso era interesante. Ahora recordaba haber leído algo así en el *New York Times*. Por ahora, todo iba bien. Ya casi habían dejado de temblarle las piernas, y su respiración estaba volviendo a la normalidad. Quizás, solo quizás, saldría de esta con vida. Eso de darle conversación parecía bastante seguro, aunque la manera en la que él seguía mirándola fijamente con esos ojos que no parpadeaban era inquietante. Decidió hacer que siguiera hablando.

—¿Qué haces aquí, Korum?

—Te lo acabo de decir: mantener una conversación contigo, Mia. —En su voz se percibía de nuevo un toque de hilaridad.

Frustrada, Mia resopló.

—Quiero decir, ¿qué estás haciendo aquí, en Central Park? ¿Y en Nueva York en general?

Él sonrió de nuevo, inclinando ligeramente la cabeza hacia un lado.

—Quizá tuviera la esperanza de encontrarme con una bonita joven de pelo rizado.

Vale, ya era suficiente. Estaba claro, él estaba jugando con ella. Ahora que podía volver a pensar un poquito, se dio cuenta de que estaban en medio de Central Park, a plena vista de más o menos un millón de espectadores. Miró con disimulo a su alrededor para confirmarlo. Sí, efectivamente, aunque la gente se apartara de forma evidente del banco y de su ocupante de otro planeta, había algunos valientes mirándoles desde un poco más arriba del sendero. Un par de ellos incluso estaban filmándoles con las cámaras de sus relojes de pulsera. Si el K intentara hacerle algo, estaría colgado en YouTube en un abrir y cerrar de ojos, y seguro que él lo sabía. Por supuesto, eso podía o no importarle.

Pero teniendo en cuenta que nunca había visto videos de ningún K abusando de estudiantes universitarias en medio de Central Park, Mia se creyó relativamente a salvo, alcanzó cautelosa su portátil y lo levantó para volver a ponerlo en la mochila.

—Déjame ayudarte con eso, Mia.

Y antes de que pudiera mover un pelo, sintió como le quitaba el pesado portátil de unos dedos que repentinamente parecían sin fuerza, y como al hacerlo rozaba suavemente sus nudillos. Cuando se tocaron, una sensación parecida a una débil descarga eléctrica atravesó a Mia y dejó un hormigueo residual en sus terminaciones nerviosas.

Él alcanzó su mochila y guardó cuidadosamente el portátil con un movimiento suave y sinuoso.

—Ya está, todo listo.

Oh Dios, la había tocado. Tal vez su teoría sobre la seguridad de las ubicaciones públicas fuera falsa. Sintió como su respiración volvía a acelerarse, y cómo su ritmo cardíaco alcanzaba probablemente su umbral anaeróbico.

—Ahora tengo que irme... ¡Adiós!

Después no pudo explicarse como había conseguido soltar esas palabras sin hiperventilar. Agarrando la correa de la mochila que él acababa de soltar, se puso de pie de golpe, notando en lo profundo de su mente que su parálisis anterior parecía haberse desvanecido.

—Adiós, Mia. Nos vemos. —Su voz ligeramente burlona atravesó el limpio aire primaveral hasta ella mientras se marchaba casi a la carrera en sus prisas por alejarse de allí.

Contactos Peligrosos ya está disponible. Para saber más y registrarte para mi lista de nuevas publicaciones, visita www.annazaires.com/book-series/espanol.

www.ingramcontent.com/pod-product-compliance
Lightning Source LLC
Chambersburg PA
CBHW060616100726
47907CB00006B/1645